달의 뒤편에
드리운 시간들

달의 뒤편을 지닌 모든 이에게

달의 뒤편에 드리운 시간들

이서진 소설집

bookin

작가의 말

매일 매일을 산다.

그 속에서 맞닥뜨리는 무수한 상황이 있다. 어느 날들의 신문에서였다. 선명한 주체가 될 수 없는 익명들이 떠돌았다. 살아 있으면서도 죽은 자들의 공간에서 머물러야 하거나, 억울한 죽임을 당하거나, 죽음 같은 내상內傷을 앓거나, 몇 십 년의 세월을 잃어야 했다. 그들 모두 거대 이데올로기와 기득권 체제, 젠더 권력의 폭력에 속수무책이었다. 비상식적인 상황의 대상화가 돼서 고통스러운 삶의 이면을 지녀야만 했다.

누군가는 한낱 파편만으로 그들의 생을 가볍게 속단한다. 상실, 그리움, 슬픔, 아픔, 외로움, 고단함, 억울함의 그림자가 깔려 있는 걸 보지 않는다. 쉽게 내보일 수 없었을 이면의 물크러진 상처를 제 기준대로 간단히 전체화시켜 버린다. 결코 타인의 성급한 잣대로 재단되어야 할 무게가 아님에도.

부당하고 불합리한 세상에서 막막히 떠도는 익명들, 존재를 옥죄는 혼돈의 흐릿함과 물크러진 상처에 대해 말하고 싶은 강렬함이 일었다. 그들의 피폐한 상황에 대해 미약한 기척이라도 내줄 수 있지 않을까. 짓물러진 상처에 말간 연분홍빛 새 살 차게 할 위안의 요소라도 되지 않을까, 그런 심정이었다.

다시 한 계절 속에 있다. 대기에 퍼지는 햇살은 환하고 맑다. 잠자리 한 마리가 화단가에서 붉은 꼬리를 까딱인다. 새파란 하늘 군데군데 몽실한 흰구름이 떠 있다. 즐겨도 좋을 약간의 쓸쓸함을 담은 쾌적한 바람결이 스친다. 한 계절의 평온이 깃든다. 그 안에서 존재의 이면을 지닌 많은 이들의 무게가 가벼이 취급되지 않기를.

2017년 9월

이서진

차 례

그림자 정원

그림자 정원

툭!

어둠 속으로 뜨락의 꽃송이 떨어지는 소리 들린다.

마루에 퍼지는 전등 불빛은 파르라니 밝아서 질려 보인다. 그 불빛 아래 초례상이 차려졌고 신랑 신부가 마주하고 있다. 합환주로 나눠 마신 술잔 위로 불빛이 어룽댄다. 사모관대를 한 신랑의 입은 귀에 걸렸을 테고, 붉은 연지곤지 찍은 신부의 얼굴도 발그레 물들었을 테다.

신랑의 나이는 지금 예순둘이다. 고高 자가 새겨진 교모를 쓰고 흰 치열을 드러내며 환하게 웃는 모습은 풋풋하니 싱그럽다. 신부의 나이는 지금 쉰여덟이다. 갈래머리를 땋고 세일러 깃의 흰 교복을 입은 모습은 유리구슬처럼 맑다.

"참, 잘 어울리네…… 쯧."

"그러게. 선남선녀가 따로 없는데……."

혼례식에 모인 축하객들의 소리 낮춘 말은 개운치 않은 여운을 남긴다. 사위에 내린 어둠처럼 우울하다. 신랑 신부는 초야를 치르기 위해 신방으로 들어간다. 잠시 후 불이 꺼지고 문은 완강히 닫힌다. 집안을 휘도는 향냄새가 몽환스럽다.

나에겐 목련나무가 있는 또 하나의 집이 있어.
그곳에 있는 모든 것들은 다 나를 위해 존재해!

잠자리에 들었지만 잠이 오지 않아 뒤척이는데 같은 회사에 다니는 정 대리에게서 문자가 왔다. 이틀 전에 만났던 거래처 신규 담당자 명함을 받았는데 어디다 두었는지 모르겠다며, 그의 명함을 갖고 있으면 이메일 주소를 알려 달라고 했다. 그때 나도 동석했기에 명함을 주고받아 수첩에 끼워 넣었던 게 생각났다.

가방에서 수첩을 꺼내 펼쳤다. 받아놓고는 명함철에 채 정리하지 않은 명함들 중에 정 대리가 말한 명함이 있다. 다른 것들은 누구 건가 보는데 하나가 돌발처럼 눈길에 붙박인다. 흐릿한 스탠드 불빛 속에서 직사각형의 작은 흰 물체는 불길하게 당돌하다. '월간 여성지『공감』박재연' 흰 바탕에 검게 박힌 활자를 보자 기분이 아주 언짢아진다.

지난 삼월의 어느 저녁이었다. 찰진 황토로 인해 온통 붉다는 생생함이 가득한 남도의 길을 달리고 있었다. 출장을 다녀오는 중이었다.

차창 밖에는 이른 봄날 저녁나절 풍경이 펼쳐졌다. 평야 위에 늘

어선 비닐하우스 위로 붉은 구슬 같은 저녁 해가 불꽃이 일렁이듯 내렸다. 해는 차가 달리는 속도에 따라 빨라지기도 느려지기도 하면서 따라왔다. 어느 구간은 꽃송이를 피워낸 목련나무들이 푸른 보리밭을 배경으로 도열하듯 길게 이어졌다. 그 사이를 사람들이 부속물처럼 가끔 오갔다. 그들의 걸음은 찰박거리는 물결 속을 걷는 것처럼 혼곤했다.

스쳐 지나는 그 풍경에 여유로운 눈길을 주고 있는데 휴대 전화가 울렸다.

유현진 씨가 맞는지요?

그런데요.

아, 저는 『공감』이라는 월간지 기자 박재연이라고 합니다.

네? …… 기자 분이 무슨 일로?

전화를 건 사람이 말한 월간지는 꽤 인지도가 있는 대중 잡지였다. 그런 곳에서 근무한다는 건 충분히 보증될 수 있는 신원이었다. 그러나 목소리만 들리는 전화상이었다. 전혀 알지 못하는 사람이 나에 관한 정보를 갖고 있다는 것에 자동적인 경계감이 들었다. 상대는 내 말투에 각이 서 있다고 느꼈는지 조금 전보다 더 조곤해졌다.

갑작스러운 전화에 의아하실 것 같네요. 실례인 줄 알지만 만나 뵙고 싶어 전화 드렸어요. 유현진 씨 연락처를 알게 된 경위라던가 자세한 건 그때 말씀드리는 걸로 하죠.

그의 말투는 몇 번 만난 사이처럼 스스럼없었다. 미심쩍어 할 거라 여겼는지 잡지사로 직접 확인해 보라고도 했다. 기자의 말처럼 내가 그 상황에서 취할 수 있는 건, 잡지사에다 누구가 그곳 기자가 맞느냐는 전화를 거는 것밖엔 없었다. 잡지사로 직접 찾아가 대면을 하지 않는 한 그건 의미 없는 일이라 나는 대꾸하지 않았다. 그는 그 반응을 수락으로 여겼는지 내처 만날 장소와 날짜까지 덧붙였다. 통화가 끝나고 나서야 얼결에 수락 아닌 수락을 한 나에게 어이가 없었다. 모르는 사람과의 통화를 일방적으로 끌고 가는 상대도 상대지만 의심의 기미를 피워 올리면서도 순순했던 게 그랬다.

나는 다음 날 느닷없던 전화 속 존재인 기자와 만나게 됐다. 그는 아무런 부연 설명 없이 선명하지 않은 기사가 복사된 몇 장의 유인물부터 먼저 건넸다. 첫 번째 지면은 신문기사였는데 1974년 4월 22일(월)이라는 날짜가 오른쪽 상단에 표기되어 있었다. 1974년이라면 내가 태어나기도 전인 몇 십 년 전이었다.

기사는 작은 박스 기사로 여섯 줄도 채 되지 않은데다, 활자가 깨알처럼 작았고 오래된 걸 복사해서인지 잉크가 뭉친 듯 내용을 제대로 알기 어려웠다. 또 다른 한 장은 당시 여성지의 한 지면이었는데 신문기사보다는 비교적 내용 파악이 용이해 보였다. 인물 사진까지 작게 실려 있었으나 역시 오랜 시간이 흐른 흑백사진이라 얼핏 봐서는 형상이 불분명했다. 나는 마뜩치 않은 심정으로 첫 머리 몇 줄을 훑었다. 순간 머릿속으로 후끈한 열기가 치솟았다. 기자를 쏘아 보았다.

이게…… 뭡니까? 왜 이런 게 그쪽에게서 건네지는 거예요?

내 목소리는 심하게 흔들렸다.

단도직입적으로 말씀드릴게요. 그 사건에 대해 다시 취재하고 싶습니다. 얼마 전 유현진 씨 아버님을 만났는데 모든 건 따님 결정이라며 연락처를 가르쳐 주셨어요. 그래서 허락이라고 여겨 연락을 드린 거예요. 저로선 유현진 씨의 결정이 제가 원하는 쪽이면 좋겠어요.

기자는 공식 문안을 발표하듯 또박또박 거침없이 말했다. 탁자 위에 그가 내민 명함이 있었다. 그건 환한 대낮이었는데도 청보랏빛 일몰기운처럼 음울하게 도드라졌다.

열 살 무렵이던 늦가을이었어.

아버지의 손을 잡고 들어선 곳은 어느 집이었어. 어디선가 알싸한 국화 향이 그윽하게 퍼지고 있었어. 나는 냄새를 따라 처음 와보는 낯선 뜰을 둘러보았어. 쇠락이 깊어지느라 뜰은 대부분 갈색 기운이었어. 아! 그런데 담장 안쪽으로 연보라, 샛노랑, 흰색, 붉은색 등 크기와 색깔이 다른 국화들이 소담스럽게 피어 있는 거야. 무채색의 공간에서 그건 잠깐 나타났다 사라지는 무지갯빛 같았어. 각이 많은 구슬이 뿜어내는 산란처럼 어쩌면 꼭 환영 같기도 한 그런 거 말야.

내 눈길이 홀리듯 거기에 머물렀을 때 부엌 쪽에서 어떤 여자가 흰 옥양목 앞치마에 손을 닦으며 급하게 댓돌로 내려섰어. 그 얼굴에 떠오른 미소가 단풍처럼 수줍었는데 나와 눈이 마주치자 황급히 고개를 돌리지 뭐야. 그러나 난 이미 보았는걸. 뜨거운 것에 심하게 눌린 듯 여자의 얼굴 한쪽이 오그라져 있는 것을. 그때, 내 가슴으로 겨울날 저물녘의 찬바람이 아리게 쓸고 지나가는 건 뭐였을까. 처음 보는 사람이었는데 말이야.

앞으로 작은엄마라고 부르거라!

아버지는 나에게 말했어. 그 말을 할 때 아버지의 표정은 어쩐지 굳어 보였지만 얼굴빛은 잘 익은 홍시처럼 붉었어. 그런데 말이야. 작은엄마라니 좀 이상하지? 내게는 작은아버지가 없으니까 숙모는 아닐 테고…… 나중에야 알게 됐어. 여자는 아버지의 작은댁이었던 거야. 그 사실에 대해 나는 한동안 좀 혼란스러웠어. 왜 아버지에게 아내인 어머니 말고 또 다른 아내가 있어야 하는지.

방 창문으로 뜰에 있는 나무가 흐릿하게 제 그림자를 비춘다. 스치는 바람결이 있는지 나무의 그림자가 미세하게 흔들린다. 아니 그렇게 느끼는 건지 모르겠다. 강풍이 분다면 몰라도 한 겹 너머 수령 오래된 나무가 미세한 바람결에 흔들린다고 여기는 건 비현실적이다. 더구나 짙은 어둠이 내려앉은 깊은 밤이다. 아무것도 제대로 보이는 건 없다. 나는 들고 있던 기자의 명함을 휴지통에 버리고 스탠드의 불을 껐다.

1974년. 아주 오랜 시간이 흘렀다. 나는 그때 일어난 어떤 정황에 대해 정확하게 아는 바가 없다. 주변의 누가 상세히 알려줘서 제대로 들은 적도 없고 부모들도 애써 묻었던 일이라는 것만 짐작할 뿐이다. 그랬기에 그 일에 관해 뜬금없는 월간지 기자의 인터뷰 요청은 당혹스러웠다. 다시 한 번 그 일의 당사자와 내가 결코 무관할 수 없다는 사실이 각인되면서 편치 않은 심정이 되었다.

아버지는 오랜 세월을 함구했으면서 왜 기자의 요청에 새삼 나라는 여지를 주었던 걸까. 단순히 거절하기 위해 떠넘긴 건가. 아니면 아버지 나름의 뭔가를 내가 정리해주기 원해서였던가. 그런 거라면 기자가 찾아왔다는 사실을 내게 말했어야 함에도 내색하지 않았다. 그에 대해 내가 먼저 말문을 뗄까 망설이다 그만두었다. 그때의 정황이 쉽게 입에 올릴 수 있는 게 아니기에 내 선에서 기자의 불쾌한 요청을 묵살하고 싶었다.

나는 카디건을 걸치고 조용히 마루로 나왔다. 사월이라고는 하나 밤 기온은 아직 차다. 마루에만 나왔는데도 선득하다. 마루 유리문을 통해 보이는 뜰은 깊은 어둠이 무겁게 내려앉았다. 대문 옆의 가등 불빛만 주변으로 아스라하게 퍼진다.

건넌방에 시선이 간다. 아까 열린 방문으로 청·홍의 고운 이불이 깔려 있는 걸 보았다. 이불 안에는 밀짚으로 만든 남녀 인형 한 쌍이 나란히 누워 있었다. 그 위에 사주가 적힌 한지가 붙었고 머리맡에는 두 남녀의 생전 사진과 부리를 맞댄 목각 원앙 한 쌍도 놓여 있었다. 어쩌면 내일 아침에는 전설이나 민담에서처럼, 인형들이 모로 누워 다리가 엉켜 있더라는 말을 듣게 될지도 모를 일이다. 그 정황은 목도한 사람이 없음에도 음습하게 입에서 입으로 전해져 대숲을 지나는 바람처럼 술렁일까. 피식, 말도 안 되는 상상을 하는 게 어이없어 그만 헛웃음이 나온다.

냐아옹. 냐아옹. 고양이 한 마리가 낮게 가르랑거리며 뜰 한쪽에서 어슬렁거린다. 바짝 곧추 세운 등허리가 어둠 속에서도 요요하다. 집에서 기르는 고양이는 아닌 것 같다. 먹이나 짝을 찾으러 다니는 것일 테다.

고양이가 담장 쪽으로 간다. 작은엄마는 가끔 생선 대가리나 음식 찌꺼기를 퇴비 주듯 담장 주변의 흙 위에 버렸다. 그 냄새를 기억한 건지 바닥을 긁어대다 고개를 들어 내가 있는 마루 쪽을 쳐다본다. 나트륨등 같은 옅은 빛이 눈에서 퍼져 나오지만 괴기스럽거나 위협적이지는 않다. 누군가 보고 있는 걸 아는지 한참 동안 시선을 비끼지 않다가 냐아아옹~ 가늘고 긴 울음 끝을 흘리며 어둠 속으로 사라진다. 뜰은 처음부터 고양이의 존재라는 건 없었던 듯 먹빛 어둠만 가득하다. 그곳에 수령 오래된 키 큰 목련나무가 정령처럼 희끗한 제 모습을 지탱하고 있다. 밤은 스산하게 깊어간다.

아버지와 작은댁은 오래 전에 인연이 있던 사람들이었어.

둘은 인근 고장에 연해 살며 정을 건넸다고 했어. 그런데 작은댁의 아버지가 고물상을 하면서 장물을 잘못 사들인 바람에 구속되었고, 끌어 썼던 빚을 갚지 못해 식구들이 야반도주로 고향을 떠났어. 그 후 둘의 관계는 그만 끊어지고 말았어. 그때 아버지는 군 복무 중이어서 자유롭지 못했고 제대 후 주변 사람들에게 수소문해봤지만 연락할 길이 막연했어. 결국 생사도 모른 채 시간이 흘렀고 아버지는 집안이 정해준 대로 결혼을 하고 말았대.

안타깝지만 아버지와 작은댁이 살았던 그때는 그런 시절이었다니 어쩔 수 없었지 뭐. 도시가 아니면 전기나 수도 시설도 없었고, 읍내를 통틀어봐야 전화가 가설된 집도 거의 없어 우체국에나 가야 전화를 사용할 수 있었대. 멀리 사는 친척과도 직접 가지 않으면 편지나 전보로만 소식을 주고받을 수 있었다지 뭐야. 그러니 소리 소문도 없이 야반도주한 사람들을 무슨 수로 찾겠어. 작은댁도 얼마나 아버지가 그립고 안타까웠겠어. 빚쟁이가 무서워 자취를 드러내선 안 되는 처지만 원망했겠지.

작은댁은 가난한 집안 형편으로 고향을 떠난 얼마 후 떠밀리듯 결혼을 했지만 결혼생활은 순탄치 않았어. 뱃속에 있던 아이마저 달도 차지 않아 사산된 데다 금슬이 썩 좋지 않았던 남편은 작은댁을 멀리하더니 이혼하자며 연일 못살게 굴었어. 하루는 그 문제로 언성을 높이던 남편이 작은댁을 밀쳤는데 바로 옆에 벌겋게 단 화롯불이 있었던 거야. 그 때문에 작은댁은 화로에 닿은 얼굴 부분에 화상을 입었고 큰 흉터가 지고 말았지 뭐야. 결국 작은댁은 남편과 헤어졌고 살기가 막막했어. 친정이라고 있어도 찢어지게 가난한데 입 하나 더 얹을 수는 없었어. 더구나 소박데기에 볼썽사나운 몰골을 하고 갈 수는 없었어. 그렇다고 몸을 놀려 제 한 입 먹고 살자 해도 흉한 몰골로는 쉽지 않았어.

아버지는 결혼을 했어도 못내 작은댁을 떨치지 못한 채 여전히 가슴에 품고 있었어. 살았는지 죽었는지 생사라도 알고 싶은 염원이 참으로 컸대. 결국 어머니 몰래 돈을 들여 사람을 풀어서 작은댁을 다시 만날 수 있게 됐어.

그러나 만나지 않으니만 못했어. 차라리 같은 하늘 어디에선가 잘 살고 있겠거니 서글픈 위안을 가질 때가 나았어. 아마 그때 다시 만난 작은댁이 평범한 삶을 살아갔더라면 상황은 달라졌을지 몰라. 애타게 그리던 정인을 만나 보았다는 것만으로 마음을 달래고 안타깝지만 각자의 삶을 살아갔을 거야.

당시 먹고 살 만했던 아버지는 집 한 채를 장만해서 거부하는 작은댁을 잡아 앉혔어. 자신이 거두지 않는다면 작은댁은 하늘 아래 제 몸 하나 누이지 못할 거라 여겼거든. 하지만 작은댁 문제로 아버지와 어머니는 잦은 다툼을 했어. 그래도 아버지는 굽히지 않았고 결국 작은댁을 직접 마주한 어머니는 자식을 낳지 않겠다는 조건 하에 모든 걸 받아들였어.

그런 결정을 한 데에는 작은댁의 얼굴에 난 흉터 때문이었는지 몰라. 그 흉터는 남편의 시앗이라는 증오와 질투마저 가라앉게 할 만큼 흉했거든. 어쨌거나 어머니로서는 남편의 또 다른 여자와의 관계라는 게 힘들었을 거야. 강짜를 부리지도 않고 무심했지만 그래야하는 심정은 어땠겠어. 남편의 시앗을 인정하고 살아야 하는 속내는 겨울날 들판처럼 황량했을 거야.

작은댁은 그런 어머니에게 죄인처럼 지냈고 집안의 대소사가 있을 때면 보이지 않는 곳에서 허드레 일이나 궂은 일을 묵묵히 도맡아 했어. 아버지에게선 생활비도 받지 않았어. 양재 기술을 배워서 알음알음으로 남의 옷을 만들어 스스로 생활비를 마련했어. 그 돈에서도 자신에게 쓰는 건 지독하게 아꼈는데 어머니와 나를 위해서는 전혀 아까워하지 않았고, 내가 대학 들어갈 때 등록금에 보탤 거라며 적금도 들 정도였어.
아버지도 작은댁의 집에는 가끔 낮에 손님처럼 잠깐 머물다 갈 뿐 어쩌다라도 밤을 지내는 일은 없었어. 그렇게라도 하는 게 작은댁을 받아들인 아내에 대한 고마움과 예우라고 생각했겠지. 대신 나를 작은댁의 집에서 살게 하다시피 했어. 그건 아마도 자신이 채워주지 못하는 빈자리의 안쓰러움 때문이지 않았을까.

바람 한 점 없이 청명한 날이다.

집안 공기는 음울하다. 어젯밤과 다르지 않다. 식구라고 해야 노인들 셋뿐이어서 절간처럼 적막하다. 나라도 기척을 내면 좋으련만 늦잠을 핑계로 오전 내내 이불 속에서 뒹굴었다. 그 바람에 식구들은 오후 두 시가 넘어서야 점심 식사를 마쳤다. 밥상을 물리고 나자 작은엄마가 과일을 들여왔다.

"주세요. 제가 할게요."

나는 과일이 담긴 쟁반을 받아들었다. 사과를 깎기 위해 잡으려는데 왼손의 검지와 중지가 잘 구부러지지 않아 제대로 잡을 수 없다. 평소에도 자연스레 사용하기가 불편했다. 그런 내 손에 눈길이 닿던 작은엄마는 고개를 돌렸다.

켜놓기만 했지 식구 누구도 진지하게 눈길을 주지 않던 텔레비전에서 갑자기 시끌한 소리가 터져 나온다. 속보다. 많은 사람들이 기를 쓰며 앞으로 나가려하고 저지하는 경찰들로 화면은 아수라장이다. 여기저기서 고함소리와 함께 카메라 플래시가 폭죽처럼 터진다. 잠시 후에 그 대열을 가르며 차량 한 대가 나타난다. 두 손이 묶인 남자가 양쪽 형사에게 팔을 잡힌 채 차에서 내린다. 얼마 전에 체포된 연쇄살인 피의자다. 검은 모자를 푹 눌러쓰고 눈 밑까지 마스크에 덮여 이목은 거의 보이지 않는다.

한 도시에서 두 달 가까운 사이에 세 건의 실종사건과 살인사건이 연쇄적으로 발생했다. 대상은 모두 인접한 구역에 사는 소녀들이었다. 동사무소에서 서류를 떼어 나오던 여고생과 하굣길에 학교 앞에서 사라져버린 여자 초등생이었으며, 재개발지역으로 공동화되다시피 한 주택지인 자신의 집에서 사라진 여중생이었다. 여중생의 집은 주민들 대부분이 떠나고 몇 집 남지 않은 가구 중 하나였다. 초저녁이라 일을 나갔던 부모가 아직 돌아오지 않아 집에는 여중생 혼자 있었다.

세 건의 실종사건이 있은 후 그 도시의 야산에서 여러 토막 낸 첫 번째 사체가 발견됐다. 멀지 않은 곳에서 두 번째 토막 난 사체가 잇달아 나타났다. 철거될 동네의 한 주택 옥상 저수조에서는 세 번째 발가벗겨진 사체가 발견됐다. 세 번째 사체는 손가락, 발가락이 모두 잘리고 여러 군데 칼에 찔린 채였다. 검시 결과 피해자들은 앞서 실종되었던 소녀들이었으며 성폭행을 당한 후 살해되었다고 밝혀졌다.

범인인 피의자의 주거지는 소녀들의 집에서 불과 백여 미터 거리이거나 근접구간이었다. 그는 범행 후에도 천연덕스럽게 소녀들의 가족을 대했다. 거리에서 만나면 아는 체를 하거나 무심히 스쳐 지났다. 마트에서 만나면 가벼운 목례를 건네며 함께 물건을 샀다. 같은 마을버스를 타게 되면 배려 있는 이웃으로 자리를 양보했다. 그는 주변에서 조용하고 평범한 사람으로 평해지고 있었다.

이번 연쇄살인사건을 계기로 피의자가 그동안 저질렀던 미제 사건들이 추가로 드러나는 중이다. 살해당한 피해자만도 삼 년 사이 무려 열세 명이나 될 거라고 한다. 대상은 모두 여자들이다. 피의자는 범행을 완강히 부인하지만 꼼짝 못할 물증들이 드러나면서 일부 범행과 추가 부분을 시인했다. 드러난 물증과 상황에 따라 한 단계씩 인정해 나가는 수법이라고 했다. 여고생과 초등생 살해의 영장실질심사에서는 교통사고에 의한 우발적인 범행이었다고 주장했는데, 어린 아이 성폭행과 살인이라는 비난에서 벗어나기 위한 것이라고 했다. 교통사고라는 어쩔 수 없었던 상황으로 몰고 가는 것이 형량에서 유리하다고 판단한 것 같다고도 했다. 피의자는 차분하고 계획적이며 지능적인 성격이라고 했다. 앞으로도 결정적 증거가 제시될 때까지 여전히 뭔가를 숨길 확률이 높다고 했다.

기자 중 한 사람이 아수라장인 인파를 간신히 뚫고 피의자 앞에 마이크를 들이대며 다급하게 묻는다. 왜 많은 사람을 살해했습니까? 숨이 차 헐떡이며 묻는 기자와 달리 피의자는 무덤덤히 대답한다. 별 이유가 있겠습니까? 모자와 마스크만 아니라면 거리를 지나다 설문조사에 응하는 평범한 시민의 모습이다.

결코 상식적이지 않을 말을 여유롭게 되묻는 피의자의 말에 과일을 깎던 내 손길이 멈칫한다. 차분한 목소리가 섬뜩하다. 자신과 무관한 일에 대해 조곤이 말하는 착각이 들 정도다. 그에게 살해당한 어린 소녀들이 가졌을 극한의 공포가 밀려든다. 한 사람의 비뚤어진 욕망의 횡포에는 약한 자의 희생이 공식처럼 수반된다. 단지 약하다는 이유만으로 소녀들은 억울한 죽임을 당했다. 많은 가능성이 펼쳐질 삶을 살아보지도 못하고 처참히 꺾였건만 정작 살인을 한 피의자는 태연하다.

자식의 비참한 죽음이라는 사실 앞에 그동안 가슴 졸였던 피해자의 부모들은 허깨비처럼 흔들린다. 어딘가는 살아 있을 거라 믿고 싶은 희망은 산산조각 나버렸다.

여중생의 아버지는 기자가 들이대는 마이크를 맥없이 밀어낸다. 어머니는 흙강아지처럼 땅바닥을 데굴데굴 구르며 울부짖는다. 아버지는 쭈그리고 앉아 그런 아내의 몸을 쓸어내린다. 손 위로 굵은 눈물이 뚝뚝 떨어진다. 여고생의 어머니는 기절을 해 누군가의 등에 업혀 구급차에 실린다. 어린 초등학생의 아버지는 울분을 이기지 못해 주먹으로 벽을 치며 오열한다. 주먹의 살점이 뭉그러지며 피가 질펀하다. 피범벅이 흰 벽에 참담한 무늬를 만들며 낙인처럼 찍힌다. 어머니는 바닥에 주저앉아 하얗게 질린 얼굴로 그 어린 게 무슨 죄가 있다고, 이제 열 살짜리가 뭘 그렇게 잘못했냐며, 중얼거린다.

다시 화면이 바뀌고 경찰청 관계자가 나와 기자회견을 한다. 실종사건이 발생했고, 얼마 후에 사체가 발견됐고, 피의자가 잡히기까지의 매체를 통해 이미 알려진 사실의 문안을 낭독하는 형식이다. 한 나라를 떠들썩하게 했던 연쇄살인사건은 간결한 몇 줄의 문장과 발표로 정리됐다. 이어 수순처럼 이어지는 범죄심리 전문가의 말이 덧붙여진다.

'연간 1,000여 건의 살인사건이 발생하는데 수법이 점점 잔인하고 흉폭해지고 있습니다. 그 중 여성이나 어린 아이를 상대로 하는 살인사건이 빈번한데 이는 자신보다 힘이 약한 존재를 대상화하기 때문…….'

갑자기 텔레비전의 말이 뚝 끊기며 다른 장면으로 넘어가버린다. 아버지의 손에 리모컨이 들려 있다. 자신도 모르게 눌렀는지 당황한 표정이다. 애써 변명을 하는 모습이 안쓰럽다.

"요즘은 테레비가 통 볼 게 없어서……."

"그만 꺼요. 볼 것도 없다면서 뭐하러……."

지청구를 주는 작은엄마의 목소리에 역정이 묻어난다. 아버지는 서둘러 텔레비전을 끈다. 집안은 다시 적막감이 감돈다. 창으로 비쳐드는 햇살 속으로 많은 먼지 입자가 고물거린다. 그것들은 무게감 없이 공중에서 부유한다.

어머니는 나를 낳은 이후 더는 생산을 못했어. 그런 상황이 나라는 존재가 귀히 여겨지는 이유이기도 했는데, 아버지가 작은댁을 들였어도 나의 귀함에 상처를 낼 일은 아니었어. 물론 어머니에게서야 여자로서의 아픔이었을지라도 나로선 또 다른 유형의 사랑을 받을 수 있는 환경이었어.
작은댁은 유난히 내게 애정을 쏟았어. 자신의 소생이 없어서도 그랬겠지만 내가 아버지의 자식이어서 더욱 그랬을 거야. 다른 여자의 남편인 아버지의 그늘에서 떳떳치 못한 위치는 작은댁에게는 멍에였을 거야. 그래서 아버지를 어려운 손님 대하듯 적정 거리를 두었을 테고 그게 어머니에 대한 사죄의 한 방편이 된다고 여겼겠지. 하지만 아버지를 향한 지순한 정을 어쩌겠어. 나를 향할 수밖에.
손재주가 남달랐던 작은댁은 내 옷을 직접 만들어 입히거나 겨울이면 색색의 털실로 모자나 장갑, 스웨터 등을 떠주는 걸 좋아했어. 내 입맛에 맞는 음식을 만들거나 내가 입었던 옷가지들을 세탁할 때도 충만하기 그지없었어. 하다못해 내가 다 쓴 공책이나 몽당연필도 버리지 않고 모아 고운 상자에 보물 다루듯 보관하기도 했어. 그처럼 작은댁의 모든 일상은 나로 시작해서 나로 끝난다 해도 과하지 않은 표현일 거야.
그런 작은댁의 애정이 처음엔 거북했지만, 시간이 지나면서 가족이라는 결속감이 생기며 당연해졌어. 나는 점점 알 수 있었어. 작은댁이 내게 쏟는 사랑이 결코 가볍지 않다는 걸. 작은댁에게 있어 내 존재는 값으로 환산할 수 없는 큰 행복을 준다는 걸.
나는 학교가 파하면 작은댁의 집부터 먼저 들렀어. 저녁밥을 먹은 후에는 숙제까지 마치고 집으로 갈 만큼 작은댁을 따랐어. 나중에는 아예 작은댁의 집이 내 집인 듯 눌러 살게 됐어. 모르는 사람 눈에는 모녀 둘만 단출히 사는 줄 알 정도였으니까. 그에 대해 어머니는 서운해하지 않았어. 오히려 자신의 자식을 귀하게 거둬주는 작은댁을 흐뭇해했어. 언제부턴가 어머니는 작은댁을 형제간처럼 대했어.

작은댁이 온 이듬해 봄이었어. 작은댁은 나를 위해 자신의 집 뜰에 작은 목련나무 한 그루를 심었어.

아가, 네 나무란다. 앞으로 네가 자라듯이 이 나무도 같이 자랄 거란다!

그날, 작은댁의 얼굴은 나무를 심느라 봄볕에 익어 발갛게 상기되었는데 비단 봄볕 때문만은 아니었을 거야. 깊은 곳에서 퍼 올리는 누군가를 향한 풍성한 사랑이었겠지. 그처럼 나무에 쏟는 작은댁의 정성도 지극했어.

목련나무는 내가 한 해, 한 해 커가는 것처럼 작은댁의 뜰에서 튼실히 자라났어. 점점 가지가 실해지고 나뭇잎이 커졌어. 봄이 채 시작되기도 전에 다른 나무들보다 먼저 움을 틔웠고 내비치는 꽃봉우리는 아이의 통통한 손가락처럼 탐스러웠어. 소담스러운 유백색 꽃송이도 활짝, 활짝 펼쳐 놓았어.

엄마는 앉은 채로 고개까지 끄덕일 정도로 졸고 있다. 그 모습이 어쩐지 사그라지는 재 같다. 옆에 있던 작은엄마가 엄마를 편히 눕히고 베개를 받쳐준다. 아버지는 물속 같은 시선으로 두 사람을 물끄러미 바라본다. 세 사람이 두고 있는 간격은 트라이앵글의 각 선 같다. 어느 한 선이 없으면 형상 자체가 성립되지 않는. 그럼 그 속의 나는 무언가, 문득 아무에게나 묻고 싶다.

"형님이 요즘 너무 주무시는 거 아니에요?"

"…… 저승 잠이겠지."

"원, 사위스럽게 별 소리를 다……."

작은엄마는 아버지의 말에 정색을 한다.

"소원하던 딸년 혼례도 치렀으니 이제 뭔 걱정이 있을려구."

아버지의 말에 작은엄마는 풀이 죽으며 얼굴에 수심이 들어찬다. 작은엄마는 늘 그런 모습이다. 죄지은 사람처럼 미안해하며 조심스러워했다. 엄마 앞에서는 더욱 그랬다. 그런 모습을 나는 삼십 년이 넘도록 정연한 일상처럼 보고 지냈다.

"그래도 이번에는 어찌 시간을 냈구나. 잘했다. 내색은 안 해도 엄마가 좀 좋아하시겠니."

작은엄마는 내 얼굴은 보지도 않은 채 입고 있는 스웨터의 보풀을 괜스레 뜯으며 말했다. 숙이고 있는 머리의 정수리가 듬성하다. 나이가 들어 머리숱이 없어지는데다 퍼머 할 때가 지나서 더 그런 것 같다. 지난번 봤을 때보다 얼굴 살도 내렸는지 볼이 홀쭉하면서 입가 주름도 깊어졌다. 체구도 줄어든 느낌이다. 두 노인들 보살피며 집안일 해 나가기가 일흔이 된 노인에게는 버거울 것이다. 그런 작은엄마를 보는 내 눈길에 짠함이 담겼었나 보다. 눈이 마주친 작은엄마는 민망한지 자고 있는 엄마를 도닥인다.

몇 년 전부터 엄마는 죽은 딸의 결혼 얘기를 입에 올렸다. 처녀총각으로 죽은 사람들의 영혼결혼식을 올려주면 좋다고 했다. 아버지는 이렇다 저렇다 반응하지 않았지만 엄마는 성화를 해댔다. 결국 아버지는 동조했고 작은엄마는 내켜하지 않는 나까지 억지로 혼례의식에 참석하게 했다.

죽은 딸의 신랑 자리는 어느 바닷가 마을 출신인데 열아홉 살 때 태풍에 휩쓸려 사라졌다고 했다. 둘의 사주팔자를 짚어본 무당은 궁합이 아주 좋다고 했다. 그리고 허망하기 짝이 없을 하나마나한 말을 덧붙였다. 살아 있었다면 재복과 자식 복이 많은 다복한 운수였다며 아쉬워했다. 그 말을 들은 엄마는 오랜만에 얼굴에 웃음이 벙그러졌다고 작은엄마 또한 들떠서 내게 말해주었다. 그랬어도 혼례식은 침울했다. 이미 죽고 없는 존재의 혼례는 공허한 바람잡기였다. 살아 있는 사람들의 원풀이였으며 지난 슬픔을 희석시키고 싶은 자기 위안이었다.

"그나저나 잔소리 같아 말을 안 하려고 했다만 오늘은 좀 해야겠구나. 그래, 너는 언제까지 그러고 있을 참이냐?"

작은엄마는 마음에 담아두었던 듯 아까와 달리 나를 똑바로 쳐다보면서 말한다. 평소의 위축된 모습과는 다르다. 작은엄마는 내가 엄마를 위해 뭔가를 해야 할 때면 당당히 종용했다. 어릴 땐 당연히 그래야 하는 줄 알았지만 자라면서 반발감이 들었다. 상전을 깍듯이 모셔야 하는 아랫사람 처지 같은 모멸감이 들어서였다.

"요즘이야 옛날 같지 않아 여자도 서른을 훌쩍 넘기는 경우가 꽤 된다더라만, 그래도 나이가 차면 제 짝을 찾아 살아야지. 선을 보래도 싫다 하고 사귀는 사람이 있는 것 같지도 않고. 도대체 뭔 생각을 갖고 있는지 통 알 수가 있어야지. 이것저것 까다롭게 재보는 게

냐?"

"…… 아니예요."

나는 뚱하게 마지못해 대답한다.

"네 나이가 벌써 몇이냐? 뭣보다 엄마 아비지 나이도 생각해야지. 노인네들은 밤새 안녕이라고 언제 어떻게 될지 모르는데. 지금까지 남들 다 보는 손자도 못 안아보고 있으니 딱한 노릇 아니냐. 쯧쯧! 네 언니만 있었어도 나도 네 결혼에 이리 신경 쓰지 않는다."

"……."

"저번에 고모가 그러는데 괜찮은 신랑감 자리가 있다더구나. 집안 형편이나 학벌, 직장도 그만하면 괜찮고 인물도 빠지진 않는다더라. 평수는 작지만 집도 하나 장만했고 나이가 좀 있긴 해도 네 나이로 보면 많은 것도 아니지 싶던데. 한 번 만나볼래? 고모한테 저쪽에 연락하라고 할까?"

작은엄마는 평소 같지 않게 말이 많아지며 말소리까지 들떴다. 당장 양가 상견례 자리라도 잡을 듯 재촉한다. 아버지 엄마를 내세우며 결혼을 재촉하지만 자신의 애가 타는 것일 테다. 그게 나에게 덧씌워놓은 다른 누군가를 향한 절절함 때문이라 여겨지자 내 마음은 또 서늘해진다. 그 대상을 향한 작은엄마의 순정은 늘 나를 안으로 딴딴히 감아들게 한다.

나는 대꾸 없이 일부러 어적어적 거친 소리를 내며 사과를 먹는다. 그 기척이 심사가 뒤틀려서라는 걸 눈치 챈 아버지가 작은엄마에게 그만하라는 눈짓을 했다.

나는 어느새 자라 중학생이 되었어. 세상의 모든 것을 향해 순도 높은 오감이 활짝 열어질 때지.

이학년이 된 봄이었어. 모의시험을 끝낸 사월 어느 토요일에 세일러 깃의 흰 교복을 입은 여학생 한 무리가 교문을 나섰어. 소녀들의 피부는 화창한 볕 아래 말갛게 빛났고 물방울처럼 투명한 웃음소리는 대기를 향해 톡톡 터졌어. 그 중에 나도 있었어.

우리들은 며칠 전부터 계획을 세웠어. 시험이 끝난 후, 읍내 외곽의 시골에 살고 있는 친구 집에서 하룻밤을 같이 지내자고 했거든. 우리를 들뜨게 했던 건 군대를 가기 위해 잠시 휴학하고 있는 친구의 큰오빠 때문이었어. 그 또래 우리들은 한창 이성에 대한 호기심이 많을 때잖아. 더구나 하루를 부모 곁을 떠나 친구들과 오롯이 지낼 수 있는 것도 하늘을 날 듯 즐거운 일이었어. 매일 보아도 할 말이 많은데 함께 밤을 지새울 수 있다니 얼마나 좋겠어.

우리는 미리 집에서 허락을 받았기에 학교가 파하자마자 곧장 출발했어. 학교 진입로를 벗어나자 전날 야간훈련을 마치고 부대로 복귀하는 한 무리의 군인들과 마주쳤어. 완전군장 차림의 배낭과 철모에는 나뭇잎이 꽂아졌고 적에게 발각되지 않도록 얼굴에 바른 검은 칠로 몰골들은 마치 두억시니처럼 험악했어. 그래도 우리들 누구도 놀라지 않았어. 인근에 군부대가 주둔하고 있어 수시로 접하는 풍경이었고, 그런 군인들에게 나라를 지켜주는 고마움을 가져야 한다고 학교에서 늘 교육 받았거든.

군인들 중 누군가 우리를 보곤 휘익, 휘파람을 불었고 누군가는 손을 흔들었어. 우리들도 '고마운 국군아저씨께'라는 위문편지를 쓸 때 같은 마음으로 활짝 웃으며 손을 흔들어주었어. 고마운 국군 아저씨들이 아니면 편히 잠을 잘 수도, 공부를 할 수도, 친구네 집에 즐겁게 놀러가지도 못할 거잖아.

사실 군인아저씨라고 불리지만 그들은 아직 세상 이치 미처 깨닫지 못한 천둥벌거숭이들 아니겠어. 펄쩍펄쩍 뛸 망아지 같은 선부른 청춘들일 테고 어느 부모들의 사랑스러운 아들일 테니까. 조국이 처한 현실이라는 명분 때문에 작열하는 태양처럼 끓는 청춘을 저당 잡혀야 하는 게 안타까울 뿐이지. 그건 참 불합리한 거야 그치?

그런데 말이야. 군인들을 지나치는 그때 왜 불현듯 작은댁이 생각났는지 모르겠어. 친구 집에 갈 거라고 말은 했지만 어젯밤은 외사촌 언니가 오는 바람에 집에서 잤고 아침에는 늦잠을 자서 그대로 학교를 가느라 작은댁을 보지 못했거든. 오늘도 못 볼 텐데 싶어지며 마음에 걸렸어. 잠깐이라도 얼굴을 보고 와야 될 것 같았어. 나는 친구들에게 곧 뒤따라 갈 테니까 먼저 가라고 하곤 작은댁의 집 쪽으로 바삐 걸음을 옮겼어.

1974년이었다. 대내외에서 발생한 굵직굵직한 사건들이 대대적으로 신문의 헤드라인이나 방송 매체 전반을 장식했다.

정부는 신년 벽두에 일체의 개헌 언동을 금지하고 체제 도전을 봉쇄하기 위해 '긴급조치'를 선포했다. 미국에서는 워터게이트 사건으로 닉슨이 퇴진하고 포드 행정부가 들어섰다. OPEC은 열사의 땅에서 솟아나는 석유에 대한 높은 유가인상을 했다. 정부는 12·7 특별조치를 단행하면서 환율은 1달러 대 400원에서 480원으로 20% 인상했다. 38개 도매 품목에 대한 인상도 감행했다. 상승률은 50년대 전시체제 하의 물가고와 비슷했다. 진해 해군 신병훈련소 159기 신병 316명을 태운 YTL선이 충렬사 참배를 마치고 본선으로 돌아가던 중 침몰했다. 종교인들과 전국 각 대학이 유신헌법 철폐와 구속자 석방 등을 요구하는 '인권 및 개헌' 집회를 했다. 정부 전복 음모 혐의로 '민청학련사건'에 관련된 사람들이 군법회의에서 재판을 받았다. 김영삼은 '신민당권'을 장악하고 9월 정기국회에서 개헌투쟁을 했다. 윤보선과 김대중이 '민주회복국민회의 동참시국'을 선언했다.

그리고 8·15광복절 행사석상에서 대통령 부인이 총탄에 쓰러졌다. 평소의 대통령은 국방색이라고 통칭되는 짙은 쑥색 군모에 밝은 빛을 차단하는 검은 선글라스로 표상되었다. 냉혹하리만치 무표정하던 그의 얼굴에 그늘이 드리워졌다. 선진조국 달성이라는 미명 아래 억압의 채찍을 휘두르던 군부정권의 광기와 혼돈도 쇠락해질 조짐이 보였다. 오랜 독재의 그늘이 만든 암울한 그림자가 저무는 해처럼 스러지려 했다.

그 해 사월의 달력 속에는 비녀를 꽂고 한복이 맵짜한 모습의 여배우가 물이 오른 화려한 꽃그늘을 배경으로 방긋 웃고 있었다. 여배우의 흰 가르마는 여름날 폭양 속의 쪽 곧은 신작로처럼 선명했다. 그 밑 세 번째 토요일 칸에는 '성주네 집 가는 날'이라는 글씨와 함께 빨간 펜으로 동그라미가 세 겹이나 쳐 있었다. 덧칠할 만큼 강조되었던 그 표시는 무자비한 표식이 되고 말았다.

내게는 피를 나누었음에도 얼굴도 본 적 없는 언니가 있었다지만 그 사월의 어느 날 이 세상에서 참혹히 사라졌다. 그때 언니의 나이는 열다섯이었다. 그에 대해 세상은 바람 속의 한낱 티끌인 듯 무관심했다. 신문에서만 한 귀퉁이에 짤막한 몇 줄을 할애했다. 그러나 식구들에게 언니의 사라짐은 거대한 재앙이었으며 한 우주의 소멸이었다. 물리적으로 영원히 사라졌음에도 삭제될 수 없는 완강한 사실이었고, 봄날 아지랑이처럼 형체도 없이 수시로 어른거렸다.

"언제 가니?"

작은엄마가 묻는다. 나는 심드렁히 대답한다.

"이제 가야죠."

"너는 늘 일이 그리 많니? 가뭄에 콩 나듯 마지못해 와서는 쌩하니 가기 바쁘고. 직장에 매인 몸이니 시간 내기 어렵다는 건 안다만 어째 남처럼 그리 무심하니. 집에 골골하는 노인들만 있는데 걱정도 안 되더냐?"

작은엄마는 결혼 얘기가 씨도 안 먹히자 집에 오가는 횟수를 들먹이며 고까운 티를 낸다. 말 속에 서운함이 물씬하다. 나는 또 쓸쓸해진다. 작은엄마의 말이 틀리지 않다는 걸 알면서도 늘 이런 기분이다. 언뜻 들으면 부모가 자식에게 소소한 잔소리를 하는, 한 가정의 평범한 풍경일 수 있다. 그 속에서 나는 누군가의 대리일 뿐이라는 게 아프다.

“안다. 네가 집에 오기 마땅찮아 한다는 걸. 하지만 어쩌겠니. 보다시피 엄마 기력도 예전 같지는 않은데. 한세상 속이 썩어 문드러지게 살아온 불쌍한 양반 아니냐.”

나는 엄마에 대해 말하며 금방 풀이 죽는 작은엄마에게 울컥 화가 치밀며 불 같은 짜증이 터져 나오려 한다. 할 수 있다면 목청껏 소리 높여 분을 터뜨리고 싶다. 그래서요? 뭘 어쩌라구요? 속죄양으로 그만큼 살았으면 되지 않았나요? 그러나 목울대까지 치미는 말을 삼킨다. 대신 함께 있는 자리의 어색함 때문에 뒤적거리던 신문을 거칠게 접어서 방바닥에 던지듯 놓는다. 방안에 차가운 기류가 퍼진다. 작은엄마의 얼굴에 시린 바람이 흐른다. 내내 말이 없던 아버지도 주섬주섬 담배와 라이터를 챙겨 밖으로 나간다. 방문을 넘는 뒷모습에 회한이 쇠사슬처럼 묶여 철렁거린다.

작은엄마는 쓰러지듯 엄마 옆에 눕는다. 맥없이 눈을 감는 얼굴의 흉터가 유자 껍질처럼 우툴두툴하다. 어린 시절 아버지가 그 흉터를 가만히 쓸어주던 정경이 생각난다. 그럴 때면 작은엄마는 몸둘 바를 몰라했다. 나는 작은엄마의 얼굴을 징그럽고 흉하다고 여겼다. 철없던 한 때는 함께 마주 앉아 밥을 먹는 것도 싫어 나중에 따로 먹었다. 그걸 안 작은엄마는 되도록 나와 같은 밥상에 앉지 않았다.

작은엄마나 엄마 두 사람 모두 푹 꺼진 구덩이 같다. 세상의 모든 것에 아무 감정 없이 자고 있는 엄마의 얼굴에 패인 주름 골이 깊다. 그 골골마다 들어차 있을 풀어낼 수 없는 아픔은 어느 만큼일까 싶다.

아니 얘야, 친구네 집에 간다고 하지 않았니?

대문을 들어서는 나를 보며 작은댁은 의아해했어.

작은엄마!

응?

나 있잖아. 친구들이랑 같이 가려다 작은엄마가 보고 싶어서 다시 왔어.

그랬어? 내일 저녁이면 볼 텐데 뭘 하러 다시 오누. 친구들이랑 같이 가면 심심하지 않고 좋았을 걸. 아무래도 혼자 가려면…….

작은댁의 말에는 걱정이 담겼으면서도 기특함에 눈길은 감실했고 입가에는 웃음이 묻어났어. 마침 작은댁은 내게 입히려고 원피스 만들던 걸 거의 끝냈는지 마무리 중이었어.

서쪽으로 비껴가는 오후 햇살이 물에 풀어지는 가루약처럼 뜰과 마루에 뭉근히 퍼져 내렸어. 평소에는 보이지 않던 수많은 먼지 입자가 그 속에서 무게감 없이 떠다녔어. 나는 문득 이상한 느낌에 감싸였어. 어쩌면 햇살은 우리가 볼 수 없는 곳까지 가 닿지 않을까 하는 아련함 같은. 약간 불그레한 듯 부연 하늘빛과 섞인 오후 햇살은 몽환적이면서도 나른한 슬픔이 배어났어. 단추를 다느라 고개를 숙인 작은댁의 얼굴에 그 햇살이 머물렀어. 투둘한 닭벼슬 같은 흉터가 엷게 물들었는데 마음이 짠해졌어. 나는 작은댁 곁으로 다가가 가만가만 그 얼굴을 쓰다듬었어. 그러자 작은댁은 슬그머니 옆으로 얼굴을 돌렸어. 그 속에 나는 다 알지 못할 쓰라림과 함께 미안함, 고마움이 담겨 있었어. 작은댁은 그 마음을 에둘러 말했어.

어쨌든 잘 됐구나. 옷이 다 돼서 다리려던 참이었는데 이걸 입고 가면 되겠구나.

작은댁이 옷을 마무리하는 동안 나는 햇살 비치는 마루에서 작은댁이 타 준 미숫가루를 마시며 꽃과 나무가 가득한 뜰을 바라보았어. 곳곳에 봄날의 혼곤함과 방만함이 가득 일렁였어.

나는 그 뜰이 참 좋았어. 처음 작은댁을 보러왔던 그때부터 그건 나만의 공간이었거든. 그곳의 모든 것들은 다 나를 위해 빛난다던 작은댁의 말 때문이 아니라도, 그곳을 스치거나 머무는 햇살, 구름, 바람, 새, 나비, 벌, 하늘, 비, 눈…… 그 모든 살아 있음이 주는 일상의 떨림이 가슴 벅차도록 좋았어. 그리고 나를 향한 누군가의 지순함이 가득한 곳이기도 하잖아. 삿되고 추악한 것들은 결코 스며들 수 없는.

작은댁은 다림질을 마친 연두빛 원피스를 내게 입혀주었어. 거울에 비치는 내 모습은 봄날 여린 새순처럼 사랑스럽고 풋풋했어.

아유, 우리 아가 예쁘기도 해라!

내게 와 닿는 작은댁의 눈길은 환희였고, 내 갈래머리를 풀어 다시 쫑쫑 땋아주는 손길은 물위를 유영하는 잠자리였어. 작은댁은 마루를 내려서는 내 옷매무새를 다시 한 번 여며주며 당부했어.

조금 있으면 해가 지니까 걸어가지 말고 꼭 버스 타고 가야 한다! 알겠지?

나는 건성으로 고개를 끄덕였어. 댓돌을 내려서기 전 잠시 목련나무를 바라보았어. 나무 밑으로 떨어진 꽃잎들이 부식되어 벌겋게 녹슨 철 대문처럼 흉해 잠시 미간이 찡그려졌어. 어쩐지 기분이 좋지 않았어. 맨살인 목덜미로 갑자기 차가운 물방울이 똑! 떨어질 때의 써늘함 같은 게 순간 휘감았거든. 꽃잎 떨어지는 거야 해마다 보던 건데 새삼 왜 마음이 쓰였던지 모르겠어.

작은엄마, 이젠 목련이 지려고 하네. 꽃들이 벌써 거뭇해졌어!

내 말엔 지고 있는 꽃 때문에 안타까움이 담겼지만 사월의 햇살은 밝고 따스했어. 그 햇살 속에서 뜰을 지나 대문을 나서는 내 모습을, 작은댁은 봄날 훈풍 같은 웃음을 가득 머금고서 오래도록 바라보았어. 늘 그랬듯 그 눈 속에는 나만이 담뿍 담겨 있었어.

뜰 안으로 사월 햇살이 가득 내린다. 나는 뜰로 나가 햇살 속에 서서 볕바라기를 하듯 가만히 눈을 감는다. 그런데 어느 결에 섬모 같은 떨림의 통각이 내게로 밀어붙이듯 스며든다. 미세한 전류 같은 감각이 표피를 뚫고 들어와 감긴다. 감은 망막으로 실핏줄 같은 빛무리들도 수런댄다. 그리고 잠깐 사이 모서리가 예리한 뭔가가 훅훅 파고든다. 거부할 수 없는 지독한 쓰라림이다. 떨쳐내고 싶은 공허한 거리감이어서 몸이 비틀린다. 어지러움이 일어 휘청대며 마루로 올라서는 댓돌에 그만 주저앉고 만다. 뭐에 홀린 것처럼 찰나 같은 한 순간 체감한 이건 뭔가, 싶어지며 맥을 놓듯 허탈해진 눈길에 뜰의 정경이 들어온다.

뜰은 방 세 칸에 부엌이 달린 아담한 집채에 비해 꽤 넓다. 한쪽에 허드레물건을 보관하는 작은 창고와 수돗가가 자리한 공간을 제외하고는 키 큰 목련나무에서부터 앵두, 대추, 매화, 단풍, 작약, 영산홍, 파초, 이팝나무 등과 개나리, 진달래 꽃덤불이 빼곡히 들어차 있다. 담장 주변으로 빙 둘러 심은 사철나무와 나로선 이름도 잘 알지 못하는 화초도 지천이다. 그럼에도 뜰은 잘 정돈된 정연함을 지녔다. 이른 아침나절, 말끔하게 비질이 된 정갈한 흙마당을 보고 있는 느낌인데 어느 것 하나 소홀함 없는 손길의 정성스러움이 묻어났다. 그런 뜰에 들어와 본 사람들은 하나같이 탄성을 질렀다.

뜰에 있는 모든 걸 살뜰히 거두는 사람은 작은엄마다. 작은엄마가 그것들에 쏟는 정성은 대단했다. 아침 눈을 떠서부터 잠자리에 들 때까지 틈만 나면 그곳에 있어야 하는 사물처럼 붙박여 지냈다. 뜰의 모든 것이 휴면하는 한겨울에도 어루만지는 울림의 눈길이 늘 상 머물렀다. 그렇게 가꾸어진 뜰 속에는 또 다른 구성물도 존재했다. 일상의 중요한 일과처럼 그러나 무심한 눈길로 뜰과 그 속에서 움직이는 작은엄마를 바라보는 아버지와 엄마였다. 움직이거나 정지된 다른 구도이지만 그들 세 사람이 지닌 향망의 이유는 같았다.

내 방이 있는 쪽으로 수령이 오래된 목련나무가 우람히 서 있다. 몸체가 워낙 커 동네 어귀에서부터 우뚝하니 보일 정도다. 동네 사람들은 누군가에게 약도를 알려줄 때면, 목련나무가 있는 집 앞, 뒤, 옆이라든가 몇 집 건너라고 할 만큼 목련나무는 하나의 기표가 되었다. 나무는 매년 봄이 시작되면 우듬지까지 온통 함박눈이 내려앉은 것처럼 유백색 꽃송이들로 풍성했다. 몸체를 흔들어대면 금방이라도 와르르 눈사태가 날 듯 거대한 흰 눈덩이였다. 봄날 밤에 어딘가 다녀올 때면 훤한 대낮에 보는 것처럼 확연히 제 존재를 드러냈다.

그러나 지금은 꽃 질 때가 돼서인지 달려 있는 꽃송이가 몇 개 되지 않는다. 둥치 밑에 갈색으로 변해 추레하게 떨어져 내린 꽃잎들만 그득하다. 대신 꽃 진 자리에서 파릇한 이파리들이 분주히 제 모습을 내민다.

나는 다시 목련나무 곁으로 갔다. 나무를 만지자 매끈하면서 거칠한 표피가 손바닥에 닿는다. 옆으로 조금 더 팔을 뻗었다. 터억! 굴곡이 심한 뭔가에 걸린 듯 이물감이 느껴진다. 나무 옆으로 돌았다. 짙은 잿빛 수피의 한 부분이 콜타르가 묻은 것처럼 꺼멓다. 눈에 띌 만치 움푹 패여 있기까지 한 그걸 보자 허방에 다리가 빠진 것처럼 잠시 아뜩하다.

고등학교 일학년 무렵이었다. 타당하다 여기고 싶은 울분이 부글대던 때였다. 그 시기 질풍노도의 정제되지 못한 감정의 폭발과는 다른 거였으니까. 내 의지와는 상관없이 삶이 던지는 사슬에 내 목을 저당 잡혔다는 절멸감에 그저 휘둘렸었다. 나와 가장 밀접한 이들에 대한 분노와 원망이 터질듯 팽배했다.

어느 날 한밤중이었다. 창문에 어릿거리며 흔들리는 나무의 그림자를 본 건. 그림자는 수많은 촉수를 뻗치며 조이는 압박이었다. 얼비치는 그림자를 보지 않으려 이불을 뒤집어써도 망막으로까지 후비고 들어오는 걸 견디기 힘들었다. 툭! 툭! 뭔가 추락하는 소리로 고막이 터질 것 같았다. 귀를 틀어막아도 소용없었다.

이불을 박차고 일어나 씩씩대며 방을 나섰다. 부엌으로 들어가 도마 뒤에 둔 식칼을 집어 들고 뜰로 내려섰다. 밤하늘을 올려다보았다. 엄지손톱의 흰 반달보다 얇을 초승달이 슬프게 박혀 있었다. 목련나무로 걸어갔다. 봄밤의 잔잔한 바람결에 나뭇가지가 미세하게 흔들렸다. 유백색 꽃송이가 명부 같은 어둠 속으로 떨어져 내렸다. 투박한 식칼을 쥐고 있는 내 손아귀에 무모한 힘이 뿌드득 쥐어졌다. 칼날은 어둠을 가르며 나무를 흔들었다. 한 번, 두 번, 세 번……. 무지막지한 칼날이 닿을 때마다 나무의 살점은 처참히 패였다.

어느 순간이었다. 있는 힘을 다 실은 칼날이 휙 비껴 나가면서 내 왼손을 찍고 말았다. 떨어진 흰 꽃잎 위로 붉은 피가 덮였다. 피가 뚝뚝 떨어지는 손을 싸쥐고 본 나뭇가지는 여전히 잔잔한 바람결에 미세하게 흔들렸다. 유백색 꽃송이들은 여전히 명부 같은 어둠 속으로 떨어져 내렸다. 어두운 밤하늘에는 여전히 초승달이 슬프게 박혀 있었다.

아무것도 달라진 건 없었다. 달라진 게 있다면 내 왼손 신경에 약간의 손상이 갔다. 그로 인해 손가락 두 개를 자연스럽게 사용하기 편치 않은 장애와, 상흔으로 남은 나무의 상처만이 돌올했다. 어둡고 어두워서 한없이 어두웠던 깊은 밤의 그때였다.

토요일 오후의 읍내 터미널은 북적였어.

읍내에서 자취를 하다 주말이 되어 시골집에 가기 위한 학생들이 많았고, 면회 온 가족들을 만나거나 외출, 외박을 나온 군인들로 붐볐어. 타지로 출타를 하거나 물건을 팔려고 짐꾸러미를 이고 든 사람들도 행선지 차 시간을 확인하느라 바삐 오갔어. 장사꾼들의 호객 소리가 드높았고, 버스들이 내뿜는 엔진 소리와 매표원과 차장들의 우렁대는 목소리도 가세했어.

그 번잡한 풍경 중에는 신병인지, 짙은 쑥색이 선명한 군복을 입은 앳된 군인도 보였어. 훈련을 받느라 검게 그을린 얼굴로 초조히 오가는 버스에서 눈을 떼지 못했어. 이별하고 온 가족이나 연인을 기다리는 것 같았어.

그 모습을 보자 아버지와 엄마와 작은댁이 그리워졌어. 그 기분을 떨치려 오고가는 사람들을 훑어보았지만 곧 무료해졌어. 앞으로도 친구의 집으로 가는 버스는 두 시간을 더 기다려야 했거든. 그 시간 동안 모르는 사람들 틈에서 멀뚱하니 있어야 하는 게 지레 지루해졌어.

난 생각했어. 그 시간이면 지금부터 걸어서 가도 친구네 집에 충분히 도착할 수 있을 거라고. 읍내 외곽 농촌에 사는 친구들은 등하교 때 대부분 그 거리를 걸어 다녔거든. 서쪽으로 해가 꽤 기울었지만 아직 햇발도 성성했어. 친구네 집에 도착할 때까지도 해는 질 것 같지 않았어. 작은댁의 당부가 생각났지만 개의치 않았어. 모든 부모들은 별거 아닌 것에도 괜한 걱정을 할 때가 많잖아. 나는 서둘러 대합실을 나왔어.

한 잡화점 앞을 지날 때였어. 번잡한 터미널 풍경 속에서 어떤 군인

하나가 잔뜩 무료한 표정으로 우물거리며 빵을 먹고 있었어. 그 군인과 나는 어깨가 가볍게 부딪혔어. 군인이 힐끗 나를 쳐다보았으나 별다른 상황은 없었어. 부딪혔다고는 하지만 스친 정도였거든. 군인의 삐딱하게 눌러쓴 군모에 노란 작대기 두 개가 가로로 새겨 있는 게 눈에 들어 왔고 나는 무심히 그 앞을 지나쳤을 뿐이야. 잠시 후 군인이 먹고 있던 빵을 급히 휴지통에 던져 버리는 건 보지 못했지만.

나는 목련나무에 기대어 하늘을 바라본다. 넓게 퍼진 가지 사이로 비치는 하늘은 구름 한 점 없이 푸르다. 작은엄마가 마루로 나오는지 방문 열리는 기척이 난다. 보지 않고도 이후 작은엄마의 행동을 알 수 있다. 눈길이 나에게 머물 테고 잠시 눈을 감았다 뜰 것이다. 누군가 목련나무에 기댄 모습을 본 것처럼 잠깐 놀란 표정으로. 하지만 곧 눈길을 돌려 뜰이나 하늘을 바라볼 테고 그 눈길에는 애써 누르려는 허망함이 담겼을 것이다.

오래 전 작은엄마가 말한 적이 있다. 실한 목련나무에 기대어 하늘을 보던 언니의 모습은 투명한 유리구슬인 듯 했다고, 언니가 있으면 어떤 것이든 빛나지 않은 게 없었다고. 그때 작은엄마의 눈빛은 꿈을 꾸듯 아련했다. 내게서 그 눈빛은 시간이 흐를수록 선명해졌으며 서늘한 슬픔과 분노의 켜가 되어 쌓였다.

나는 하나밖에 없는 유일한 자식이다. 더구나 부모가 마흔이 훌쩍 넘어 보았으니 귀히 여겨질 테지만 사정은 그렇지 못했다. 아버지와 엄마, 작은엄마에게서 나는 큰 의미가 되지 못했다. 그들은 당연히 있어야 할 존재가 곁에 없다는 사실만을 아파했고, 없으면서도 삶의 부분부분마다 들어와 있는 그 존재를 향한 그리움과 안타까움만 깊었다. 한 시공간에서 함께 하고 싶은 절절한 기구를 잡히지 않는 신기루같이 요원하게 품고 있을 뿐이었다. 나는 그런 추상적 존재 때문에 엄연한 현실 속의 선명한 내가 뭉뚱그려져야 하는 게 화가 났다.

나는 집안을 왔다갔다 하며 나를 볼 작은엄마의 눈길이 싫어 뒤란으로 돌아들었다. 앞뜰보다는 해 드는 게 풍성하지 않은지 서늘하다. 축대로 쌓아놓은 축축한 돌 틈에는 푸른 이끼들이 돋아 있다. 조금 더 돌아 장독대까지 왔다. 거기에 동네 어디로 나간 줄 알았던 아버지가 장독대 옆 편편한 돌 위에 앉아 담배를 피우고 있다. 먼 산을 보는지 무연히 시선을 던지고 있다가 내 기척에 어색하게 말을 건넨다.

"왜 나왔니? 이따 운전하고 가려면 고단할 텐데 좀 더 누워 있지 않구선."

"괜찮아요."

나는 아버지의 시선을 피하며 건성 대답을 한다. 어색한 침묵이 흐른다. 평소에도 서로 살갑지 못해 필요한 말과 행동 외에는 멀뚱했다.

"앉거라."

어색해하던 아버지는 자리를 내주며 앞뜰로 나간다. 나는 아버지가 앉았던 자리에 앉았다. 아버지의 체온 때문인지 돌에서는 온기가 느껴진다. 어느 결에 나도 아버지처럼 먼 산 바라보듯 허공에 시선을 준다. 푸른 봄 하늘을 배경으로 처마 끝이 날렵하게 들린 지붕 선을 따라 눈길이 흐른다.

이 집은 작은엄마가 생활한 햇수만 사십 년이 넘는 오래된 집이다. 워낙에 살뜰히 가꾸었는지라 집은 손때 반들한 정갈함을 품고 있다. 하지만 근래에는 제 때 손을 보지 못해 낡아가는 걸 감추지 못한다. 지붕 기와에 검푸른 이끼와 골 군데군데 풀이 나 있고 기왓장도 갈아야 할 때가 한참 지났다. 아버지가 노인 줄에 들면서 힘이 부치는지 집 관리의 많은 부분이 드문해졌다. 언제 기와를 새 걸로 바꿔 얹어야겠다는 생각을 하는데 아버지가 다시 왔다. 그리고 내 앞으로 불쑥 서류 봉투 하나를 내민다.

"뭐예요?"

"그러지 않아도 너에게 말할 게 있었는데 우선 그것부터 열어 보거라."

안에는 몇 개의 예금통장, 보험증서들과 지금 살고 있는 집문서 등이 있다.

"저쪽 집이랑 몇 군데 있던 땅뙈기는 다 팔았다. 그 돈은 거기 있는 통장에 용도에 맞게 묶어놨고 그 중 하나는 네 몫이니 그렇게 알거라."

"이걸 왜 저를 주세요?"

"네 어미도 그러고 작은어미도 이젠 너한테 맡기라는구나. 젊은 네가 갖고 있어야지. 우리들이 언제 어떻게 될지 알 수 없어서. 사람 일이란 알 수 없지 않더냐."

"이렇게 큰 걸 제가 갖고 있긴 좀 그래요. 아버지가 더 갖고 계세요."

"아니다. 어디 전문적인 데다 맡기면 안전할 테니까 그리 하거라. 그리고 혹시 모르니 우리 명 끊어지기 전에 거동이 쉽지 않거든 애쓰지 말고 시설에 맡기거라. 그 돈은 그럴 때 쓸 돈이다. 알아보니 그만하면 우리 셋 가 있는 동안 부족하진 않겠더구나. 정 마음이 서운하거든 가끔 들여다보면 되지 않겠니? 이 집은 처분해도 되겠지만…… 그래 그건 네가 알아서 할 일이지. 우리 죽고 난 다음엔 깔끔하게 화장하거라. 네 어미나 작은어미가 나보다 먼저 가면 난 그렇게 할란다."

부모가 결혼생활을 시작해서 지금까지 살았던 집은 팔려고 내놓았다는 소리는 들었다. 그런데 땅까지 다 팔았다는 얘기는 처음이다. 몇 군데라고 하지만 적지 않은 부지였으니 땅값으로 받은 돈은 덩어리가 꽤 클 터였다.

오 년 전부터 엄마의 기력이 예전 같지 않아지면서 누군가의 도움을 받아야 했다. 수발이야 아버지가 해도 됐지만 적지 않은 제사며 집안 대소사를 챙겨야 할 일이 만만치 않았다. 그래서 작은엄마와 살림을 합치기로 하고 작은엄마가 살던 집은 세를 주자는 얘기가 나왔다. 하지만 엄마가 펄쩍 뛰었다. 차라리 자신이 살던 집을 팔고 작은엄마 집으로 옮기자고 했다. 뜻밖이었다. 이유는 작은엄마의 집 뜰에 있는 목련나무 때문이었다.

엄마는 작은엄마의 집에 오면 마루에 앉아 뜰만 하염없이 내다보았다. 겨울에도 방에 들어오지 않고 한참을 앉아 있기만 했다. 그런 엄마의 태도에 아마 작은엄마가 거처하는 방에는 들어가고 싶지 않아서 그런가 보다,라고만 여겼지 목련나무를 보기 위한 건 줄은 몰랐다. 어쩔 수 없이 아버지와 엄마가 살던 집은 일단 세를 주다가 매입자가 나타나면 팔기로 하고 작은엄마 집으로 살림을 합쳤다.

나는 언제 어떻게 될지,라는 아버지의 말과 당신들 마지막도 미리 염두에 둔 계획에 마음이 쓰인다. 그들의 죽음을 생각해본 적 없었기에 쓸쓸했다. 아버지도 내 심정을 짐작했는지 잠시 말이 없다가 내 옆으로 와 앉으며 조심스레 묻는다.

"혹시 기자라는 사람이 전화하지 않았더냐?"

나로선 애써 묵살하려던 일이 아버지에게서 다시 거론되자 마음이 더 무거워진다. 기자에게 기껏 나를 앞세워놓고 어떤 내색도 하지 않다가 새삼 꺼내는 의중은 무엇인가 싶다.

"만났어요. 그런데 왜 저한테 넘기셨어요? 내키지 않으면 그냥 거절했어도 되잖아요."

"글쎄다. 이제 와서 파헤친들 뭐가 달라질 거라고. 그 작자가 혹시 살아 있다면 멱살이나 쥐어잡고 흔드는 것뿐일 텐데. 아마 그때 그렇게라도 해보지 못한 게 맺혀서 덜컥 네 연락처를 가르쳐준 것 같구나. 너한테 면목이 없다. 아비가 생각이 짧아서 괜히 혼란스럽고 성가시게 해서. 이제 겨우 마음 다스리고 있는데."

"……."

"기자 일은 잊어버려라. 부질없는 일 아니겠니."

구부정하니 앞으로 상체를 수그린 아버지의 어깨에 머리비듬이 듬성듬성 떨어져 있다. 산이라도 떠멜 듯 우람하던 어깨가 이제는 잔뜩 줄어들어 노년의 헐거움이 완연하다. 내려앉는 세월의 더께에 홀홀하다. 뒷 정수리의 머리카락은 많이 빠져 훤했고 앞이나 옆머리도 성기고 희끗하다. 젊은 시절 아버지의 머리칼은 검고 풍성했는데 단정히 빗어 넘기고 각도를 약간 틀고 있는 모습은 결곡했었다. 그때와 많이 달라진 아버지의 모습에 마음이 우련해진다. 나는 아버지의 어깨에 떨어진 비듬을 가만히 털어낸다. 근육이 빠져 불거진 뼈대의 느낌이 손바닥에 전해진다.

"왜? 지저분한 게 많이 떨어졌더냐?"

아버지는 슬그머니 어깨를 빼며 민망한 웃음을 짓는다. 웃는 입가의 주름이 눌린 지층처럼 겹진다.

나는 번잡한 읍내를 지나 친구네 집으로 가는 외곽 길로 접어들었어. 드문드문 인가 몇 채가 보일 뿐 인적이 거의 없었고 포장이 되지 않은 황톳길만 나타났어. 나는 아까 버스정류장에서와는 달리 후회가 들었어. 혼자 친구네 집으로 가는 길은 생각보다 멀었고 해서는 안 되는 걸 하듯 찜찜하니 내키지 않았어.

손목시계를 보았어. 겨우 다섯 시가 조금 지났을 뿐인데 어느새 봄날 해는 기울기 시작했어. 집으로 다시 돌아갈까, 싶은 생각이 들었지만 이미 많은 길을 와버려 그도 여의치 않았어. 저만큼에 친구가 살고 있는 동네로 들어서는 재 초입이 보였어. 거기서 조금만 더 가면 친구네 집이 있다는 걸 위안 삼아 바삐 걸음을 옮기는 수밖에는 도리가 없었어.

평평한 길이 끝나자 재로 들어서는 구불한 길이 시작됐어. 나무들이 울창하게 들어찬 재는 그나마의 햇발도 제대로 스며들지 않아 어둑했고, 몸에 와 감기는 습한 기운으로 기분이 좋지 않았어. 내 기척 때문인지 다복솔 덤불에서 산새가 화다닥, 날아올랐어. 태어나서 줄곧 불빛 환한 읍내에서만 자랐기에 어둑해지는 산길이 무섭고 두려웠어. 어디선가 불안한 산새 소리가 다시 꾸르륵 들린 그때였어. 어떤 물체 하나가 턱, 내 앞을 가로막는 거야!

"어차피 갈 거면 해 있을 때 가거라. 날 저물면 어두워서 운전하기 힘들 텐데."

작은엄마가 부엌에서 뒤란 쪽으로 난 문을 열고 재촉한다. 얼굴에 불안감이 어려 있다. 어느새 시간이 훌쩍 지나 있고 아버지는 한참 전에 뒷마당을 나가고 나 혼자 마냥 앉아 있었다. 아직 해가 질 기척은 없어 보이지만 봄날 해는 이러다가도 금방 사그라진다. 작은엄마 말대로 갈 차비하고 뭐하다 보면 자칫 밤길 운전이기 십상이다.

방으로 들어오니 엄마는 여전히 잠에 빠져 있다. 힘들게 지친 몸을 널브러지듯 누인 얼굴에는 온통 주름이 자글하다. 나는 그 모습을 한참 내려다본다. 가슴 한구석에서 짠함이 밀고 올라온다. 가만히 엄마 옆에 앉는다. 깊은 잠은 아닌지 눈꺼풀 속에서 동공이 자주 움찔거린다. 반쯤 헤벌어진 입안은 엄마가 지나온 시간만큼이나 어둡고 휑한 동굴 같다. 희끗한 머리카락 몇 올이 얼굴에 신산하게 흘러내렸다. 조심스레 머리카락을 쓸어 넘겨준다. 미세한 그 기척에 엄마는 화들짝 놀라며 눈을 떴다. 그리곤 나를 올려다본다. 눈빛이 텁텁한 한여름 햇살처럼 몽롱하다. 그 속에 한데 섞여 분별되지 않는 어떤 것이 스치며 잦아드는 목소리로 말한다.

"아! 내 딸 왔구나! 그나저나 밥을 차려주어야 하는데 자꾸 잠이 쏟아지는구나. 가만 있거라. 내 곧……."

엄마는 안간힘을 쓰지만 까부라지듯 이내 눈을 감는다. 내 팔을 잡으려던 손길을 맥없이 떨어뜨리고 미망 같은 잠 속으로 다시 스며든다. 잠속에서나마 그리도 기다리던 딸에게 밥을 차려줄 수는 있을까.

내가 고등학교에 들어갈 때까지 곤욕스러울 때가 종종 있었다. 깊은 밤중에 무자비하게 덮치듯 켜지는 파리한 전등 불빛과 어깨를 흔들어대는 우왁스러운 엄마의 손길에 잠이 깨야만 했다. 그런 날이면 엄마는 죽은 언니의 꿈을 꾸었던 것 같다. 손길에 잡히지 않는 허상에 허우적대다 깨선 가슴 저리는 안타까움을 어쩌지 못해 내 방을 찾아들었다. 그건 나에게는 황폐한 폭력이었고 엄마는 몽환 속을 정처 없이 떠도는 한 자락 연기였다.

얘야. 엄마가 얼른 밥 차려준다는데 그 새를 못 참고 이렇게 자고 있으면 어쩌니?

엄마는 자고 있는 나를 억지로 일으켜 앉혔다. 잠에 취한 나는 눈을 제대로 뜨지 못했고 몸도 잘 가누지 못해 이불 위로 맥없이 고꾸라졌다. 엄마는 그런 나를 다시 일으켜 앉혀 손에 억지로 숟가락을 쥐어주었다. 힘이 들어가지 않은 내 손에서 숟가락은 매번 바닥으로 떨어졌다. 그러면 엄마는 직접 내 입에 밥을 떠넣기까지 했다. 결국 시끌한 기척에 잠이 깬 아버지가 엄마를 데리고 나가고 나서야 깊은 밤의 소동은 조용해졌다.

그때 이불을 여며주고 방을 나서던 아버지의 얼굴을 나는 지금도 기억한다. 찰나의 순간을 정확히 포착하고 찍어낸 선명한 사진처럼 말이다. 눈가에 깊게 잡힌 주름처럼 털어낼 길 없이 짙은 수심 가득했던 눈이었다. 얼굴 근육 골마다 난자질 당해 깊이 파인 참척의 고통이었다. 이불을 여며주는 손길에선 쓰라린 안쓰러움이 물큰물큰 배어나왔다.

엄마의 소동이 끝난 방안은 먹빛 어둠과 적막이 휘돌았다. 나는 엄마가 흔들어 깨울 때는 잠에 취해 있다 정작 혼자 남아서야 정신이 비로소 명징해졌다. 나라는 정당한 존재가 어떤 허상의 한낱 도구화가 되어야 하는 게 억울했다. 나의 내면은 쨍쨍한 햇살에 반사되어 챙강, 챙강 부서지는 시퍼렇게 날 선 칼이 되어 이를 악물며 중얼거렸다. 절대로 자식을 낳지 않을 거야! 이 따위라면! 내 참담한 의식은 어둠 속에서 소리죽인 울음을 삼켜야 했다.

내가 친구의 집으로 가려고 했던 토요일에서 하루가 지난 다음날이었어. 하룻밤만 지내고 오겠다던 나는 어둠이 깊게 내려앉은 한밤중에도 돌아오지 못했어. 함께 가려던 친구들은 이미 집으로 돌아와 있었는데 말이야. 아버지가 그 친구들을 찾아다니며 물어 보았지만 아무도 내 행방을 알 수 없었어. 집에 들렀다 곧 뒤따라온다던 내가 해가 져도 오지 않기에, 아마 집에 사정이 있어 안 오는가 보다 여겼다는 답답한 말만 들을 뿐이었어.

식구들은 극심한 불안감 속에 뜬눈으로 밤을 지샜지만 결국 실종 신고를 해야만 했어. 월요일 아침에 운동장에서의 애국조회가 끝나고 1교시 출석을 부를 때까지도 내 대답은 여전히 들리지 않았거든.

종례가 끝난 하교시간이었어. 담임선생님이 교무실로 막 들어설 때였어. 교감선생님 얼굴이 희게 질려 있었어. 교무실 창 너머 화단에는 화사한 벚꽃이 봄바람에 분분히 흩날렸어.

지금 지서에서 연락이 왔어요. 솔마재에서 여학생 하나가 타살된 채 발견 됐다는데 우리 학교 학생 같다고 합니다. 아무래도 오늘 오지 않은 강 선생 반 아이 같습니다!

교감 선생님 목소리가 불안한 파장을 지으며 떨렸어. 담임선생님 손에 들려 있던 출석부와 교재가 책상 위에 아무렇게나 부려졌어. 학과잔무 처리를 하던 다른 교사들의 얼굴도 일제히 들려졌어. 어떡해? 어떡해? 어느 여교사는 울음을 터뜨리며 얼굴을 감쌌어.

교감 선생님의 말은 급속히 학교 전체로 퍼졌어. 하교하기 위해 교문을 나서다가, 각 교실에서 청소를 하다가, 수돗가에서 대걸레를 빨다가, 소각장에서 쓰레기를 태우다가, 음악실에서 합창 연습을 하다가,

미술실 캔버스 앞에서 줄리앙의 석고상을 스케치 하던 학생들이 운동장으로 뛰쳐나왔어.

그들은 학교에서 멀지 않은 맞은편에 있는 재를 바라보았어. 고요했어. 아무 일도 없는 것처럼. 이제 봉우리를 열기 시작하는 진달래꽃과 움을 틔우는 나무들의 새순으로 홍반녹반의 물결만 재를 휘감았어. 음험한 그림자는 자취도 없이 평온했어. 거기 어딘가에서 자신들의 친구가, 자신들의 제자가 죽임을 당했다는 게 믿기지 않아 모두들 멍하니 바라보기만 했어. 학교 뒷산에서 뻐꾸기 한 마리만 무연히 울고 있어 봄날의 고요한 적막을 깨고 있을 뿐이었어.

어린 시절의 내게서, 엄마라는 존재는 가늠할 수 없는 모호함이었다. 늘 서늘한 바람결이 묻어나왔고 무심히 흘러가는 물살 소리만 들려왔다. 엄마와 나 사이에는 일정한 간격이 자리했다. 내가 한 발 내밀어 다가갈라치면 어느새 또 그만큼의 거리가 있었다. 왜 내 엄마는 다른 집 엄마 같지 않은 걸까. 엄마는 분명 한 집에 살고 있는데도 혼자 살고 있는 것 같았다. 오히려 함께 살고 있지 않은 작은엄마가 아버지와 나 사이에 긴밀히 연결된다고 느낄 때가 많았다. 작은엄마는 나를 마치 가까운 곳에 살고 있는 먼 친척 아이 대하듯 무덤덤했는데도 그랬다.

초등학교를 다니는 내내 엄마는 한 번도 학교에 오지 않았다. 소풍이나 운동회 때면 어린 나 혼자 보내는 게 딱한 작은엄마가 어쩔 수 없어 따라나섰지만 나는 그게 싫었다. 꼭 엄마 없는 아이가 된 서러움과 작은엄마의 얼굴에 난 흉터를 보며 수군거리는 친구들의 눈빛이 견디기 힘들었다. 그런 날이면 속이 상해 심통을 부려보지만 아버지나 엄마, 작은엄마 모두 쳐다봐주지 않았다. 그들이 바라보는 곳은 오직 하나였다. 나는 남의 집 군식구처럼 위축되고 서러웠다. 혼자라는 생각이 들면 얼음구덩이에 잠겨 있듯 혹독하게 시렸다.

중학교에 입학해서였다. 신입생들의 학교생활에 대한 설명회에 학부모들이 참관해야 했다.

엄마, 내일 학교에 꼭 와야 해. 다른 애들 엄마들도 다 온대. 응~어~엄마. 응? 응?

나는 엄마가 꼭 와주었으면 하는 마음에 졸라댔다.

얘가 왜 이리 성화야? 난 안 간다. 언제는 내가 그런 데 가드냐?

엄마는 처음엔 좀 귀찮은 기색으로만 가볍게 대했다. 그때까지만 해도 별다른 조짐은 없었다. 나도 엄마가 당연히 참석하지 않을 거라 여기면서도 계속 엄마의 팔을 붙잡고 징징거렸다.

다른 애들은 다 엄마가 오는데 나만 항상 엄마가 안 오잖아. 싫어! 싫단 말이야!

나는 떼를 쓰다 못해 나중에는 집이 떠나가도록 울음을 터뜨렸다. 처음부터 그러려던 건 아니었다. 한 번 졸라본다는 게 그간의 서운함과 원망이 터지며 걷잡을 수 없었다. 그런 내 행동에 단순히 귀찮아만 하던 엄마는 갑자기 얼굴빛이 파래지며 고래고래 악을 썼다. 살갑게 보듬으며 다정하지 않아도 그렇게 언성 높이는 걸 들어

본 적이 없었기에 나는 놀랐다.

엄마의 감정은 점점 격해졌다. 눈에 벌겋게 핏발까지 세워가며 급기야는 입에 허옇게 거품까지 물면서 울부짖었다.

그만 못 닥치겠니? 내 자식이 누릴 걸 다 누리면서 뭐가 부족해 앙앙거리니? 네가 뭐기에 내 자식한테도 못 해준 걸 받으려는 거냐고? 네 뒤치다꺼리 그만큼 했으면 됐지 더 이상 뭘 어쩌라는 거냐? 내가 거길 가서 쑤군대는 같잖은 소리를 등신처럼 왜 들어야 하니? 그때 내 자식이 네 어미만 다시 보러오지 않았으면 그렇게 죽지 않았다. 그래 놓고는 보란 듯이 새끼 퍼지르고 낳아선 날 줘? 지 년은 손 하나 까딱 않고 새끼 거저 키워놓고는 날 생각해서라고?

엄마의 돌연한 패악에 나는 구석에 몰린 어린 짐승처럼 바들바들 떨었다. 내가 엄마의 딸이 아니라는 충격에다 엄마가 잘못될까 싶은 두려움에 정신을 차릴 수 없었다. 격한 흥분으로 극심하게 몸까지 떨어대는 모습은 감당하기 힘든 공포였다. 다행히 밖에서 들어오던 아버지가 기겁을 하고 엄마를 달랬다. 한참을 더 길길이 날뛰던 엄마는 축 늘어지고 말았다.

그때의 정황은 내가 성장하면서 조금 색이 엷어졌을 뿐 아직도 고통으로 남아 있다. 어느 순간 두려웠던 그때의 상황이 고개를 내밀면 가슴이 쪼개지는 것처럼 쓰리다. 대책 없이 쏟아내던 엄마의 말들은 끔찍한 충격이었다.

그일 이후 엄마는 그동안 눌렀던 감정을 노골적으로 드러냈고 나는 비로소 알게 됐다. 끔찍하게 사라진 언니라는 존재와 생물학적인 엄마와 제도가 만들어준 두 엄마라는 혼돈의 이유를. 그동안 엄마에게서 건네지던 거리감과 아버지와 엄마, 작은엄마 사이에 흐르던 막연한 서늘함들도. 명절이나 행사로 친척들이 모이면 그들에게서 느껴지던 모호한 기류들도.

나는 태어나자마자 생모와 떨어져 살았다. 피와 살을 나누어준 사람을 작은엄마라 불러야 했고, 피 한 방울 섞이지 않은 사람을 정당한 엄마로 불렀다. 자식을 갖지 않겠다고 맹세한 생모는 언니가 사라지자 나를 낳아 기꺼이 아버지의 아내인 엄마에게 주었다. 처참하게 자식을 잃은 엄마에게 해줄 수 있는 생모 나름의 가상함이었다. 작은엄마는 흘러넘치는 젖을 마르게 하는 약을 먹으면서까지 젖을 주지 않았을 뿐더러 한 번 안아주지도 않았다.

나는 제도적 엄마가 끓여주는 분유를 먹었고 그 손에서 자랐다. 나는 그에 대해 단언할 수 있다. 그 양육은 이 세상 대부분의 어미가 자식에게 건네는 당연하고 지극한 보살핌은 아니었다. 몸과 마음이 분리된 마지못한 행위였을 뿐이다. 그 사실은 엄마와 나, 서로에게 막막한 서러움이었다.

혹시 알아?

타인으로 인해 극한의 공포 속에 홀로 뒹굴어야 하는 게 어떤 건지. 그래, 알 수 없을 거야. 그게 목숨과 관련된 거라면 더더구나. 쉽게 경험할 수 있는 게 아니니까.

그날 내가 겪어야 했던, 이 세상의 언어로는 제대로 표현하지 못할 처절한 공포와 고통 속에서 내 목숨이 억울하게 사그라지던 그때를 나는 지금 말하려 해!

어둑한 숲 속에서 내 앞에 기습처럼 다가선 물체는 뜻밖에도 군복을 입은 남자였어. 초저녁인데다 특별한 복색 때문에 물체를 식별하기 어렵지 않았어. 휴전선이 가까운 분단접경지역에 살았기에 수시로 보던 거였어. 군인이라는 익숙함에 순간, 안도감이 밀고 올라왔지만 덮치듯 내 어깨를 움켜잡는 완력에 본능적으로 머리끝이 쭈뼛 곤두섰어. 나는 얼결에 들고 있던 가방을 휘둘렀어. 빗맞기는 했지만 주춤한 상대의 팔이 걷어질 때 냅다 달렸어. 울퉁불퉁한 길을 달리다 돌부리에 걸려 고꾸라질 뻔했어. 뒤따라오는 둔탁한 군화소리가 섬뜩했어. 자잘한 돌멩이들이 발밑에서 투덕거리며 튕겨져 나가는 소리가 고막이 터질 듯 귀를 때렸어. 숨이 턱 밑까지 차오르며 목이 터져나갈 것만 같고 뇌수가 두개골을 뚫고 나와 털렁대며 쏟아질 것 같았어. 어떡하든 벗어나야 한다는 절박한 위기감에 기를 쓰며 달렸어.

그러나 작정하고 달려드는 한창 힘 좋은 젊은 남자의 아귀를 이제 열다섯인 나로서는 벗어날 수 없었어. 얼마 가지 못해 기진해진 나는 다시 어깨를 잡히고 말았어. 군인은 길이 아닌 숲으로 나를 질질 끌고 갔어. 끌려가지 않으려 죽을 힘을 다해 소리치고 버텨도 도리 없었어. 읍내에 오일마다 서는 장날도 아니고 토요일인데다 해가 저무는 산길을 다닐 인적은 어느새 끊어졌는지 기척이라곤 없었으니까.

그는 숲 깊숙한 곳에 나를 가혹하게 내팽겨쳤어. 재 중턱 아래 저만큼 친구가 살고 있는 동네 집집마다 밝히기 시작하는 안온한 불빛이 두려움에 질린 내 눈에 어룽거렸어. 그 속에 들어설 수 없다는 절망감은 거대한 공포였어.

군인은 나를 타고 앉았어. 양 무릎으로 내 팔을 누르고 발버둥치는 내 입에 쓰고 있던 군모를 벗어 쑤셔 넣었어. 그리고 내 옷을 잡아 뜯었어. 작은댁이 정성들여 만들어준 원피스의 단추가 투두둑, 거친 소리를 내며 아무렇게나 뜯겨졌어. 이어 브래지어가 잡아 뜯겨졌어. 아직 농익지 못한 내 젖무덤이 참담히 드러났어. 군인의 얼굴이 광포한 격정으로 기괴하게 흔들렸어. 그는 남은 내 속옷을 마저 벗겨 내리며 다급하게 허리띠를 풀었어. 하복부에 날카로운 연장으로 후벼 파는 극심한 통증이 밀려들며 허리가 끊어질 듯했어. 군인이 거친 숨소리를 내며 움직일 때마다 밑에 깔린 크고 작은 돌멩이의 무지막지한 질감이 엉덩이와 등뼈를 파고들어 숨이 턱턱 막혔어. 통증으로 소리를 질러보지만 틀어 막힌 군모 때문에 꺽꺽거릴 뿐이었어.

세상의 험한 것에는 노출될 일 없이 온실 속 화초처럼 지내왔던 나였어. 그런데 이 무슨 일인가. 내게서 벌어지는 끔찍한 상황이 이해되지 않았고 오로지 나 혼자라는 사실이 공포스러웠어. 악몽이라고, 지옥이 이럴 것이라는 생각도 들었어. 나뭇가지 사이로 비치는 밤하늘이 처절하도록 시렸어.

한참만에 군인은 격하게 몸을 떨더니 내게서 몸을 일으켰어. 바지를 추스르고 잠시 나를 내려다보고는 찍, 잇새로 침을 내뱉었어. 그의 입에서 거친 욕설이 튀어나왔어.

씨이팔! 좆만한 년이 재수 없게!

지금까지 들어볼 일 없던 쌍스러운 욕설에 또 다른 두려움이 일었지만 그래도 안도할 수 있었어. 이제는 집에 가도 되겠구나. 어서 빨리 뛰어서 집으로 가야지. 그런데 찢어진 옷은 어떡하지. 악몽처럼 무자비하게 다루어졌던 행색을 걱정하며 진저리가 쳐지는 울음을 삼킬 때였어.

군인이 내 입에 물렸던 군모를 빼곤 입에 담기도 힘든 욕설을 다시 해대며 주먹으로 마구 내 얼굴을 후려치는 거야. 코피가 터져 목으로 핏덩이가 꿀럭꿀럭 넘어와서 숨 쉬기가 힘들었어. 입술이 찢어져 쓰라렸고 눈앞이 온통 노랬어. 손으로 얼굴을 가릴 수도 없었어. 군인의 무릎이 내 팔을 힘껏 누르고 있었으니까. 그는 그렇게 때리면서도 성에 차지 않는지 다시 일어나더니 군화 신은 발로 벌거벗긴 나를 사정없이 짓밟았어. 군홧발이 몸에 닿을 때마다 창자가 터지거나 뼈가 으스러질 것 같았어.

살려주세요! 살려주세요!

군인은 처절하게 질러대는 내 비명에도 때리는 걸 멈추지 않았어. 나는 빌어야 할 것 같았어. 뭘 잘못했는지 모르지만 그래야 할 것 같았어. 어른들은 그랬거든. 잘못을 해도 그에 대해 반성하고 용서를 빌면 된다고.

잘못했어요! 다시는 안 그럴게요! 잘못했어요!

하지만 군인은 낄낄거리며 손으로 쥐면 한 움큼도 안 될 내 젖무덤을 지지 밟았어. 아직 거웃이 무성하지 않은 아랫도리를 투박한 군화 앞코로 축구공 차듯 연신 찼어. 내가 고통에 다리를 웅크리자 움직이지 못하게 자신의 한쪽 발로 내 한쪽 다리를 밟아 고정시켜 놓고 차댔어. 아…… 아…… 그 형용할 수 없는 고통과 공포와 치욕이라니. 차라리 나는 정신을 잃고 싶었어. 그랬다면 그 끔찍한 고통을 느끼지 않아도 되잖아.

살려달라고? 잘못했다고? 알았어!

군인은 조금 전의 낄낄대던 웃음기를 멈추곤 기괴하게 뒤틀어진 표정으로 잠시 나를 내려다보았어. 그리고 다시 나를 타고 앉았어. 군인의 손이 천천히 다가와 내 목을 힘주어 잡았어.

나는 또 다른 통증에 눈이 크게 떠졌어. 힘을 주는 군인의 눈이 어둠 속에서 발하는 인처럼 파랗게 타올랐어. 나는 공중에 마구 얽힌 전깃줄을 보다가 젖힌 고개를 바로 했을 때처럼 어지러움으로 휭 했어. 눈알이 튀어나올 것 같고 몸 전체로 흐르는 혈관이 모조리 머리로만 모여들어 터질 듯했어. 너무 고통스러워서 아무 거라도 손에 잡히는 건 다 잡아보고 싶었어. 무심코 지나쳤던 많은 것들이 소스라치게 절실해졌어. 나는 있는 힘을 다해 땅바닥을 긁어댔어. 자잘한 돌멩이와 마른 나뭇가지들이 날카롭게 손톱 밑으로 파고들었어. 살점이 후벼지며 피가 내비쳤어. 고통에 버르적거리던 발에 신겨져 있던 구두끈이 툭, 끊어졌고 땅은 세로로 움푹 파였어. 발목의 흰 양말은 누런 흙물이 들어 어둑함 속에서 색이 바랜 핏물 같았어. 살고 싶어서 고통스럽게 땅바닥을 긁어 파던 손톱들은 살점과 분리되어 너덜거렸어.

그리고…… 군인의 윗니가 아랫입술에 깊숙이 박히는 걸 보았어. 그와 함께 통증으로 터질 것 같던 내 머릿속이 거짓말처럼 말개지는 거야. 고통으로 극심한 경련이 일던 내 몸에 봄날 오후 햇살 같은 나른함이 휘돌았어. 어느 나무에선가 무성하던 잎들이 솨와 떨어져 내리는지, 땅 깊은 곳에서 빨아 올려진 풋풋한 수액냄새 때문인지 자꾸만 코끝이 간지러웠어. 어루만지듯 스쳐가는 어떤 바람소리인지, 어디선가 찰박이며 흐르는 물소리 때문인지 자꾸만 귓바퀴가 간지러웠어. 나는 그만 눈이 감고 싶어졌어. 꿈속에서처럼, 이런저런 정황을 설명하지 않아도 많은 일들에 대해서 저절로 알게 되듯이. 그렇게 내 눈은 서서히 감겼어.

청솔모가 이 나무에서 저 나무로 옮겨 다니느라 잔가지가 부러지면서 철쭉꽃 무더기로 투둑 떨어졌어. 그예 화르르 꽃잎 떨어뜨리고 말았어. 재 아래 친구가 살고 있는 동네에서 들려오는 개 짖는 소리가 점점 희미했어.

사실을 알게 된 대가는 컸다. 나는 오랫동안 상흔에서 헤어나기 힘들었다. 피를 나눈 형제가 처참하게 죽어갔다는 것이 아팠다. 남들처럼 평범하지 않은 가족관계가 수치스러웠다. 내 엄마라는 사람이 혈연적으로 아무 상관없다는 사실이 쓰라렸다.

또 다른 무게도 버겁게 얹혔다. 친엄마가 아니라는 걸 알면서 한 집에서 지내야 한다는 건 고역이었다. 단순한 양모가 아니지 않은가. 자식의 처참한 죽음으로 치유될 수 없는 상처를 안은 채 그 죽음이 내 생모 때문이라며 원망하던 사람이었다. 나는 고등학생이 되면서 작은엄마의 집으로 거처를 옮겼다.

무엇보다 나를 위축시킨 건 생모가 제도적으로 인정받지 못하는 첩이었고 그에게서 태어난 비루한 출생이었다. 그 일 이후 생모는 숨 한 번 제대로 쉬지 못했고 야멸칠 만큼 내게 더욱 무심해졌다. 생모로선 그런 처신이 최선이라고 판단했을 테지만 나로선 어디에도 뿌리내리지 못하는 혼란스러운 부박함이 가중되었다. 여기에도 저기에도 속하지 못하고 홀로 버려진 서러움은 거대한 강물처럼 덮쳤다. 대학에 입학하면서 집을 떠나와서야 그 짐을 벗어버린 듯했지만 잠시였다. 여전히 나는 아버지와 엄마, 작은엄마라는 떨떠름한 관계 속에서 자유로울 수 없었다. 그들과 내가 이 세상에서 사라지지 않는 한 결코 소멸되지 않을 무거운 굴레였다.

"경진아! 경진아!"

몹쓸 꿈을 꾸었는지 자던 엄마가 새된 비명을 내지른다. 부엌에 있던 작은엄마가 급히 들어왔다. 자신이 지른 소리에 놀라 일어난 엄마의 얼굴이 허옇게 질렸다. 그런 엄마를 작은엄마는 아이 달래듯 가만가만 등을 쓸어준다.

"우리 경진이가, 그 쳐 죽일 놈이……."

엄마는 얼굴이 일그러지며 악에 받친 말을 내뱉는다. 패인 주름골이 아주 깊다.

"어쩌나. 한동안 괜찮다 싶더니 부쩍 이렇게 치받치시니."

엄마의 등을 쓸어내리며 말하는 작은엄마의 얼굴에 먹장그늘이 내려앉는다.

"경진아! 경진아! 불쌍한 내 새끼! 어허엉! 어허…… 어엉……."

엄마의 울부짖음이 굉음처럼 터진다. 어찌 다 알까마는 생살이 찢기는 그 고통스러움이 내게도 전해진다.

어느 한 시절, 아니 오랫동안 나로 하여금 무자비한 상처를 껴안게 했던 엄마였다. 한동안 증오할 만큼. 물론 그건 엄마의 의도가 아니다. 엄마도 세차게 불어대는 광풍 속에 사라져버린 연결 끈을 부여잡고자 자신을 지탱하지 못했다. 이만큼의 시간이 흘러 생각해 보면 엄마에게는 그나마 그것이 죽은 자식에 대한 사랑의 유대라는 확신이었지 않을까.

그렇기에 나는 또 여전히 껴안을 수밖에 없다는 걸 안다. 그것들이 뿜어내는 자장 속의 거역할 수 없는 서글픈 연민 때문에. 아버지와 작은엄마에게도 마찬가지다. 그들을 향해 들끓어 오르는 원망과 분노를 다스리기 힘들어 마주보고 싶지 않았지만 결국 바라보아야 할 수밖에 없다. 좌초된 난파선처럼 피폐해진 그들의 상흔을. 그들이 지닌 허상의 간극에 끼여 쓸쓸한 분노와 연민을 감내해야 한다. 사이와 사이에서 언제까지나 진자운동을 해야 하는 추처럼.

이제 내 몸은 그리운 사람들 곁에서 함께 숨 쉴 수 없게 되었어. 내가 다가가도, 애틋함에 어루만져도, 정겨이 불러도 그들은 나를 보지도 느끼지도 듣지도 못해. 창자가 끊어지는 것처럼 아파하기만 해. 그게 한없이 슬퍼!

어느 날 새벽이었어. 방문 창호지가 여명에 젖을 때 작은댁의 입에서 짐승 같은 울음이 터졌어. 내가 마루에 엉덩이를 걸치고 앉아 작은댁에게 나직나직 얘기했거든.

작은엄마. 나는 신을 신발이 없어. 구두끈이 떨어져서 제대로 걸을 수가 없어. 마루 밑에 내 운동화가 있는데 그걸 꺼내줘.

작은댁은 그런 내가 안쓰러워 내 발을 향해 손을 뻗었어.

그래 얼마나 힘들었누. 쯧쯧!

하지만 나는 잡히지 않고 작은댁의 손만 허공을 향해 저을 뿐이었어. 작은댁은 안타까움에 다시 한 번 손을 휘저어보지만 내 몸은 여전히 잡히지 않았어. 애가 탄 작은댁은 두 팔을 크게 벌려 휘젓다가 제 풀에 잠이 깨고 말았어. 종알대던 내 말소리만 귓가에 맴돌 뿐 허망하기 짝이 없었어.

그래도 혹시나 싶어 작은댁은 밖으로 나와 마루 밑을 뒤졌어. 한참을 이리저리 손을 저어보자 손끝에 뭔가 걸려 끄집어냈어. 몇 달 전에 잃어버려 아무리 찾아도 없던 내 군청색 운동화였어. 집에서 키우던 강아지가 물어다 놓았거든. 먼지가 쌓이고 거미줄이 얽힌 운동화를 껴안은 작은댁의 가슴이 철렁 내려앉았어.

에그머니! 꿈이 아니었네! 꿈이 아니었네!

그날 저녁 아버지는 뜰 한 구석에서 소리죽인 울음을 삼키며 너울대는 불길 속에 운동화를 던져 넣었어. 붉은 불길 속에 푸른 운동화가 파지직, 소리를 내며 검게 타들어갔어. 그러고 난 아버지는 며칠을 방에서 나오지 않았어. 이마에 한 손을 올린 채 미동 없이 누워 있기만 했어. 짙은 흙빛 얼굴로 폐가 터질 듯이 한숨을 내뱉다가 갈고리로 내장을 끄집어 올리는 소리 죽인 울음만 간간히 비칠 뿐이었어.

어머니는 자지러지는 울음을 토해내다 바닥을 알 수 없는 혼절을 해댔어. 그리고 아픈 순례가 시작되었어. 토요일 오후만 되면 정신없이 거리로 나섰어. 터미널을 지나 내 친구네 집으로 가는 길을 마치 누군가를 급히 만나러 가는 사람처럼 걸음을 서둘렀어. 그럴 때면 풀린 동공과 미처 여미지 못한 겉옷의 단추가 풀어져 있거나 치마를 입지 않아 속바지 차림이기 십상이었어. 그 모습을 보는 사람들은 안타까워서 혀를 춧춧 찼어. 하나밖에 없던 귀한 딸을 잃고 정신을 놓아버렸다면서 다시 집으로 데려다주곤 했지. 어머니는 표랑하는 넋처럼 마구 흔들렸어.

작은댁은 내 물건들을 꺼냈다가 펼쳐보고 다시 들여놓고를 반복했어. 금방이라도 방문이 열리며 내가 작은엄마, 하며 들어설 듯했고 내 방문을 열면 내가 책상에 앉아 있다 왜? 하며 돌아볼 것 같았어. 그럴 때마다 작은댁은 뜰로 나와 목련나무를 쓸며 참고 참았던 울음을 쏟아냈어.

생명 있는 모든 것들이 분주한 발아를 하는 봄에, 나의 집과 작은댁의 뜰은 모든 것이 정지됐고 생육을 멈추었어. 그 해 봄은 화사하거나 찬란할 수 없어 거뭇한 어둠이었어.

뒤뜰에서 아버지가 주었던 통장, 보험증서, 집문서는 다시 돌려주려고 했지만 아버지는 한사코 받지 않았다. 어쩔 수 없이 내가 보관해야 하기에 가방 안쪽 칸에 넣으려고 그곳의 지퍼를 열었다. 거기에 무성의하게 접힌 뭔가 있었다. 꺼내보니 몇 십 년 전 언니가 타살된 후 여성지 기사가 복사된 유인물이다. 신문기사보다는 활자 상태가 나았고 내용도 더 자세하게 기록되어 있다. 상단 한쪽에 배치된 타원형 사진 안의 인물은 당시 언니의 모습일 거라 추정된다. 오래 되어 부분, 부분 점만으로 이어붙이다 뭉뚱그린 듯해도 갈래머리의 웃는 모습은 천진한 어린 여학생의 모습이다.

지난 번 월간지 기자를 만났을 때 받았던 건데 그날 이 가방을 들고 나갔었나 보다. 그때는 당혹스럽고 불편한 심정에 제대로 보지도 않고 그대로 쑤셔 넣었었다. 그랬던 건 아마도 만만하지 않을 마음의 고통을 염두에 두어서였을 것이다. 실상을 확인하지 않았을 때와 기정사실화 됐을 때의 짓누르는 무게는 분명 다를 거였다.

— …… 지난 4월 20일 발생한 여중생 강간살해사건의 범인이 잡혔다. 범인은 인근 군부대에 주둔하고 있는 현역병인 김○○ 일병으로 밝혀졌다. 김 일병은 주말을 맞아 외박을 나왔다가 범행을 저질렀다. 한 사람의 비윤리적인 행태와 성적 방종에서 비롯된 이 사건으로 피해자와 가족의 고통은 무엇에도 비할 수 없으리만치 참담하다. 아직 꽃도 피워보지 못한 채 타인에 의해 처참히 스러진 어린 삶이 안타깝다. 유경진 양은 올해 15세의 중학교 이학년생으로 무남독녀 외동딸이어서 주변의 안타까움을 더 하고 있다.

피해자의 시신은 발가벗겨진 채 사건 현장에서 10미터 가량 떨어진 숲에서 발견됐는데 참혹하게 훼손되어 있었다. 시반 현상과 함께 심한 폭행을 당해 흘린 피가 굳어 엉겨 있는데다 멍자국으로 얼굴도 확인하기 힘들었다. 특히 가슴과 국부 부위가 수없이 난자당한 것처럼 살점이 심하게 찢어지거나 뭉개졌고 치골 부위의

뼈는 거의 부서져 있었다. 대부분의 손톱들이 살점과 분리되었을 만큼 당시 피해자의 고통이 극심했으리라는 짐작을 할 뿐이다.

…… 피의자는 범행 전날인 4월 19일에 선임에게 혹독한 린치를 당했다. 평소에도 피의자는 선임에게 자주 곤욕을 당해서 많은 울분이 쌓인 상태였다. 다음날 토요일에는 동료들이 외출, 외박을 나가고 내무반에 혼자 남게 되자 풀지 못한 울분과 무료함에 읍내로 나왔다. 시장 안의 단골 술집에 들러 여종업원을 윽박지르며 잠자리를 할 것을 요구했으나 거절하자 분을 못 이겨 한바탕 소란을 피우고 그곳을 나왔다. 피의자는 여기저기 배회하다 시장 좌판에서 소주 한 병을 마신 뒤 터미널로 왔다. 마침 그 앞을 지나던 피해자 유경진 양을 마주치면서 뒤따르게 됐다. 살해 동기는 어처구니없었다. 선임에게 상습적으로 당했던 폭행에 대한 울분과 술집 여종업원의 거절에 앙심을 품었던 걸 무고한 어린 소녀에게 풀었던 것이다.

…… 이 사건으로 한때 그 지역의 많은 남자들이 수사선상에 올랐다. 근방의 중·고등학교 남학생들과 불량배에 대한 탐문수사가 진행됐다. 누구보다 유경진 양이 놀러가기로 했던 친구인 정 모 양의 오빠들이 가장 유력시되며 곤욕을 치르기도 했다. 하지만 수사는 별다른 진척을 보지 못하다가 인근 군부대까지 수사가 확대되었고 사병들 중 한 명이 유력한 용의자로 지목됐다. 피해자의 질에서 검출된 정액과 목에 나타난 압흔의 지문이 김 일병과 일치함에 따라 자백을 하면서 사건은 일단락되었다.

…… 피의자 김○○ 일병은 현재 군법회의에 회부 중이다…… —

역시 아프다. 기사 내용대로 따라간 내 의식이 오래전 그때의 상황에 머물자 견딜 수 없이 끔찍하다. 한 번도 본 적 없었지만 어린 내 피붙이가 형언키 힘든 고통 속에 죽어가야 했다는 것이 그랬다.

열다섯 살 소녀에게 세상은 온통 아름다움만 가득할 거라 여겼을 테고, 그 세상을 향해 해맑게 잎을 틔우려했던 순결한 영혼이었을 것이다. 그랬음에도 무자비했던 끔찍한 고통과 공포감을, 덧없는 봄날처럼 짧았던 생애의 마지막으로 기억해야 한다는 게 가슴 저리다.

참을 수 없는 깊은 울음이 북받친다. 창밖을 본다. 창으로 뜰의 목련나무가 이제는 많이 커져서 상부가 잘린 채 담긴다. 몇 십 년 전 어린 내 피붙이가 바라보았을 풍경에서는 온전하게 우듬지까지 보였을 테다. 내 눈에 고인 눈물로 상부가 잘려 보이는 목련나무가 어룽대며 흔들린다.

만약 그때의 피의자가 살아 있다고 가정한다면 어떨 거 같으세요?

월간지 기자를 만났을 때 그는 명함과 몇 마디 인사말을 건네더니 앞에 놓인 찻잔을 만지작거리며 별 거 아니라는 투로 물었다. 그의 물음에 나는 대답하지 않았다. 함부로 입에 올리기 힘든 남의 불행을 하찮게 거론하는 불쾌함에서였다.

당시 그 사건은 어떠한 매체도 취재할 수 없었다. 심지어 피해자의 가족들조차 피의자의 얼굴을 볼 수 없었다. 피의자가 군대라는 특수 조직에 속한 일원이기 때문이었다. 군법회의에서 사형을 구형 받았다는 판결 결과만 나중에 서면으로 통보받았다. 결국 내 가족으로선 대상 없는 허깨비에게 당한 억울한 고통들이 가중될 뿐이었다. 피해자는 있는데 가해자는 없어 피해자로서 당연한 분노마저 터뜨리지 못했다.

기자는 재차 말했다.

저라면 만나서 묻고 싶어요. 그때 왜 그랬어요? 아직 영글지도 않은 어린 소녀를. 그때 그 일이 지금까지 당신의 삶에 어떤 파장을 주긴 하던가요? 그때 그 일이 당신의 삶에 선명하게 무늬 지기는 하던가요? 라고. 오래전 그 사건을 기억하고 있는 많은 사람들도 궁금하겠죠?

기자에게선 순정한 공감은 배어 있지 않았다. 그랬으리라. 적어도 그런 감정의 한자락이나마 품었더라면, 피해자 가족 앞에서 몇 십 년이나 지난 끔찍한 사건의 후일담 같은 건 함부로 운운하지 않았을 것이다. 자신은 터럭 하나 다치고 싶지 않으면서도, 남이 겪는 충격적인 사실에는 흥미와 호기심의 촉각을 곤두세우며 달려들지는 않았을 것이다. 그걸 직업적으로 이용할 생각도 하지 않았을 것이다. 지독한 부주의와 무례함이라는 걸 충분히 인식할 수 있어야 했다. 그랬다면 그 몰인식이, 깨진 유리조각을 그러쥔 것처럼 오래도록 피 흘려온 사람들을 잔인하게 들쑤시는 고통이란 걸 헤아렸을 것이다.

나는 기자가 건넨 유인물들을 한 장, 한 장 잘게 찢는다. 조각들은 휴지통에 곧바로 넣지 않고 검은 비닐봉투에 따로 담는다. 거듭 매듭을 꼭꼭 묶는다. 누구도 다시는 풀지 못하게 할 단호함이다.

나는 늘 그리운 이들 옆에 있지만 그들은 날 보지 못해. 그래도 그들은 알아. 내가 그들 옆에 머물고 있다는 걸. 나를 위해 존재하고 빛난다는 모든 것들과 함께.

나는 생시처럼 말해.

작은엄마, 목련이 지려고 하네. 꽃들이 벌써 거뭇해졌어!

지고 있는 꽃 때문에 내 말엔 안타까움이 담겼지만 사월의 햇살은 여전히 밝고 따스해. 그 햇살 속을 걸어가는 내 뒷모습을, 작은댁은 봄날 훈풍 같은 웃음을 가득 머금고서 오래도록 바라보고 있어. 그 눈 속에는 오로지 나만이 담뿍 담겨 있어.

"갈게요."

나는 댓돌을 내려섰다. 작은엄마는 밑반찬이 든 꾸러미를 들고 먼저 뜰에 나와 있다. 아버지는 마루에 서서 흐흠, 작은 기척으로만 배웅한다. 볕이 따스한 마루에 앉아 뜰을 보고 있는 엄마는 접어놓은 종이뭉치처럼 무게감이 없다. 늘 그랬듯 내가 들고 나는 것에 도통 관심이 없는 무표정이다. 익숙한 모습이건만 잠깐 가슴 한 귀퉁이에 서늘함이 들어찬다. 하지만 건조해지려 한다. 담담히 몸을 돌려 마당 중앙으로 편편한 돌이 박힌 길을 따라 걸음을 옮긴다. 발자국을 뗄 때마다 또각또각, 돌 표면에 닿는 구두굽 소리가 돌발음처럼 튕긴다. 그와 함께 익숙하면서도 생소한 이름이 들린다.

"경…… 진아, 경진아……."

나는 구두 소리 때문에 잘못 들리는 거라 애써 믿는다. 돌아보고 싶지 않다. 하지만 다시 들린다.

"경진아, 조심해서 가거라!"

나는 몸을 돌린다. 무표정하게 오두마니 앉아 있던 엄마의 손이 공중에서 나비처럼 사분사분 흔들린다. 얼굴에는 희미한 미소를 띠고 있다. 미소는 봄날 바람결처럼 휘돈다. 나도 손을 흔든다. 엄마의 입이 석류처럼 옴쭐옴쭐 벌어진다. 그럴 때마다 익숙하면서도 생소한 이름이 붉고도 투명한 석류알갱이처럼 쏟아진다. 담장 밖을 지나는 어느 아이와 엄마의 말소리가 들린다.

엄마, 해가 왜 동그랗지 않고 찌그러졌어?

그건 해가 아니고 달이야!

에이, 꼭 해같이 생겼잖아. 그런데 왜 밤도 아닌데 달이 뜨는 거야?

아마 누군가 보고 싶어서 빨리 나왔거나 더 보려고 남아 있나 보다.

그래도 달은 원래 밤에 뜨는 거고 낮에는 해가 떠야 하잖아?

어차피 낮달은 오래 있지 못하고 곧 사라져버려.

나는 하늘을 쳐다본다. 푸른 봄하늘에 살빛 낮달이 떠 있다. 미농지처럼 하늘해서 금방이라도 사라져 버릴 듯 희미하다. 그 아래 유백색 꽃송이를 드문드문 달고 있는 목련나무가 있다. 나무 밑으로 떨어진 꽃잎들은 부식되어 벌겋게 녹슨 철 대문처럼 흉하다. 나는 미간을 살짝 찡그리며 말한다.

"작은엄마, 목련이 지려고 하네. 꽃들이 벌써 거뭇해졌어."

사월의 햇살은 밝고 따스하다. 훈풍 같은 뭉글한 웃음기를 이윽히 머금은 작은엄마의 눈 속에 누군가 담겨 있다. 목련나무에 얹힌 가없는 낮달처럼.

달의 뒤편에 드리운 시간들

달의 뒤편에 드리운 시간들

*

대기는 온통 흐려서 스산하다.

여름내 성성하던 나무들이 잎을 떨군 숲은 헐렁하다. 드러난 몸체와 가지들은 거친 바람결이 일 때마다 속절없이 일렁인다. 높은 우듬지에 튼 새 둥지 하나가 까마득한 공중에 매달린 외줄처럼 위태롭게 흔들린다.

여보, 난 이 늦가을이 싫어! 내 안의 많은 게 자꾸 빠져 나가!

아내는 늦가을만 되면 유난히 민감해졌다. 단순히 계절적인 낭만의 감정이 아니었다. 별 거 아닌 것에도 예민하게 반응하며 초조해 했다. 소중한 걸 잃어버린 듯 시름시름 맥을 못 추거나 된통 몸살을 앓기도 했다. 그나마도 이즈막엔 드러내지 않고 무덤덤하다. 지금도 옆자리에 앉아 달리는 차체에 무심히 흔들릴 뿐이다. 무릎에 놓인 큼직한 가방만 혹여 뺏길세라 꼭 쥐고 있는 손등에 파랗게 힘줄이 도드라진다.

가방에는 아무것도 담기지 않아 텅 비어 있다. 어떤 물건이든 담는 걸 보지 못했다. 그래도 아내는 무거운 짐이 든 것 마냥 낑낑대며 휘청댔다. 그 모습을 보고 있자면 세상 천지에 아내가 들고 있는 가방만큼 무거운 건 없지 않을까 싶다. 도대체 얼마나 많은 짐들이 들었기에 저토록 버거워하는 걸까. 어느 날 나도 들어보았다. 어…… 어? 몸이 한 쪽으로 쏠리며 기우뚱댔다. 가방의 무게 때문이 아니었다. 그럴 거라 여기고 잔뜩 힘을 주었는데 무게감이 전혀 없어 균형을 잡지 못해서였다.

여전히 나는 정확한 물리적 가늠이 되질 않는다. 아내의 휘청댈 만큼 무거워하는 가방의 질량에 대해. 그러나 촉수는 충분히 감응하고 있다. 어쩌면 그 안에는 아내만의 무겁디무거운 시간들이 담겨 있을지 모른다는 걸. 남들은 쉽게 들여다볼 수 없어 더욱 짓누를 수 있다는 걸.

"여보, 우리 어디 가는 줄 알아?"

"…… 몰라."

아내의 대답은 건조하다. 눈길은 여전히 허방을 딛고 있다. 차창 밖에는 을씨년스러운 바람이 분다. 나무에 몇 안 남은 잎들이 떨어져 흩날린다. 길 위에 쌓인 나뭇잎들도 덧없이 쓸린다. 우듬지에 매달린 새 둥지가 아까보다 더 대책 없이 휘청거린다. 그 주변을 새 한 마리가 불안히 날고 있다.

그늘 속

일곱 살 아이의 어느 새벽이었던가요.

날이 채 밝지 않았는데 밖이 술렁거렸어요. 가슴이 파열될 것처럼 터져 나오는 오열 자락도 섞여 있었어요. 불길했어요. 아이는 잠이 덜 깬 눈을 비비며 밖으로 나왔어요. 먼저 눈에 들어온 건 얼굴이 흑빛이 된 할아버지였어요. 할아버지는 새벽 바다를 가리키며 알아듣지 못할 울음 섞인 말을 중얼거렸어요. 그 옆에서 할머니는 다리를 뻗고 주저앉아 창자를 쥐어짜듯 울었어요. 아이고! 내 아들아! 내 아들아……. 목쉰 울음 속에 뼈가 녹아내리는 절규가 섞여 나왔어요.

아이는 불안감에 엄마를 찾으며 맨발인 채 다급히 부엌으로 내달렸어요. 그곳에 엄마가 있었지만 선뜻 다가가지 못했어요. 부뚜막 끝에 위태롭게 걸터앉은 엄마는 폭삭 내려앉을 재 같았어요. 눈길은 어두운 뒤란에 가 있었는데 휑했어요. 혼을 저 멀리 어딘가에 내려놓은 것처럼 빈껍데기였어요.

어부였던 아버지가 밤을 새워 오징어잡이를 하던 배 안에서 갑작스러운 죽음을 당했어요. 아이는 음험하게 덮쳐온 죽음의 의미를 아직 알 수 없었어요. 한 사람의 죽음이 긴밀한 관계에 있는 이들에게 어떤 뒤틀림의 파장을 줄 수 있다는 것도요. 다만 본능처럼 막연히 와 닿았던 건, 앞으로 아버지라는 존재는 손 뻗어 만질 수 없고 귀를 열어 들을 수 없고 눈에 담을 수 없다는 거였어요. 실체가 없는 허허로운 바람결처럼 지독한 그리움뿐이라는 걸요.

일곱 살 아이는 한없이 막막했어요. 음험하게 다가든 죽음과 가없이 사무칠 그리움의 예감에.

*

용대리. 낯설지 않은 마을 이정표가 눈에 들어온다. 나는 오른쪽 지시등을 켜고 마을로 들어섰다. 지난 계절 동안 성시를 이루며 북적거렸을 마을은 파시 끝 장터처럼 썰렁하다. 날까지 흐려 있어 더욱 가라앉았고 지나다니는 차량도 거의 없다. 간혹 끝나가는 단풍을 보러 오거나 백담사를 찾은 사람들만 간간이 눈에 띈다.

몇 년 전 딸아이가 백일 무렵일 때 이곳에서 며칠을 지냈었다. 여름이 거의 끝나갈 무렵이었다. 아내와 나는 도착하자마자 숙소에 짐만 부려놓곤 백담사로 향했다. 입구까지 셔틀버스가 운행했지만 긴 구간 연해 있는 계곡의 정취를 느끼고 싶어 일부러 걸었다.

여름 끝이라고는 하지만 한낮의 열기는 꽤 쨍쨍했다. 등줄기와 목덜미로 땀이 죽죽 흘렀다. 나는 딸아이를 아기용 멜빵에 안고 있었는데 뜨거운 햇살을 가려주기 위해 양산을 든 데다 팔에 매달린 아내로 다소 버겁기까지 했다. 그래도 행복한 무게였다. 아내는 평소보다 수다스러웠고 별 거 아닌데 웃음을 터뜨리는 모습이 마냥 행복해 보였다. 하늘에 둥실 떠올라 있는 애드벌룬처럼 경쾌했다.

그때 우리가 지녔던 시간들은 주변 사람들과 다를 바 없었다. 가정을 꾸린 지 얼마 안 된 푸릇한 젊은 남편이었고 복사꽃처럼 화사한 젊은 아내였다. 많지 않은 월급을 쪼개 알뜰히 적금을 들고 집장만을 위한 주택부금도 부었다. 휴일이면 함께 마트에서 장을 보거나 설거지며 청소를 했다. 아이의 기저귀를 갈아주고 몸을 씻기거나 아이가 자라는 그때그때의 모습을 카메라에 담았다. 그런 평범한 시간들은 삶이 끝나는 날까지 당연한 건 줄 알았다.

휴가 다음 날은 아주 이른 시간에 잠이 깼다. 나와 아내는 아침 산책을 하기 위해 잠든 아이를 주인집에 부탁하고 밖으로 나왔다. 하루의 일상이 아직 시작되지 않은 주변은 고요했다. 드문드문 배낭을 멘 산행객과 농기구를 든 마을 사람 몇이 지나다녔다. 우리는 손을 잡고 마을길을 따라 천천히 걸었다.

대기에 흐르는 공기는 청신하기 그지없었다. 그 사이로 연기 같은 게 엷게 떠다녔는데 희붐한 새벽 기운 속에 푸르스름한 기가 돌았다. 안개였다. 안개는 박하 향을 맡고 있듯 화~하게 몸속을 휘돌았다. 저만치 길 건너 대로에는 차들이 파랑 없는 물결처럼 느리게 흘렀다. 실 같은 안개자락이 간혹 그 풍경을 언뜻, 언뜻 가렸다. 세속에서의 모든 시간이 일순 정지되어버린 것처럼 평화로웠다.

아, 이런 곳에서 살고 싶어! 그러면…….

그때 아내는 무심히 지나치는 눈길처럼 혼잣말을 했다. 다음 말을 잇지 못하는 표정에는 짙은 갈망이 꿈결처럼 퍼졌다. 나와 함께 잡은 손은 스르르 미끄러질 것처럼 맥이 없었다. 나는 아내의 손을 놓칠 것 같은 불안감이 들어 힘주어 잡았다. 아내는 여전히 꿈결 같은 갈망이 담긴 눈길로 무심히 마을 풍경만 더투었다. 나는 급한 일이 있는 사람처럼 그런 아내를 끌어 당겨 걸음을 서둘렀다.

차 두 대가 마주보며 지날 수 있는 마을길 양 옆으로 붉은 열매를 한가득 매단 마가목나무가 이어졌다. 철 이른 코스모스도 군데군데 군락을 이루며 피어났다. 산무애 뱀 한 마리가 긴 몸체로 유려한 에스 자를 그리며 길을 가로질러 재빠르게 지나갔다. 여기저기서 개구리들이 툭툭 튀어나왔다. 아내는 소스라치게 놀라면서도 마냥 즐거워했다.

독특한 외형을 한 만해문학관 앞도 지났다. 그 옆으로 소나무가 울창한 휴양지 숲에선 야영을 하는 텐트와 몇 동의 방갈로가 있었다. 일찍 잠이 깬 야영객 서너 명이 텐트 앞에서 아침밥을 준비하는 중이었다. 아내는 처음 보는 그들에게도 먼저 인사를 건넸다.

꽤 긴 길을 걸어 우리는 마을이 거의 끝나가는 서쪽 부근의 다리까지 왔다. 난간에 기대 잠시 숨을 고르는데 시야에 맞은편 산과 강이 담겨들었다. 아주 넓은 폭을 지으며 강이 흘렀고 그 줄기를 따라 산자락이 허리를 길게 펴고 이어졌다. 강에서는 드라이아이스처럼 물안개가 뭉글뭉글 피어올랐다. 마을 주변으로 얇은 실가닥처럼 퍼지던 것과는 달랐다. 거대한 솜뭉치를 풀어 헤치듯 퍼져나가며 산자락 골골까지 들어찼다.

그런데 이상했다. 강에서 꽤 떨어진 거리였음에도 안개자락은 잠깐 사이에 우리가 서 있는 다리까지 거침없이 다가들었다. 깊게 껴안듯 아내의 발과 종아리와 배와 가슴까지 차오르는가 싶더니 형체를 점점 가렸다. 문득 아득해졌다. 아내의 몸이 속절없이 잠식당해 사라질 것 같았다. 더 이상한 건 나도 함께 있는데 아내 쪽으로만 안개가 몰려들었다. 당황한 나는 다급히 아내의 팔을 부여잡았다. 그런 나와 달리 아내는 왜? 하는 느긋한 표정으로 내 손을 마주잡았다. 아내의 익숙한 손길이 느껴지는 것과 동시에 아내의 몸은 다시 온전해졌다. 조금 전까지 아내를 가리던 안개는 흔적도 없었다. 고개를 돌려 맞은편 산자락과 계곡 쪽을 보았다. 안개는 그곳에서만 흐를 뿐 다리 근처에는 와 닿지도 않았다.

지금도 나는 잘 모르겠다. 이유도 없이 그때 왜 그런 아득한 느낌이 들었는지. 왜 아내의 몸이 안개에 가려진다고 여겨졌는지. 순간적인 환영이었던 걸까. 그러기엔 그때의 내 체감은 아주 절박했고 생생했다.

어머나! 저것 좀 봐. 안개가 산을 전부 덮었어. 산이 가려졌어. 세상에!

산자락 골마다 들어차던 안개자락은 어느새 산을 온통 휘감았다. 그걸 본 아내의 말소리는 내 불안함과는 상관없이 흥분기가 물씬했다. 마냥 신기해하며 들떠 있었다. 나는 아내를 앞으로 세워 뒤에서 안았다. 콩콩, 아내의 심장이 급하게 뛰는 기척이 느껴졌다. 아내의 앙가슴을 가만가만 쓸어주었다.

여긴 늘 저렇게 안개가 많은 곳인가? 여보, 난 저 안개에 빠져버렸어. 많은 걸 가려주잖아. 아, 우리 나중에 여기 다시 와요. 꼭 다시 오고 싶어!

아내의 말투는 확고한 다짐처럼 단호했다. 굉장히 진지해서 나는 슬며시 웃음이 지어졌다. 무구한 어린 아이가 나는 이다음에 꼭 이러이러한 사람이 될 거야, 하는 거창한 포부를 밝히는 것 같았다. 아내를 다시 내 쪽으로 돌려세웠다. 흥분과 설렘 때문인지 볼이 발갛게 상기되어 있었다. 그 얼굴을 감싸쥐고 양 눈꺼풀 위에 가만히 입을 맞추었다. 눈꺼풀이 달뜨게 떨렸다.

머무는 며칠 동안 우리는 아침마다 그곳을 다녀왔다. 아내의 열의 때문이었다. 휴가가 끝나고 돌아와서도 아내는 자주 그곳을 입에 올리며 아련한 표정을 지었다. 피치 못한 사정으로 열렬히 사랑했던 정인을 두고 온 것처럼 아주 애틋해했다. 나로선 아내의 그런 감정에 좀 의아했지만 나중에 또 가보자고 적당히 응수해주며 의미를 두지 않았다. 일상이 한가롭지 않았고 어느 결엔가 그곳은 내게서 희미해졌다.

*

어떡해?

전화기 속 아내의 목소리가 금방이라도 울음을 터뜨릴 것 같았다.

왜 그래? 무슨 일 있어?

나는 무슨 큰일이 생긴 줄 알고 다급히 물었다.

집엘 가야 하는데 몇 번 버스를 타야 하는지도 모르겠고 여기가 어딘지 모르겠어. 버스를 탔는데 내려 보니 처음 와보는 곳이야. 도대체 생각이 나지 않아. 어떡해?

무슨 소리야?

어이가 없었다. 아니, 집으로 가는 길을 모르다니. 사 년째 늘 타고 다니는 동네 버스 노선이었다. 그리고 작정하지도 않았는데 가 보지도 않은 동네 버스는 왜 탔다는 건지. 설령 그렇다 해도 버스 노선표를 다시 확인하거나 사람들에게 물어서 가면 될 걸 호들갑인지, 이해가 되질 않았다. 나는 뚱하게 대꾸했다.

택시를 타면 되잖아? 기사한테 아파트 이름을 대면 집까지 갈 거 아냐?

…… 그게 말이야. 아파트 이름이 생각나지 않아서. 동네 이름도 모르겠고. 여보! 나, 왜 이러지?

아내의 말에 짜증이 일었다. 심정 같아서야 이 사람이 무슨 정신 나간 소리냐고, 바쁜 사람 붙잡고 장난치지 말라며 면박을 주고 싶었다. 하지만 전화선을 타고 건네지는 목소리가 절박했다. 아무래도 장난은 아닌 것 같았다. 나는 차분하게 다시 물었다.

그럼 지금 있는 위치가 어디야?

아내는 모른다고 했다. 어떤 건물 이름을 댔지만 그걸로는 위치를 짚어낼 수 없었다. 마침 종례도 끝내고 잔무 처리를 하고 있던 차여서 일단 택시를 잡아타고 내가 있는 학교로 오게 했다.

직접 본 아내의 얼굴은 아침나절 출근할 때 보았던 모습이 아니었다. 끝도 없는 미로 속을 오래도록 헤맨 것처럼 쇠잔해서 빈껍데기만 남아 허청댔다. 어쨌든 그날은 그렇게 함께 집으로 돌아왔지만 기분은 영 찜찜했다. 아내의 행동은 쉽게 이해될 수 있는 게 분명 아니었다.

그리고 며칠 후 밤이었다. 자고 있는데 뭔가가 어수선히 흘러 다니는 것처럼 잠결이 뒤숭숭했다. 뭐라 뭐라 중얼거리는 말소리도 들려왔다. 잠을 자고 있는 건지 깨어 있는 건지 분간이 되지 않았다. 그런 상태에서 일어나야 한다는 생각이 들어 겨우 눈을 떴다. 어둠 속에 희끄무레한 물체가 움직이는 게 눈에 들어왔다. 도둑? 머리끝이 쭈뼛하며 정신이 번쩍 났다. 바짝 긴장하며 어둠 속 움직이는 물체를 다시 살폈다. 아내였다. 웅크리고 앉아 뭔가를 짚으려는 듯 허우적대고 있었다. 심한 야맹증을 앓는 사람 같았다. 밖은 아직도 한밤중이었다. 나는 황급히 일어나 불을 켰다.

여보, 지금 뭐하는 거야?

아, 이제 환하네! 어둡고 무서워서 죽는 줄 알았어!

켜진 전등 불빛 아래 아내의 얼굴은 사색이었다. 놀란 내 말소리도 덩달아 흔들렸다.

그…… 그러면 불을 켜야지?

…… 어떻게 불을 켜는지 생각이 나질 않았어. 달빛이 너무 밝아서…….

방 한 귀퉁이에 쭈그려 앉은 아내의 몸은 동그랗게 말린 애벌레 같았다. 안도의 숨을 내쉬는 어깨가 파르르 진저리를 쳤고 눈자위는 퀭하니 꺼져 있었다. 나는 그 모습을 보며 멍해졌다. 아내의 어떤 감각이 저토록 자신을 후려치는 건가. 항상 켜고 끄고 해서 부근

벽지에 얼룩진 손때가 묻은 전등 스위치 누르는 게 생각나지 않았다는 게 가능한가. 그리고 달빛이 너무 밝다는 건 무슨 소린가. 창문은 두꺼운 암막 커튼이 쳐 있어 바깥의 빛은 새어 들어올 틈마저 없었다.

며칠 전 일이 떠오르며 알 수 없는 써늘함이 소름처럼 돋았다. 집으로 오는 것도 생각하지 못하더니 몇 년 동안 지내고 있는 익숙한 공간의 불도 어떻게 켜야 하는지 모르겠다니. 갑자기 머리가 무거워졌다. 높은 담이 가로막는 것 같았다. 도대체 뭔가. 요사이 아내에게서 일어나는 이 변화들은. 엉킨 실타래처럼 심사가 복잡해지며 나도 모르게 언성이 좀 높아졌다.

왜 멀쩡히 잘 자다가 쓸데없이 사람을 놀라게 해?

내 말에 아내는 뭔가 말하려고 입을 달싹거렸으나 얼굴 근육만 씰룩였다. 그런 아내를 보자 아차 싶었다. 사실 아내도 근래 자신에게서 일어나고 있는 변화들이 얼마나 당황스럽겠는가. 나는 구석에 웅크린 아내를 일으켜 자리에 눕혔다. 팔베개를 해주고 안았는데 뭔가에 두려운지 숨결이 파닥대며 고르지 않았다. 날개를 다쳐 바들바들 떨고 있는 새를 손에 든 것 같았다.

불 끄지 마. 무서워!

아내는 애원이 담긴 표정으로 말했다. 나는 딸아이가 아주 어렸을 때 말고는 켜지 않던 스탠드를 꺼내 켰다. 아이를 재울 때처럼 아내의 등을 토닥토닥 두드려주었다. 얼마를 그러자 숨소리가 고르게 펴져 나왔다. 두려운 무엇엔가 쫓기듯 불안해하던 얼굴에 안도의 기색이 도는 게 불빛 반경에 담겼다. 대신 내 상념은 흔들리는 널처럼 우왕좌왕했다.

11월의 밤은 점점 깊어갔다. 미약한 바람소리가 들렸다. 그 바람소리처럼 아내에게선 뭔가 변하고 있었다. 구체적으로 이거다, 하며 잡히지 않는 불안감이 스멀대며 다가드는 게 확실했다. 다시 스산한 바람소리가 들렸다. 이제부터 정말 추운 겨울이 시작되겠구나, 싶어지며 막연한 두려움이 들었다. 어린 날 시골 할아버지댁에서 겨울밤이면 창호문이 부우, 부우 애타게 떨던 소리가 머릿속을 울렸다.

그렇게 아내는 미망 자락을 걸치려고 막 팔을 꿰고 있었다. 일 년 전이었다.

*

"여보, 내려볼까?"

"……."

대답 없는 아내의 얼굴은 무표정이다. 시선은 나를 향하지만 그 속에 나는 오롯하지 않다. 동공은 내가 있는 곳 반대편 어딘가로 내달리며 흔들린다. 나는 아내를 차에서 내리게 하려고 팔을 잡았다. 아내에게서 긴장하는 근육의 느낌과 함께 거부감이 전해진다. 그래도 아직은 유순한 가을날 햇살이다.

일상에서 아내의 활동력은 거의 제로다. 본인 스스로가 그럴 의지를 갖고 있지 않다. 어디 밖에 나다니지도 않고 집안에만 있다. 집에서도 혼자 두면 대부분의 시간을 가만히 앉아 있거나 잠만 잔다. 내 성화에 멍한 정신으로 집안을 잠깐 어정거리는 게 전부다. 그래서 되도록 아내를 움직이게 하고 바깥 공기도 쐬게 한다.

나는 아내가 쥐고 있는 가방에 손을 댔다. 찰싹! 아내의 손바닥이 가차 없이 내 손등을 후려친다. 꽤 맵차다. 눈초리가 치켜지며 사나워진다. 먹이를 뺏기지 않으려 으르렁대는 짐승 같다. 나는 잠시 물러선다.

처음에는 아내의 가방에 대한 관심에 그러려니 했다. 하지만 어느 시기부터 수위는 정도를 넘어섰다. 잠을 잘 때나 밥을 먹을 때도 심지어는 용변을 볼 때도 노상 가방을 손에 쥐고 지냈다. 크기가 작은 손가방도 아니고 여행용 가방이니 걸리적대며 일상에 불편함이 많았다. 안 되겠어서 아이를 달래듯 좋게 얼렀더니 초기에는 별 거부 없이 순응했으나 오래 가지 않았다. 시간이 지날수록 애착을 넘어선 집착을 내보였다. 누가 가방에 손이라도 댈라치면 사납게 달려들었다. 며칠 전에 나도 강제로 가방을 뺏다가 손등을 물렸다.

“알았어. 가방은 안 만질 거야. 대신 잠깐 내리자. 안 그러면 가방을 정말 내가 가져버린다!”

정색을 하는 내 말에 아내의 눈이 잠깐 동요된다. 나름 셈을 해보는 거다. 이 정도면 됐다 싶어 아내의 겨드랑이에 팔을 집어넣었다. 아까와는 달리 순순하다. 차에서 내리더니 여기가 어딘가 싶은지 멀뚱하다. 나는 아내의 어깨를 감싸 안으며 귓가에 대고 말했다.

"여기 알지? 당신 좋아하던 곳이잖아. 기억나지?"

아내의 반응은 흐린 하늘처럼 무채색이지만 땅바닥에 떨어진 나뭇잎들을 보곤 가방을 든 채 굼뜨게 허리를 구부린다. 나뭇잎을 주워 들다가 둔한 몸짓으로 제 풀에 비틀거린다. 근래 들어선 균형감각을 잃어서인지 걸음걸이도 불안정하다. 자주 무엇엔가 부딪치거나 걸려 다친다. 이젠 육안으로도 식별될 만큼 한쪽도 기울었다.

나는 그런 아내를 물끄러미 바라본다. 일 년 동안 몸이 많이 불었다. 예전의 군살 없이 매끈하던 모습은 보이지 않는다. 아이를 낳고도 처녀 때 몸매를 그대로 가지고 있을 만큼 예쁜 몸이었다. 그렇다고 다이어트라는 건 염두에도 없었다. 타고 나기도 살집이 없는데다 입이 짧기도 했고 평소 음식에 욕심을 부리지 않았다. 하지만 이상한 징후를 보이면서 쉴 새 없이 먹으려 했고 움직임이 거의 없으니 자연 살이 쪘다.

여파는 그뿐만이 아니었다. 남자이며 남편인 내 입장에서의 황당하고 무참함은 이루 말할 수 없었다. 예전에 아내의 몸을 안을 때면 유월 청보리의 푸릇함이 가득했었다. 그 푸릇함 속에 나를 들여놓으면 또 다른 한 겹 농염한 자락이 휘감았다. 풍염한 꽃의 씨방이 터지듯 환희로웠고 서로 내뱉던 호흡은 달디 달았다. 이제 아내와 나 사이에는 그 어느 것도 존재하지 않는다. 유월 청보리의 푸릇함도, 환희롭게 터지던 풍염한 꽃의 씨방도, 달디 달던 호흡도 흐늘해져 버렸다.

아내가 이상한 징후를 보이던 초기만 해도 우리 부부의 육체적

교합은 무리 없었다. 하지만 언제부턴가 아내는 열 번에 대여섯 번은 싫은 내색을 하면서 나를 밀어내고 싶어 했다. 처음엔 혹시 권태기인가 싶어 이해했으나 얼마 전부터는 아예 나를 치한 취급하며 펄쩍 뛰었다. 죽기 살기로 옷자락을 부여잡고 있는 대로 몸을 말았다. 마치 누군가에게 심한 폭행을 당하는 것처럼 부들부들 떨며 공포스러워 했다. 나로선 어이없는 상황이었다. 우리는 부부인데 왜 이래야 하는 건가. 도대체 무엇 때문인가. 이해를 하자고 해도 울컥대는 화를 다스리기 쉽지 않았다.

어느 날 내 인내는 한계에 다다랐다. 여전히 나를 거부하는 아내를 아랑곳없이 힘으로 넘어뜨렸다. 꼭이 성교의 문제가 아니었다.

난 당신 남편이라고! 당신이 이럴 때마다 내가 얼마나 비참한지 알아? 도대체 왜 그러는 거야? 이유가 뭐야?

나는 사납게 소리치며 아내를 안아 바닥에 팽개쳤다. 그리고 거칠게 옷을 벗겨냈다. 그에 반응하는 아내도 만만치 않았다. 극도의 분노를 드러내며 반항했다. 고래고래 악을 쓰며 나를 잡아 뜯었다. 내 얼굴과 목, 팔에 아내의 손톱이 무차별하게 할퀴었다. 살이 파이는 통증과 함께 걷잡을 수 없게 화가 터졌다.

그때 나는 그러지 말아야 함에도 스스로의 감정에 치우쳐서 제정신이 아니었던 모양이다. 들뛰는 아내를 제지한다는 게 한 손으로 입을 틀어막고 두 팔을 움직이지 못하게 내 손아귀에 옥죄고 말았다. 죽자고 발버둥치는 아내는 사지 없이 몸통만 꿈틀대는 환형동물이었다. 아내로선 치욕스러울 그 몰골이 더욱 나를 광포하게 했다.

강간하듯 아내의 몸을 파고들 때였다. 내 왼쪽 옆머리에 해머로 내리찍는 무지막지한 고통이 엄습했다. 머릿속으로 강렬한 전류가 파바박! 튀었다. 근육 결을 쫙쫙 찢어 해체하는 극심한 통증이었다. 나는 호되게 불 맞은 짐승마냥 튕겨져 일어났다. 두 손으로 통증 부위를 싸안고 어찌할 줄 몰라 했다.

곧 사태가 파악되었다. 화장대 거울에 비친 내 모습을 볼 수 있었다. 왼쪽 귀에서 피가 흘렀다. 거울 한 쪽으로 아랫도리가 벗겨진 채 씩씩대는 아내의 모습도 담겨들었다. 입 주위에 핏자국이 점점이 묻어 있었다. 흥분과 증오로 눈은 벌겋게 실핏줄까지 돋아 있었다.

왜 자꾸 때리려는 거야? 이젠 더 이상 맞지 않을 거야. 또 때리면 가만 안 둘 거야! 나도 이젠 힘이 있어! 힘이 있다고!

아내는 곁에 오기만 하면 물어버릴 것처럼 이까지 뿌득대며 소리쳤다. 예사롭지 않았다. 아내의 반응으로 보면 지금까지 내가 폭행하려는 걸로 알고 있었던 거다. 나는 물린 귀의 고통도 잊고 공황상태가 되어버렸다.

결혼해서 우리의 생활은 고요한 수면처럼 안정적이었다. 주변도 마찬가지였다. 평생을 교직에 몸담았던 부모님은 큰소리 낼 일 없이 서로를 챙기며, 자식들과 손자들 무탈한 걸 감사히 여기며 평안한 노후를 맞고 있다. 남동생 내외도 서로 잘 지냈고 고부간이나 동서간 사이도 돈독했다. 그런 걸로 본다면 집안 내에서의 갈등 기류는 아닐 거라 여겨졌다. 부부 간의 신뢰와 애정에 있어서도 나와 아내는 한 치의 의심도 없이 서로를 사랑하며 어떤 삿됨도 끼어 있지 않다고 자부했다.

그러면 아내 내부에서의 무슨 문제인가. 아내는 결혼생활 동안 큰소리를 내며 거친 모습을 보인 적이 없었다. 정도 많았고 가족에 대한 애착이 강했다. 나나 아이는 물론이고 시부모나 시동생 내외를 친 혈육 못지않게 여겼다. 그렇기에 내 심정은 더욱 복잡해졌다. 뚜렷한 이유도 없이 저 정도로까지 반응하는 거라면 간단한 문제가 아니기 때문이었다. 아내가 내보이는 행동은 누군가의 상습적인 폭력에 분노하고 대응하고자 안간힘을 쓰는 거였다. 그런 거라면 그래야 하는 이유가 있을 텐데 그게 무엇인가. 왜 아내는 저토록 황폐해지는가. 혼란스러웠다.

아내를 정면으로 보았다. 파닥대며 처절하게 악다구니를 써대는 것과 달리 옷을 걸치지 않은 양 다리는 무신경하게 벌어져 있었다. 드러난 사타구니 사이의 검은 치모가 검푸른 바다 속에서 너울대는 해초가닥 같았다. 그건 음험하게 흔들려 잡을 길 없는 절망처럼 다가들었다. 깊은 나락으로 추락하는 심정이었다.

그늘 속

아홉 살 아이의 어느 새벽이었던가요.

시린 달빛이 횡포처럼 새벽 어둠 속을 파고들었어요. 그때 아이는 엄마 팔을 베고 잠이 들던 중이었어요. 엄마는 아이의 머릿결을 쓰다듬으며 나직이 노래를 불러주었어요. 아빠하고 나하고 만든 꽃밭에 채송화도 봉숭아도 한창입니다…….

노래 소리처럼 꽃들이 환한 햇살 아래 흐드러지게 피어났어요. 부드러운 바람결이 지날 때마다 은은한 꽃향이 퍼졌어요. 그곳은 무풍지대처럼 평온했어요. 아이는 입가에 미소를 지으며 엄마를 껴안았어요. 노래 속의 꽃향처럼 엄마만의 냄새가 코를 간질였어요. 비릿하면서도 달큰한 젖내였어요. 아이는 행복했어요.

엄마를 더 꼭 껴안으려 할 때였어요. 갑자기 무서운 힘에 엄마가 멱살이 잡혀 일으켜졌어요. 그 바람에 품에 있던 아이는 바닥으로 내던져졌어요. 어둠 속에 야차 같은 형체가 씩씩댔어요. 술 취한 작은아버지의 행패가 또 시작된 거예요. 아이의 행복했던 시간은 삽시에 깨져버렸어요.

엄마는 작은아버지에게 머리채가 잡혀 마당으로 끌려 나갔어요. 벗어나려 발버둥치는 몸짓이 처절했어요. 땅바닥에 나동그라진 엄마에게로 작은아버지의 발길질과 주먹질이 쏟아졌어요. 엄마는 있는 대로 몸을 말았지만 버둥대는 한 마리 벌레였어요. 할머니가 황급히 아이의 등을 떠밀었어요.

어디든 도망가거라! 얼른!

아이는 정신을 차릴 수 없었어요. 분명 달빛이 환하게 비추는데도 사방은 어두웠어요. 어디로 가야 할지 분간도 되지 않았어요. 무서운 천적에 몰려 사방팔방 들뛰는 새끼 쥐처럼 허둥대다 겨우 뒤뜰 고방 옆의 후미진 구석을 찾아 들었어요. 햇빛이 들지 않아 한여름에도 축축하고 서늘한 냉기가 감돌아 어른들도 잘 들여다보지 않는 곳이었어요. 그 구석에서 잔뜩 웅크린 아이의 몸이 걷잡을 수 없이 떨렸어요.

잠시 후 뒤뜰 문이 덜컹 열리며 거친 발소리가 들렸어요. 그때 아이는 보았어요. 술 취해 비틀거리는 작은아버지의 손에 낫이 들려 있었어요. 잘 벼려진 낫날은 시리도록 차가운 달빛을 받아 서슬이 퍼랬어요. 아이는 그만 두 눈을 질끈 감고 무릎에 머리를 처박았어요.

다 죽여버려야 돼! 이것들 어디 갔어?

아이는 귀를 틀어막았어요. 작은아버지의 험악한 고함소리와 낫날이 주는 공포로 심장이 터질 것 같았어요. 다행히 작은아버지는 아이를 보지 못한 채 뒤뜰을 나갔어요. 아이는 그제서야 참았던 숨을 겨우 내뱉었어요.

아홉 살 아이는 너무나 무섭고 두려웠어요. 홀로 겪어야 하는 폭력의 공포와 서슬 퍼런 낫날처럼 차가운 달빛이.

*

간간히 비치던 빗방울이 제법 내린다. 아내를 다시 차에 태우는데 여전히 가방을 들고 있어 주체를 못한다. 부피 때문에 차 문이 잘 닫히지 않는다. 제 몸 하나도 추스르지 못하는 아내에게 가방은 치명적인 버거움이다. 문을 닫기 위해 가방 한 쪽을 누르는 내 손에 아내의 손이 거칠게 덮친다. 그러거나 말거나 우격다짐으로 밀어넣자 문은 겨우 닫힌다.

차에 타서 음료수 하나를 꺼내 아내에게 주자 유치원생처럼 얌전히 받아 마신다. 빗줄기가 더 굵어지며 차창 유리로 흐른다. 나는 흘러내리는 빗방울을 바라본다. 시름겹다. 지금 와 닿는 이 시간들이 언제까지 지속되려는지, 아니 언제까지 견뎌낼 수 있을지 자신이 없다. 검은 장막처럼 거대한 산이 가로막아 한 발짝도 뗄 수 없을 만큼 두렵다. 시퍼렇게 출렁대는 강이 가로막혀 암담하다. 어디론가 나를 숨길 수 있다면 기꺼이 도망치고 싶지만 그럴 수 없다는 현실이 절망스럽다.

쯧쯧쯧! 아직 젊은 사람들인데. 그래도 용기를 잃지 말아야지. 좋은 날이 있…… 주변의 동정에 찬 시선과 말에도 이젠 속이 뒤집어질 멀미가 인다. 그건 안쓰러운 위로이면서도 남의 불상사에 무탈한 자신들의 안위를 새삼 짚어보거나, 상대적 평안함을 확인하는 상투적 위로였다. 그 속에 담긴 그들만의 역력한 안도를 읽어야 하는 건 또 다른 참담함이었다.

물론 그들이 잘못된 게 아니다. 나 또한 이런 상태가 아니었다면 그들처럼 그랬을 것이다. 그걸 알면서도 뒤틀리는 심정을 가누기 쉽지 않다. 하고 많은 사람들 중에 왜 하필이면 내 아내와 내게 이런 가혹한 일이 생기는 거냐고, 우리가 뭘 그리 잘못했냐고 누구에게랄 것 없이 욱욱대며 따지고 싶은 심정이었다. 신적 절대자에 대한 극도의 원망과 울분도 터뜨렸다. 수시로 울화가 치밀어올랐다.

정신을 잃을 정도로 술에 취해 아무것도 의식할 수 없었으면 좋겠다는 생각도 했다. 운전을 하고 가다 사고가 나 그대로 목숨줄을 놓고 싶을 때도 있다.

가끔 잠들기 전 그런 바람을 가져본다. 지금 이 시간이 이승에서의 마지막 몇 초이기를. 아침이 되어 영혼이 이탈된 내 육신을 또 다른 내가 허공에서 볼 수 있다면. 하지만 그마저도 바라선 안 된다는 사실이 나는 또 고통스럽다.

어헝! 내리는 비를 보던 아내가 갑자기 울기 시작한다. 이상한 증세가 나타나면서 감정의 기복이 심해졌는데 특히 자주 울었다. 급기야 엄마, 엄마 부르며 운다. 달랠까 하다 입에 잘 올리지 않던 엄마를 부르는 걸 보니 그대로 놔두어야 할 것 같다. 자기 안에 갇혀 있지만 그럴 때 인지와 사고는 비교적 양호한 상태인 것 같아서다. 아마 지금도 지나버린 시간 속 어느 상황에 자신을 담가버린 것 같다. 그럴 때 아내는 무너지도록 아프고 슬플 것이다. 하지만 아무도 끄집어 내줄 수 없다. 아내 홀로 짊어져 온, 아내 홀로 담가버린 늪이다. 나는 모른척 차창에 시선을 두지만 그런 아내가 가여워 가슴이 미어진다. 아내의 울음이 내 어깨에 무겁게 타고 올라앉는다.

한참 만에 아내에게서 울음 끝의 기미가 배어나온다. 끅끅대며 딸꾹질을 하는 아내를 의자 등받이에 기대게 했다. 얼굴이 눈물과 콧물과 침으로 범벅이다. 휴지를 꺼내 대강 닦고 물휴지로 꼼꼼하게 다시 닦아준다. 그리고 아랫도리를 살펴본다. 다행이다. 오늘은 실수하지 않았다. 그 와중에도 제정신을 잡았던 모양이다. 감정이 격해지거나 확장되면 간혹 실수를 했다. 아내가 평범한 다른 사람들처럼 온전히 슬픔 속에만 있었다는 사실로도 이제 나는 감사한다. 그런데 왜 이리 서글픈가.

아내는 사고무친이나 다를 바 없다. 일곱 살에 아버지를 여위었고 열두 살에 어머니가 떠났다. 고등학교를 졸업한 직후에 할아버지 할머니마저 돌아가시고 지금은 유일하게 왕래하는 이모가 있을 뿐이다. 그것도 일 년에 한두 번 정도다. 결혼문제가 대두되면서 그에 대해 내 부모는 꺼려하는 눈치를 보였다. 고아라는 이유 때문이었다. 하지만 자식이 원하는 사람이라는 것과 아내를 직접 보고 나선 이내 마음을 접었다. 당신 자식이나 진배없다 여기면서 부모 없이 자란 며느리에 대한 안쓰러움을 살가운 정으로 드러냈다.

아내는 성장한 후에야 겨우 어머니와 연락이 닿았지만 왕래는 없었다. 나도 아내의 어머니를 본 적이 없다. 사위된 도리로 찾아뵙고 싶었지만 아내는 완강히 반대했다. 나는 그래야 하는 아내의 심정이 미루어 짐작되면서 더 이상 거론하지 않았다. 그러면서도 마음 한구석에는 안쓰러움이 자리했다. 어린 시절 이 세상 전부였을 부모를 잃어야 했고, 살아 있는 엄마마저 만나지 못하는 아픔과 슬픔의 깊이를 누군들 감히 가늠할 수 있을까 싶었다.

아내의 작은아버지는 부모가 지닌 재산을 탐하며 허랑한 생활을 하려 들었고 술주정이 심해 주변 사람들을 힘들게 했다. 아내의 아버지인 형이 죽고 나자 더욱 횡포를 부렸다. 사업을 하겠다고 할아버지 명의로 되어 있는 전답을 팔자고 했지만 할아버지가 내주지 않자 매일이다시피 술에 취해 찾아와 아내의 어머니에게 행패를 부렸다. 혼자된 형수와 어린 조카 때문에 할아버지가 재산을 내놓지 않는 거라 여겨서였다.

아내의 어머니는 육 년간이나 시동생에게 상습적으로 폭행과 학대를 당했다. 할아버지도 아들의 횡포를 이겨내지 못했다. 그동안 쏠쏠했던 전답은 야금야금 작은아버지의 손으로 넘어가 거의 없어졌다. 아내의 어머니도 더 이상 견디지 못하고 어린 자식을 두고 떠났다.

"배고파. 밥 줘! 빨리 밥 줘!"

울음을 그친 아내는 배가 고프다며 투덜댄다. 다시 제 안으로 숨어들었다. 이럴 땐 빨리 원하는 것을 들어주어야 한다. 시간이 지체되면 화를 낸다. 스스로 감정조절을 하지 못해 어린아이 같다. 서둘러 차에 시동을 건다. 식당을 찾느라 내 몸과 눈은 분주해진다.

식당 한 곳으로 들어섰다. 을씨년스럽게 궂은 바깥과는 달리 적당히 난방을 한 실내는 따뜻하다. 나와 아내가 앉은 맞은편에 연인일 젊은 남녀가 있다. 그들은 뭐가 좋은지 입가에 연신 웃음을 띠며 머리를 맞대고 있다. 식탁 위에 올린 서로의 손은 꼭 포개 잡았다. 여자는 남자가 무슨 말만 하면 모란꽃 같은 웃음을 함빡 터뜨린다. 그런 여자를 보는 남자에게선 주체할 수 없는 사랑이 물씬하다. 가끔 포개진 손을 풀어 여자의 얼굴을 귀한 걸 어루만지듯 쓰다듬는다.

그들에게선 무엇에도 다치지 않은 견고한 안정감이 넘실댄다. 가슴이 아리도록 보기 좋다. 아내와 나도 한때는 저랬을 거라는 생각이 들자 잡지 못하고 흘려보낸 물을 보듯 허하다. 그들은 종교를 갖고 있는지 음식이 나오자 감사기도를 한다. 나 또한 간절히 기도하고 싶다. 아내와 나의 지나간 시간들을 재생할 수 있다면.

그러나 창으로 맥없는 눈길만 옮긴다. 안과 밖의 기온차로 유리창에 부옇게 김이 서렸다. 밖은 거의 보이지 않는다. 답답하다. 고개를 좀 더 앞으로 빼는 시늉을 해보지만 마찬가지다. 보인다고 해서 달라질 것도 없건만 눈에 뭐가 끼어 안 보이는 것처럼 괜히 손등으로 눈을 비벼 본다. 그래도 여전히 밖은 보이지 않는다.

*

아내와 만난 건 육 년 전이다. 교사가 된 첫 해였다. 담임을 맡고 있던 반이 수학여행을 가게 됐다. 여행용 가방이 마땅하지 않아 새로 장만해야 했다. 그날은 밀려 있는 일들을 마저 처리하느라 평소보다 퇴근이 좀 늦었다. 집으로 돌아가는 길에 가방 가게 앞을 지나게 됐다. 가방을 사야 한다는 게 떠올라 가게로 들어섰다.

매장 안은 점원과 손님으로 보이는 여자와 남자만 있을 뿐 한산했다. 점원은 남자 손님 옆에서 가방에 대해 설명하느라 내가 들어온 것도 모르는 눈치였다. 나는 여행용 가방 코너로 왔다. 들어올 때 보았던 여자도 거기에 있었다. 여자는 주머니에 손을 넣은 채 진열된 가방들에 시선을 두고 있었는데 굉장히 골똘해 있었다.

나는 가방들을 대강 훑어보았다. 다 그게 그거 같아 몇 번 눈길을 돌리다 마침 크기나 색상도 적당한 게 눈에 띄어 집어들었을 때였다. 누군가 내가 잡은 가방을 왁살스럽게 낚아챘다. 어찌나 갑작스럽고 과격한지 손가락 하나가 가방 손잡이에 끼여 쓸렸고 무방비 상태에 있던 몸이 휘청할 정도였다. 벌게져 홧홧한 손가락을 주무르며 놀라서 쳐다보니 가방을 보고 있던 여자였다. 불쾌했다.

지금 뭐하는 겁니까?

정색을 하며 까칠한 내 반응에 여자는 강탈하다시피 한 가방을 들고 어쩔 줄 몰라 했다. 본인도 자신의 행동에 당황한 게 역력했다. 쩔쩔매며 귀밑까지 붉어졌는데 체구가 가늘어서인지 연녹색의 줄기가 미풍에 낭창대는 봄날 버드나무가 연상됐다.

아, 죄송합니다. 사고 싶은 마음에 그만 결례를 했어요. 죄송합니다! 죄송합니다!

여자는 반복해서 죄송하다는 말을 했다. 그 태도를 보니 더는 화를 낼 수 없었다. 작은 소란에 그제서야 점원이 다가왔다. 서로가 가지려 했던 가방은 매장에 하나뿐이라고 했다. 여자와 나 둘 중에 하나는 가질 수 없었다. 나도 마음에 들었지만 꼭 그 가방을 가져야 할 절박한 건 아니었고 조금 전 가방에 대한 여자의 과한 반응이 짚어졌다. 얼마나 마음에 들었으면 그랬을까 싶어 양보했다. 이상했지만 당연하게 건네야 할 것 같았다.

고맙습니다.

괜찮습니다. 저야 꼭 그거 아니어도 됩니다. 어디 여행가시나 봅니다?

나는 여자가 미안해하는 것 같아 괜찮다는 내색을 하려고 별 뜻 없이 물었다. 여자는 아무 대답 없이 딴 곳으로 슬그머니 시선을 거두었다. 얼핏 잡힌 눈매가 웅숭깊었다.

그 일 이후 나는 여자를 자주 만나게 되었다. 아내였다. 그렇게 우리는 연인이 되었고 결혼에 대해 진지해졌다. 나는 가족에게 아내를 소개했다.

아내가 살고 있는 집에 처음 갔을 때였다. 집안은 10평 남짓한 넓지 않은 공간이었다. 그 한 쪽을 여러 개의 여행용 가방이 차지하고 있었다. 웬 가방들이 이렇게나 많을까, 의아했지만 사람에 따라 어떤 특정한 물건에 관심을 두는 경우처럼 단순히 그런 거라 여겼다. 그때는.

하지만 아내의 이해 못할 행동은 결혼을 하면서 확연해졌다. 아내는 십 원 지출도 꼼꼼히 가계부에 기록할 만큼 절약이 몸에 배어 있었다. 그런 사람이 필요 이상으로 가방을 사들였다. 그것도 꼭 여행용 가방이었다. 더구나 이해되지 않는 건 포장도 뜯지 않은 가방들이 쌓여갔지만 정작 사용하지 않는다는 거였다. 모인 가방들은 부피도 커서 집안의 적정 공간을 터무니없이 차지해버렸다. 쓰지도 않고 쓸데없이 공간만 차지하는 걸 왜 사들이는 거냐고 나는 가끔 싫은 소리를 했다. 그래도 아내는 여전히 가방을 사들였다.

그늘 속

열두 살 아이의 어느 새벽이었던가요.

차가운 비가 새벽 어둠 속에 몸을 부렸어요. 술 취한 작은아버지의 행패에 엄마의 몰골은 또 말이 아니었어요. 흙탕인 땅바닥에 패대기쳐지고 밑에 깔려 맞느라 온몸이 흙투성이였어요. 잡혔던 머리채는 마구 헝클어졌고 멱살 잡혔던 옷은 찢어져 젖가슴이 보일 정도였어요. 주먹으로 맞은 얼굴은 퉁퉁 부어올랐고 코피가 터져 서글픈 어릿광대였어요.

이대로 가다간 맞아죽을 거라며 짐을 싸는 엄마의 입이 앙다물렸어요. 딱딱하게 굳은 분노가 날카로운 가시처럼 튀어 나왔어요. 그러나 옷가지를 싸는 보자기는 보잘것없이 초라했어요. 색이 바래고 올이 해져 실밥이 나달했어요.

그 보따리를 안고 엄마는 혼자 집을 나섰어요. 어두운 새벽 거리 속으로 빗줄기처럼 서글피 스며들었어요. 엄마! 엄마! 아이는 떠나는 엄마를 놓칠세라 뒤따라가며 애타게 불렀어요. 가로등 밑에서 엄마가 뒤돌아보았어요. 흩뿌리듯 내리는 비가 불빛 반경 속에 있는 엄마를 부연 안개처럼 감쌌어요. 그 모습은 미어지도록 애달팠어요.

오지 마라! 가거라. 따라오면 혼낸다!

엄마는 아이를 향해 종주먹을 쥐어박는 시늉을 했어요. 그 서슬에 아이는 주춤했어요. 그리고 보았어요. 돌아서는 엄마가 안고 있던 보따리에 얼굴을 묻는 걸. 그때 아이는 자식을 두고 떠나는 어미의 고통까지 헤아릴 순 없었어요. 다만 가여웠어요. 처참하게 두드려 맞은 몰골로 초라한 보따리를 안고 가는 엄마가. 자식을 떼어놓고 비 내리는 어두운 새벽 거리를 우산도 없이 울면서 가는 엄마가.

엄마는 꿈결처럼 멀어졌어요. 허허로운 바람결 같은 또 하나의 그리움을 안아야 하는 어린 가슴은 문드러졌어요. 흩뿌리는 빗속에 혼자 남은 아이는 가슴에 체기 같은 울음덩어리가 돌처럼 틀어 막혀 빼근하게 쓰렸어요. 그때 섬광처럼 가방이 떠올랐어요. 엄마의 보따리가 낡지 않은 반듯한 가방이라면 얼마나 좋을까! 비가 와도 젖지 않을 단단한 가방이라면 엄마가 덜 가여울 것 같았어요. 아이의 바람은 아주 간절해졌어요. 정말 엄마에게 가방을 마련해줄 수 있다면.

그런데 어떻게 주어야 하지? 떠나버린 엄마를 만날 길은 아득했어요. 불시에 밀려들어 발목을 적시는 물처럼 짙은 낭패감이 들었어요. 어쩌면 영원히 마련해주지 못할 거라는 안타까움에 또 다른 아픔이 켜를 더했어요.

열두 살 아이는 비를 맞으며 홀로 슬프게 서 있었어요. 어두운 새벽 거리 속에 울면서 떠난 엄마와 초라한 보자기 때문에.

*

모든 검사가 끝난 후에 정확한 결과가 나오겠지만 지금으로 봐선 알츠하이머성 치매일 가능성이 많습니다!

아내를 데리고 설마하며 찾은 병원에서는 뜻밖의 소견이 내려졌다. 차마 거기까지는 예상치 못했던 상황이라 나는 무척 놀랐다. 그동안 일말의 불안감이 들긴 해도 잠시 탈이 났을 테고, 적당한 치료를 받으면 금방 원상태로 돌아올 단순한 질환일 거라 여기고 싶었다.

신경과 의사의 발음은 정확했다. 그랬음에도 나는 귀에 마개를 끼운 것처럼 제대로 들리지 않았다. 예? 나는 맹한 표정으로 되물었다. 내가 할 수 있는 의사 표현은 그게 최선이었다. 의사는 말을 계속 했다.

이 병의 제일 먼저 나타나는 징후가 가벼운 건망증부터입니다. 물건의 이름이나 둔 곳을 모르고 공간 감각이 떨어져 평소에 잘 알거나 익숙하던 길을 잊죠. 그리고 최근 일부터 시작으로 점점 오래 전 일까지 기억을 못합니다. 급기야는 가족까지 알아보지 못하고 과식증과 불안, 초조, 우울, 환각, 망상 등의 이상 심리적 장애를 보이죠. 한마디로 기본적인 정신 능력을 상실하고 평범한 일상이나 사회활동이 불가능해진다고 보면 됩니다.

의사의 말은 찌걱거리는 소음이었다. 높은 곳을 올랐을 때처럼 귀가 먹먹했다. 도무지 알아듣기 힘들었다. 단어 자체가 아니었다. 말에 담긴 의미가 선뜻 파악되지 않았다. 나는 다시 물었다.

무슨 말씀입니까? 잘 못 알아듣겠습니다!

아, 그게 곧 아무것도 기억할 수 없는 무화상태가 되는 겁니다.

뇌는 없고 몸만 떠다니는 상태가 되는 거죠. 육체적 죽음보다 정신적 죽음이 먼저 진행되기 때문에 가족은 견디기 힘든 고통을 겪어야 할 겁니다. 수명도 보통 발병 후 삼사 년이거나 길어야 팔 년, 십 년입니다.

도대체 이 무슨 씨나락 까먹는 소리인가. 정신적 죽음은 뭐고 시한부도 아닌데 길어야 팔 년이나 십 년밖에 남지 않은 수명이라니. 어처구니가 없다는 생각이 들면서 나는 화가 솟구쳤다.

선생님, 도대체 무슨 말인지 모르겠습니다! 제 아내는 이제 겨우 서른다섯입니다! 예순다섯, 일흔다섯이 아니란 말입니다!

달려들 것처럼 거친 내 말투에 의사는 양미간을 살짝 찌푸렸다. 그러나 지금 심정이 오죽하겠냐는 듯 이해한다는 표정으로 다시 말을 이어 나갔다.

요즘은 젊은 사람들에게서도 조기 치매가 발병합니다. 통상 치매는 나이 많은 노인들에게서나 발병하는 거라고 알고 있기에, 증세가 나타나도 본인은 물론이고 주변 사람들도 미처 치매라고 생각하지 못합니다. 아까도 말씀 드렸다시피 검사가 끝난 결과나 경과를 더 지켜본 후 최종 진단을 하겠지만, 현재로선 아내 분의 경우도 그럴 가능성이 많다는 걸 염두에 두세요.

아내는 총명했고 기억력도 좋았다. 무엇보다 육체적이든 정신적이든 깔끔했다. 평소에도 누구에게든 피해를 주지 않으려는 의식이 몸에 배어 있었다. 그런 사람이 치매에 걸린 것 같다는 말에 나는 명치 끝이 턱 막혀왔다.

관심도 둘 이유가 없었던, 주변에서 간간이 접하던 치매 환자들의 사례가 머릿속을 휙휙 날아다녔다. 눈동자는 백태 낀 것 마냥 초점 없이 흐릿하고 침을 줄줄 흘린다는데, 금방 밥을 먹어놓고도 안 먹었다며 밥 달라고 소리소리 지른다는데, 가족은 물론이고 자신이 누군지도 모른다는데, 똥오줌을 가리지 못해 아무 데나 문지르며 칠갑을 한다는데, 툭하면 길을 잃어 헤맨다는데, 식구들이 방심하고 주의 깊게 살피지 않으면 집에 불을 싸지를 수도 있다는데……, 나는 머리가 터질 것 같았다. 걷잡을 수 없는 두려움이 몰려 왔다.

만약 그런 거라면 뭘 어찌해야 합니까?

정확한 진단이 나온 후의 상황입니다만 우려하던 거라면 아무래도 전문기관에 위탁하는 게……. 환자에게도 그런 환경이 도움이 될 테니까요. 경제적 부담이 있기는 하지만 보호자께서 직장과 어린 아이까지 기르면서 환자를 수발하는 건 불가능할 겁니다. 이런 일이 발생하면 나머지 가족의 삶은 모두 저당 잡혀야 할 만치 피폐해집니다.

의사의 말은 조심스러우면서도 완강했다. 조금 전까지 버럭대던 나는 전의를 상실한 패잔병이 되어 의사만 멍하니 쳐다보았다. 환자를 수발해야 한다거나 피폐한 상황이 될 수 있다는 사실이 날카로운 파편처럼 내 의식 속을 휘젓고 다녔다.

나는 허청대며 진료실을 나왔다. 복도 끝 쪽에 화장실이 보였다. 서둘러 그곳으로 들어갔다. 요의는 없었지만 바지 지퍼를 내렸다. 그러나 무엇을 어떻게 해야 하는지 순간 알 수가 없었다. 변기를 잡고 그저 서 있었다. 의사의 소견이 사실화되어 진단으로 확정된다면…… 아, 진저리가 처졌다. 아무 거라도 붙잡고 싶은 절박한 심정이었다. 아내가 예전처럼 될 수 있기만 하다면 아무에게나 애걸복걸 매달리고 싶었다. 개처럼 두 손 두 발로 땅을 기라고 해도 길 수 있었다.

나는 온몸의 진액을 쥐어짜듯 절실히 빌었다. 제발 내 아내를 살려달라고. 무엇보다 어린 내 아이에게는 오래도록 엄마가 필요하다고. 그러니 내 아내의 기억이 사라지지 않게 해달라고. 하지만 주변은 어떤 기척도 없이 고요했다. 화장실 창으로 들어오는 햇살만 찌를 듯 눈부셨다.

*

일 년 전 늦가을에 아내에게서 석연치 않은 징후가 나타나 당황했지만 잠시였다. 그 후 아내는 예전과 같은 일상을 지냈기에 자연나도 그 일에 대해선 잊었다. 가끔 물건 둔 곳이나 대화 도중 누군가의 이름이나 무슨 얘기를 하려던 걸 금방 떠올리지 못했어도 어쩌다 있는 일이었다. 그런 상황들은 누구에게나 있을 수 있는 경우였다. 뭔가 다른 것에 신경을 많이 쓰거나 별 의미를 두지 않으면 그러기도 했던 걸 나도 가끔 경험했었다. 단순한 건망증으로 치부하면 별 거 아니었다. 겨울로 접어들어선 딸아이가 장염을 앓았다. 아내와 내가 며칠 비상 상태였던 것만 빼면 당시의 시간들은 무탈하게 흘러갔다.

그리고 내가 근무하던 학교는 겨울방학을 했다. 학기 중보다 비교적 집에 있는 시간이 많아졌다. 오후에는 대부분 아내와 함께 보냈다. 아내에게서 결정적인 징후가 나타났던 그날은 아이마저 부모님댁에 가 있어 집에는 둘뿐이었다. 점심을 먹은 후 거실에서 함께 텔레비전을 보았다. 바깥은 겨울과 봄이 섞이느라 싸늘한 바람과 함께 비가 내렸다. 추적대는 비가 낮 내내 계속되었지만 실내는 더없이 안온했다.

아내는 소파에서 내 어깨에 기대거나 무릎을 베며 아주 편안한 자세였다. 아내가 움직일 때마다 브래지어를 하지 않은 가슴자락이 출렁였다. 샤워를 하고는 대강 입은 차림 그대로였다. 헐렁한 티셔츠만 걸쳤는지라 유두가 그대로 도드라졌다. 장난기가 담긴 내 손이 아내의 옷자락을 헤집어들어 가슴을 모아 잡았다. 아내에게서 간지럼 타는 소리가 나며 몸이 비틀렸다. 아내의 얇은 옷이 위로 말리며 흰 젖무덤이 드러났다. 짙은 젖꽃판 위에 열대의 화려한 꽃 속 꽃술처럼, 내 손길에 익숙한 유두가 한껏 융기되었다. 아내의 몸이 뜨거워졌다. 킥킥대며 장난이던 내 몸도 반응했다.

아내의 속은 은근한 혼곤이었다. 잠자리의 투명한 날개 같은 천자락이 섬모처럼 휘감았다. 양지녘에 내놓았던 따듯한 물에 손을 담갔을 때 손등을 휘감던 헤살거림이었다. 그건 늦은 봄날의 아카시아 훈향처럼 아찔하도록 도발적이어서 등줄기 속 깊은 곳이 전류가 흐르는 것처럼 찌르르했다. 나는 잠깐 아득해지며 진저리를 쳤다. 그 아득함은 몇 번이고 반복되어 우리를 끌어올리고 내렸다. 아내의 두 팔은 넝쿨처럼 내 등을 감았고 열 손가락은 움푹한 자국을 내며 파고들었다. 귓가에 와 감기는 아내의 호흡이 끈적해졌다. 비 내리고 난 숲속의 축축하고 비릿한 이끼 냄새가 숨결에 섞여 나왔다. 아내의 깊은 곳이 걷잡을 수 없이 수축되었다. 그 파장에 활짝 열려 있던 내 오감도 급류를 타며 가쁘게 모아졌다. 우리는 동시에 접점을 찾아 들어갔다. 그곳에선 오월 밤하늘의 화사한 불꽃이 넘치도록 터져 나왔다.

아내와 나는 서로를 안고 난 후 다시 텔레비전을 보았다. 코미디 프로였다. 아주 웃겼다. 우리는 낄낄거렸다. 눈물까지 찔끔거릴 만큼. 그리고였다. 문득 아내의 기척이 없다는 걸 알았다. 아내를 쳐다보았다. 머리가 소파 등걸에 얹혔고 얼굴은 베란다 쪽을 향해 있었다. 나는 노곤해진 아내가 잠깐 졸고 있는 줄 알았다. 이 사람이…… 나는 혼잣말을 하며 자세가 불편할 것 같아 바로 해주려고 아내의 머리에 손을 댔다. 아내가 불에 덴 듯 화들짝 놀라며 벌떡 일어났다. 덩달아 놀란 내가 아내의 손을 잡으며 말했다.

왜 그래? 꿈 꾼 거야?

아내는 내 손을 징그러운 벌레 떨어내듯 매몰차게 쳐냈다. 잔뜩 겁먹은 표정으로 두리번대기도 했다. 나는 다시 아내의 팔을 잡으려 했으나 아내가 새되게 소리쳤다.

만지지 마세요! 아저씨!

뭐라고?

아내는 나를 보고 아무렇지 않게 아저씨라고 말했다. 나를 피하려는 건지 비척비척 몇 발자국 옮기기까지 했다. 경계의 기색이 역력했다. 조금 전만 해도 눈물을 찔끔댈 만큼 낄낄거리며 함께 보던 코미디 프로가 뜬금없이 떠올랐다. 무엇보다 죽어도 좋을 것 같은 열락의 탐닉을 쏟아냈던 그 시점에서 불과 한 시간도 지나지 않았었다. 그런데 다른 남자에게나 호칭할 아저씨라니. 무수한 물음표가 어지러이 머릿속을 휘돌았다.

지난 늦가을의 아내가 서늘하게 다가들었다. 몇 년을 살고 있는 집으로 오는 길이 생각나지 않았고, 익숙한 공간의 사물 사용법이 생각나지 않았던 징후들은 결국 부정할 수 없는 명백한 사실이었던가. 머리가 둔탁한 것에 가격 당하듯 휘청했다. 정신을 가다듬어야 한다는 생각이 들었다. 정돈이 필요했다. 아내의 어이없는 행동에 동요되지 않아야 했다. 나는 여유롭게 미소지어야 했다. 하지만 움직이는 입가의 근육이 한없이 무거워 안간힘을 써야 했다. 내 입꼬리가 파들대며 떨렸다.

여보, 지금 장난치는 거야? 나 재미있으라고? 에이, 별론데…….

아저씨, 제 남편 좀 찾아주세요! 남편이 없어졌어요! 제 딸도 보이지 않아요!

눙치는 내 말은 아내에게 전달되지 않았다. 전달될 이유가 없어 보였다. 유연하고자 했던 내 미소의 유효기는 하루살이보다 못하게 짧았다.

여울이 엄마, 무슨 소리 하는 거야? 나야! 당신 남편 여기 있잖아!

나는 아내의 양팔을 꽉 잡고 세차게 흔들며 소리쳤다. 그래도 아내는 나를 알아보지 못하고 갑자기 몰아치는 비바람에 무방비로 서 있듯 파들댔다. 눈동자가 심하게 흔들렸다.

아저씨, 이 손 놓으세요! 난 아저씨 몰라요! 그리고 부탁이에요. 제발 제 남편한테 전화 좀 걸어주세요. 네?

아내의 흔들리는 눈동자를 보는 순간, 아내의 의식 그 어디에도 앞에 보이는 내 실체는 의미가 없다는 걸 알았다. 다리가 후둘거렸다. 온몸의 피가 순식간에 빠져나가듯 서늘해졌다.

자신의 남편에게 전화를 걸어달라며 어거지를 쓰는 아내에게 나는 그러마하고 진정시켜 겨우 소파에 앉혔다. 집 전화로 내 휴대전화 번호를 눌렀다. 꾹꾹, 힘이 들어간 손가락 마디가 저며 왔다. 나는 신호가 가는 전화기를 아내의 귀에 대주고 울리는 내 휴대전화를 받았다.

여보, 나야.

아내는 바로 자신 옆에서 전화를 받고 있는 나를 쳐다보지 않았다. 눈가리개를 씌워놓은 경주마 같았다.

여울이 아빠? 나 좀 빨리 데려가. 여기가 누구네 집인지 모르겠어. 어떤 아저씨가 옆에 있어. 자꾸 나를 만지려고 해. 무서워, 무서워…….

아내는 아이처럼 징징거리며 울었다.

알았어. 데리러 갈게. 울지 마! 울지 마!

울지 말라고 말하는 내가 더 크게 울고 있었다. 허어엉! 허어엉!

그날 이후 아내의 행동과 인지, 사고 반경은 급격히 퇴행되며 스스로 가라앉았다. 나와 딸아이를 챙기는 건 고사하고 자신에 관한 자율적인 일상의 폭이 점점 좁아졌다. 누군가의 도움을 받아야만 하는 시간들이 잦아졌다.

밥을 먹을 때도 순간 수저 사용을 어떻게 해야 하는지 몰라 허겁지겁 손이 먼저 가느라 뜨거운 국그릇에 데기도 했다. 배변 조절이나 용변, 생리혈 처리를 어찌하는 줄 몰라 허둥댔다. 몸을 씻는 것도 서너 살 아이의 행동처럼 우왕좌왕했다. 때로는 공격적이 되었다. 원하는 것에 마뜩치 않으면 물건을 던지거나 큰소리를 지르며 심술을 부렸다. 심할 경우에는 자신의 팔뚝을 물어뜯기도 했다. 어떤 땐 이유도 없이 얼굴과 목에 핏줄이 도드라질 정도로 흥분해선 마구 삿대질을 하며 욕설까지 해댔다.

그때의 아내가 발산하는 감정엔 누군가를 향한 분노와 증오가 여실했다. 그러다 어느 순간 밝은 불이 켜지듯 의식이 명료해지면 또 다른 자신의 모습에 한없이 괴로워했다.

그런 인식마저도 길지 않았다. 증세는 다양해지며 깊어갔다. 예전의 일은 물론이고 바로 몇 시간 전도 기억하지 못하는 상태가 자주 발생했다. 주변 사람들과 아이와 남편인 나를 알아보지 못하는 경우도 빈번해졌다. 그럴 때 아이와 나는 더 이상 자식과 남편이 아니었다. 지나다니는 남의 집 모르는 아이였고 낯설고 경계하고 싶은 외간 남자였다. 또렷하게 기억하는 건 오직 몇 년 전의 아이와 나에 대한 약간의 신상정보뿐이었다.

제 아이 이름은 김여울이구요. 이제 백일이 지났어요. 축복 같은 아이예요. 내가 저렇게 예쁜 아이의 엄마라는 게 참 행복해요. 제 남편 이름은 김산호예요. 고등학교 교사예요. 남편을 처음 만난 건 가방 가게였어요. 그 사람은 내가 무조건 예쁘대요. 아침저녁 출퇴근 땐 나와 아이를 안아주며 한껏 입바람을 불어 장난스럽게 목을 간질여요. 따뜻하고 달큰한 그 입김과 아이를 안고 있는 남편 팔짱을 끼고 있을 때 나는 행복해요. 우리 세 식구가 함께 있으니까요.

아내는 가끔 혼자 허공을 바라보며 주절주절 얘기했다. 분열을 반복하는 의식 속에서 이미 한참이나 지나버린 그때의 시간들은 꽤나 충만이었던 것 같다. 하지만 그마저도 점점 시간차를 벌려가며 현 시점에서 유리되었다. 부식되어 푸르르 날리는 녹가루처럼 스러져 갔다. 요즘은 더 먼, 아주 오래 전 시간 속에 자신을 떨어트려 놓고 있다.

나는 엄마한테 아무것도 해줄 수 없어요. 개 끌리듯 끌려나가 포악하게 맞는데도 보호해줄 수 없어요. 나도 두렵고 억울하고 서러워요. 아무도 지켜주지 않아 어둡고 음습한 구석으로 숨어들어 혼자 떨어야만 해요.

아내는 그 부분에서 기어코 엉엉 울음을 터뜨렸다.

그늘 속

열다섯 살 소녀의 어느 새벽이었던가요.

꿈속인 듯했어요. 소녀는 우왁스러운 힘에 멱살이 잡혀 공중에 매달려 있었어요. 멀미가 날 것처럼 어지러웠어요. 떨어질 두려움에 버둥거렸지만 두 발만 가없이 흔들렸어요. 그러다 바닥으로 내던져졌어요. 아악! 자신이 지른 소리에 놀라 눈을 떴을 때 소녀의 몸은 마당에서 뒹굴었어요. 눈앞에 작은아버지가 씩씩대며 서 있었어요. 달빛을 등 뒤로 받고 있는 그 모습은 어두운 동굴 속처럼 음험했어요. 위태롭게 매달렸던 공포는 꿈이 아니었어요. 자고 있다 당한 봉변이었어요. 지나간 시절 엄마가 그랬듯이요.

누가 네 어미를 만나라고 했어?

작은아버지의 무자비한 주먹이 소녀의 머리통을 후려쳤어요.

어미년이 버리고 간 걸 기껏 먹이고 입혀 키웠더니, 요 앙큼한 년!

다시 무쇠 같은 손바닥이 소녀의 뺨을 사정없이 갈겼어요. 얼굴에 불이 일며 입술이 터져 피가 내비쳤어요.

며칠 전이었어요. 점심시간이 지난 5교시 수업 중이었어요. 소녀는 식곤증에 나른한 정신자락을 붙잡느라 자주 창밖을 내다보았어요. 저만치 교문을 들어서는 누군가를 보았어요. 어떤 여자였어요. 소녀는 무심히 다시 책에 시선을 두었어요. 하지만 졸음기에 여전히 집중이 되질 않았어요. 소녀는 다시 창밖을 내다보았어요. 여자는 얼굴을 알아볼 수 있을 만큼 가깝게 다가와 있었어요. 그 얼굴에 눈길이 간 순간 불에 달군 쇠붙이에 손이 달라붙듯 기겁이 들었어요. 몇 년의 시간이 흘렀지만 여자는 매일 보던 것처럼 낯설지 않았어요. 엄마였어요!

그토록 사무친 엄마였건만 소녀는 불안감에 안절부절못했어요. 작은아버지가 알게 되면 겪어야 할 곤란이 그리운 심정을 무자비하게 뭉갰어요. 그 불안감이 현실로 닥친 거예요.

너 같은 거 키워줄 필요 없어! 나가!

작은아버지는 주먹으로 또 소녀의 머리를 후려치곤 집안으로 들어가서 소녀의 책가방과 옷을 가지고 나와 마당으로 집어 던졌어요. 가방 안의 것들이 와르르 쏟아졌어요. 남루한 옷가지들도 새벽의 검은 허공에 비루하게 흩뿌려졌어요. 작은아버지는 마당에 소녀만 남겨두고 집안으로 들어가서 문을 잠갔어요. 잠시 후 집안의 불은 죄다 꺼져 사위는 짙은 새벽 어둠만이 점령군처럼 흘러 다녔어요.

소녀는 북받치는 울음을 참느라 이를 악물었어요. 땅바닥에선 오싹한 냉기가 올라왔고 새벽 기운은 싸늘했어요. 소녀는 벽에 기대어 잔뜩 몸을 웅크렸지만 스미는 한기를 견디기 힘들었어요. 하늘을 보았어요. 쏟아질 것 같은 수많은 별무리가 범람하는 슬픔처럼 흘렀어요. 엄마…… 라고 불러보지만 스치는 바람처럼 잠시 왔다간 엄마에게선 연락이 없었어요. 곧 다시 올 수 있을 거라는 불명확한 다짐만 허허로웠어요. 소녀가 안아야 하는 그리움은 더욱 커져갔고 깊이 곪아가는 상처로 욱신댔어요.

열다섯 살 소녀는 터지려는 울음을 꾸역꾸역 삼켰어요. 싸늘한 새벽 어둠 속에서 저미는 그리움과 억울한 서러움에.

*

에휴, 뭔 팔자들이 그렇게 기박한지. 사실 이제야 얘기네만 연재 어멈이 시동생 매질을 견디다 못해 자식을 두고 나갔지 않은가. 두고 나온 것도 달리 그랬겠나. 수중에 가진 게 없으니 방 한 칸 얻을 형편도 안 돼서 돈 좀 모아 나중에 데려가려고 했던 거라네. 할아버지 할머니가 있으니 보듬어줄 거라 여겼는데 두 늙은이가 인간말종 아들놈한테 찍소리도 못하고 살았으니. 그리고 사는 게 작정한 대로 돼야 말이지. 몸뚱어리 하나 누일 곳 없이 여자 혼자 사노라니 팍팍했다네. 여기저기 흘러 다니며 제 한 입 먹고 살기도 힘들었지. 그래서 팔자를 고친다고 고친 게……. 참 딱하기도 하지. 팔자 속임을 못한다더니 어디서 불한당 같은 놈을 만나 이때까지 또 매질만 당하고 살았네. 거기다 전처 자식들 뒤치다꺼리만 하고 정작 제 속으로 난 자식은 키워 보지도 못했으니 그 속이 어땠겠나. 한을 삭이지 못하고 술을 그렇게 마셔대더니 알코올중독이 됐네. 연재가 자네한텐 민망해서 그 말을 못했을 걸세. 그동안 부모 없이 불쌍하게 큰 것도 가슴 아픈데 젊디젊은 나이에 치매라니 이렇게 기가 막힌 일이 어디 있나!

처이모는 초점 없이 멍한 아내를 끌어안고 울었다.

처가 쪽에 아내의 상태를 알릴 데라고는 이모밖에 없었다. 그동안 아내의 침묵에 묻혀 있던 어머니의 거취를 알 도리가 없었다. 그렇게라도 연결될까 했지만 아내의 어머니 상태도 비관적이었다. 그 사실이 가슴 아팠다. 아무 곳에도 뿌리 내리지 못해 부박했을 아내에게 지금 이 현실은 너무 가혹했다.

모든 검사가 끝나고 결과를 알기 위해 다시 병원을 찾았다. 모니터를 마주한 담당 의사의 고개가 갸웃거렸다. 쥐고 있는 마우스가 공연히 갈팡질팡 했다.

음…… 좀 이상하군요. 증세나 정황으로 봐선 이미 치매 중증으로 접어들었는데 MRI, CT 등의 검사에서는 이 정도로 급격히 진행될 만큼 심각한 이상까진 보이지 않네요. 여기 이 부분을 보면 질환을 앓은 흔적이 있긴 합니다만…….

의사는 내 쪽으로 모니터를 돌려놓았다. 커서가 움직임에 따라 뇌의 단층이 화면 전체로 부왕! 물결치듯 크게 떠올랐다. 그건 위협적으로 다가들었다. 나도 모르게 흠칫대며 몸이 뒤로 빼졌다. 의사의 손놀림에 따라 커서는 동그랗게 원을 그리거나 지그재그 사선을 그리며 민첩하게 화면을 휘돌았다. 보이지요? 그렇게 묻는 눈으로 의사가 나를 쳐다보았다. 그래도 나는 알 수 없었다. 어디가요?

이 정도라면 경미한 거라 어떤 사람에 따라선 본인도 의식하지 못할 정도로 지나치는 경우이기도 한데요. 흐음, 그렇다면 지난 번 환자 문진과 남편 분께서 말씀해주신 아내 분의 성장 과정에도 무게를 둘 필요가 있겠는데요. 이건 다른 과와의 협진으로 좀 더 전문적인 추가 진료와 검사를 받아야 하기에 조심스러운 소견이긴 합니다만, 아마도 부인 같은 경우엔 어린 시절 겪었던 극심한 공포와 슬픔, 뭐 그런 것들도 작용하지 않았나 싶습니다. 나타내는 증상들은 고통스러운 순간과 기억들을 잊고자 하는 무의식적인 활동이라고 볼 수도 있겠는데, 간직하고 싶은 것은 오히려 잊어지고 떨치고 싶은 것들만 되살아나 괴롭히는 거랄까요. 망각하고자 하는 욕망이 모든 일상을 흡수하는 것 같습니다. 그 와중에도 결혼 초기의 상태는 아주 잘 기억하고 있더군요. 어느 특정 시기의 어머니에 대한 기억은 아주 생생하고 견고하기까지 하던데요.

진료실 창밖으로 겨울날 저녁 해가 기울어갔다. 병원 정문 앞 횡단보도에는 서너 사람이 추위에 잔뜩 어깨를 웅크린 채 보행 신호를 기다렸다. 그 옆으로 잎이 다 떨어진 가로수 가지에 검은 비닐봉지가 걸려 맵찬 바람에 펄럭거렸다. 거리를 오가는 차량들은 머플러에 흰 연기를 꼬리처럼 달고 도망치듯 내달렸다.

*

배불리 밥을 먹고 난 아내는 노곤한지 차 안 의자 등받이에 기대 졸고 있다. 근심 걱정이라고는 없이 평온하다. 잠이 깊어지느라 고개가 자꾸 옆으로 기운다. 의자를 좀 더 뒤로 젖혀주고 얇은 모포를 꺼내 덮어준다. 나는 운전석 문을 열고 밖으로 다리를 뻗어 걸터앉았다.

사위는 쓸쓸하도록 적막하다. 오가는 인적 별로 없는 비 내린 산촌의 정경은 한없이 가라앉아 있다. 저만치 대로변을 달리는 차량들 기척만 분주하다. 이파리 하나가 팔랑 떨어져 내린다. 땅바닥을 본다. 비에 젖은 나뭇잎들이 후줄근히 깔려 있다. 나는 그것들을 발로 이리저리 쓸었다.

무지개다! 갑자기 아내의 말소리가 들린다. 순간 등줄기에 전율이 인다. 예전 같은 또렷하고 생생한 목소리다. 나는 튕기듯 몸을 돌렸다. 하지만 아내는 어떤 미동도 없이 무구하게 잠들어 있다. 약간 벌어진 한 쪽 입가에는 침까지 조금 내비쳐 있다.

나는 멍하니 하늘을 올려다본다. 비가 그쳐 꾸무럭한 잿빛이다. 겨울로 들어서는 마당에 생뚱맞게 무지개가 있을 리 없다. 바람이 무산됐을 때의 허무감이 들며 씁쓸하다. 이젠 헛소리까지 들린다 싶어 푸, 하는 웃음인지 한숨인지 모를 맥 빠지는 소리도 비어져 나온다. 자세를 바꿔 앉아 아내의 목덜미에 팔을 두르고 가만가만 머릿결을 쓰다듬는다.

여보, 이다음 늙어서도 이렇게 해줄 거지? 음, 그럼 베란다에 긴 의자 하나를 놓자. 당신 퇴직하고 우리 둘 다 파파 할아버지, 할머니가 되어 서로 이렇게 해주면 참 좋겠다, 그치? 호호호!

거실 소파에 나란히 앉아 있을 때면 나는 자주 아내의 머릿결을 어루만졌다. 아내는 그걸 아주 좋아했다. 그때 아내가 말하고 짓던 웃음은 투명한 비눗방울이었다. 감각은 댓잎에 듣는 빗방울처럼 수런댔다. 따스하고 밝은 볕에 반쯤 감긴 눈은 혼곤히 감실거렸다. 그 어디에도 망각의 어두운 그림자는 보이지 않았었다.

늦가을 나무들이 비에 젖어 더욱 음울하다. 이번에 내린 비로 기온은 더 싸늘해질 것이다. 귀가 떨어져 나갈 만큼 칼바람이 불 테고, 앞을 분간하지 못할 만큼 눈보라가 몰아칠 테고, 혹한의 얼음은 두께를 더 하리라.

아내의 기억은 어느 만큼의 시간이 지나면 다시 돌아올 수 있을까. 알 수 없다. 아니 알 수 있었으면 좋겠다. 그러면 아내와 내가 가야 할 길을 짚어볼 수 있을 테고 지금보다 덜 막막하지 않을까. 기약 없는 막막함을 견뎌야 하는 건 힘겹다. 가슴으로 무거운 돌덩이가 짓찧으며 들어앉는다. 답답하다.

아내의 목덜미에 둘렀던 팔을 푼다. 대신 잠에 취해 있느라 힘을 빼고 있는 아내의 손을 가만가만 주무른다. 나는 아주 오랜만에 예전처럼 아내의 귀 가까이에 대고 소근거리듯 말한다.

"그래, 당신은 지금 무거운 짐을 지고 가다 잠깐 쉬고 있는 거야. 그러다 다시 추슬러서 갈 길 가면 되는 거야. 아니, 아무래도 좋아. 당신이 오래도록 그 자리에 주저앉아 있다 해도 상관없어. 여보, 나는 말이야. 그 전엔 그랬어. 모든 부모들이 그렇듯 내 자식은 좀 남다르지 않을까 하며 스스로 청맹과니가 되기도 했어. 그래서 일찌감치 영재교육에 힘을 써 이 살벌한 무한경쟁시대에서 자식의 자리매김이 남들보다 우선할 수 있기를. 그리하여 내 아이의 삶의 제반이 풍요롭기를. 더불어 우수한 자식을 둔 부모만이 가질 수 있는 반석 같은 뿌듯함도 지니고 싶기를. 그리고 좀 더 빠르게 승진하는 방법은 뭘까. 사회적 견고한 지위와 명예도 가질 수 있고 또 고정된 수입 말고도 어디 눈 먼 돈은 없나. 내가 투자하는 주식의 주가가 어느 날 미친 듯이 상승곡선을 탄다면 얼마나 좋을까. 정년을 마치고 나선 풍광 좋은 전원에 쾌적하고 낭만적인 집도 마련하고, 좋은 옷과 음식과 환경에, 말 그대로 고급한 삶을 향유하고 싶었어. 거기에 우리 여울이 좋은 짝 만나 결혼하는 것도, 여울이가 낳은 아이들 보는 재미 등등. 그런 거 외에도 수없이 많았겠지. 나는 그런 바람들을 수소 가득 찬 풍선처럼 마구 띄워 올렸어. 당신 말처럼 이다음 볕바른 베란다에서 머릿결 만져주며 서로의 늙음을 위무해주는 연민 같은 건, 아주 소박해서 당연한 노후 일상의 한 부분이라고만 여겼거든. 그런 건 바람 축에도 끼어 넣지 않았어. 여보, 이젠 그 어느 것도 바라지 않을 거야. 지금의 우리에게는 과람한 욕심일 테니까. 그래도 한 가지만 허락된다면 바라는 게 있어. 그게 뭐냐면 말이야. 지금까지 당신이 간직하고 있는 서른 살 당신이 낳은 축복 같은 아이와 그때의 남편만 잊지 말아주길. 그것뿐이야!"

내가 봄날의 자울거리는 노란 햇살 같은 목소리로 한참을 소곤대도 아내는 예전같이 대꾸하지 않는다. 웃지도 않는다. 나를 바라보지도 않는다. 잠깐의 낮잠 같지 않게 깊은 잠 속을 헤매느라 불규칙한 숨소리만 내뱉는다. 꼭 다물지 못하고 반쯤 벌린 입으로 아스라이 지나온 시간들만 끌어들인다.

룸미러에 지친 내 모습이 비친다. 면도를 못해 텁수룩한 수염에 얼굴빛은 탁하다. 눈언저리는 퀭하고 볼께가 움푹하게 들어갈 만치 수척하다. 마혼도 안 된 나이가 무색하게 민망한 몰골이다. 하아, 눈길을 거두는 내 입에선 어쩔 수 없는 절망의 한숨이 비어져 나온다. 비죽비죽 울음이 날 것 같아 두 손을 깍지 끼어 모두고 얼굴을 묻는다. 치미는 상심을 삼키는 목울대가 아프다. 폐부 가득 바람이 들어찬 듯 뻐근하게 아려온다.

그대로 있다 보면 꺼이꺼이 울 것 같아 다시 고개를 든다. 불현듯 잊고 있던 급한 일이 생각난 듯 서둘러 자동차의 시동을 켠다. 아내가 되도록 흔들리지 않게 조심스레 가속 페달을 밟으며 마을 서쪽 끝에 있는 다리로 향한다.

그늘 속

스물아홉 살 여자의 어느 새벽이었던가요.

제 그림자를 안고 뒹굴어야 하는 새벽 어둠이 깊었어요.

어미 없이도 이렇게 컸구나. 그래 시집을 간다고? 이모 말 들으니 신랑이 아주 참하다더라만. 잘 살아야지. 그나저나 어미라는 게 아무것도 해줄 수 없구나. 너한테 나는 그저 죄인이다. 내가 그 자리를 어찌 가겠니. 이제껏 그랬던 것처럼 나는 없었던 걸로 치거라. 내가 나서봤자 너한테 득 될 거 아무것도 없다. 그래도 이렇게 왔으니 하룻밤 자면서 내가 해주는 밥 한 끼라도 먹고 가거라. 어미가 돼서 따뜻하게 먹이고 입히고 보살펴줬어야 말이지…… .

17년 동안 헤어졌다 만난 엄마는 참 많이 낯설었어요. 술잔을 드는 손이 가늘게 떨렸어요. 술을 넘기는 입술은 퍼렇게 납빛을 띠었어요. 술기운이 담긴 눈은 부연 수증기가 찬 듯 흐릿했어요. 그 눈에선 금방이라도 진물이 뚝뚝 떨어질 듯했어요. 차라리 남자한테 미쳐 어린 자식 두고 밤도망이라도 친 거라면 마음 놓고 원망할 수도 있을 텐데요. 오랜 세월 억울하게 당하고도 모자라 자식과 생이별하고 살아왔던 엄마의 가혹한 삶이 아팠어요. 하룻밤 자고 가라는, 손수 해주는 밥 한 끼 먹고 가라는 청을 거절할 수 없었어요.

어두운 밤이었어요. 잠자리가 바뀐 데다 있을 곳이 아니라는 생각에 뒤척이며 잠을 못 이루다 설핏 잠이 들었어요. 갑자기 뭔가를 때려 부수는 소리가 났어요. 이어 술에 잔뜩 취한 남자의 목소리가 흘러들었어요. 불 켜지 않은 방안에서 술 취한 남자가 신발을 신은 채 엄마의 몸을 짓밟았어요. 그 광경을 대문 밖 가로등 불빛이 연극 무대의 조명처럼 비추었어요. 어느 순간 발길질을 당하던 엄마가 남자에게 달려들며 다리를 물었어요.

그래, 너 죽고 나 죽자. 이 개 같은 놈아!

어이쿠, 이 쌍년아!

나는 조용히 그 집을 나왔어요. 새벽 거리는 춥고 황량했어요. 낯선 도시의 어두운 새벽에 또 나 혼자만이 버려졌어요. 같은 어둠이라 해도 새벽 어둠은 한밤중과 다르다는 걸 그때 알았어요. 밤이, 숨어 있는 많은 것들과 함께 숨결을 뿜어내는 시간이라면 새벽은 그 많은 것들이 제각기의 자리로 돌아가 냉담한 모습을 하는 시간이었어요. 지난 새벽들이 모질게 할퀴며 떠올랐어요. 홀로 두려움에 떨어야 했고 그리워했고 억울하고 슬펐던 시간들이었어요.

갑자기 욕지기가 밀려들며 많은 술을 마신 것처럼 속이 거북했어요. 입에 손가락을 집어넣어 목젖을 마구 휘저었어요. 아무것도 남아 있지 못하게 다 토해내고 싶었어요. 그처럼 머릿속도 손가락을 후벼넣어 구석구석 달라붙어 있는 찌꺼기 기억들을 다 파내버리고 싶었어요. 하지만 아무것도 토해지지 않고 쓴 위액만 게워대느라 고통스러웠어요.

토악질로 눈물이 그렁한 스물아홉 살 여자의 눈에 흐릿하게 맞은편이 보였어요. 그곳은 서늘하고 어두웠어요. 따뜻하고 밝은 빛이라고는 전혀 들 수 없어 절망의 파편들이 날을 세우고 있었어요.

이른 새벽에 혼이 빠져 나간 것 같은 엄마 곁에서 어두운 뒤란을 막막히 보고 있는 일곱 살 여자 아이가 있었어요. 그 아이는 허허로운 바람결 같은 그리움의 예감에 한없이 암울했어요.

새벽의 음습한 후미진 귀퉁이에선, 숨어들어 잔뜩 웅크린 아홉 살 여자 아이가 있었어요. 무지막지한 폭력에 쫓겨 무릎에 머리를 묻은 채, 공포 때문에 죽어라 귀를 막고 사시나무처럼 떨었어요.

을씨년스러운 늦가을의 새벽 빗속에선, 떠나가는 엄마의 뒷모습을 보며 열두 살 여자 아이가 비를 맞으며 슬프게 서 있었어요. 그 모습은 신고에 찌들어버려 제 풀에 지친 사람처럼 파락했어요. 눈이 사무치게 무엇을 찾고 있었어요.

엄습하는 새벽 추위 속에 떨고 있는 열다섯 살 소녀도 있었어요.

시퍼렇게 멍든 얼굴로 입가는 찢어져 피가 맺혀 있었어요. 터져 나오려는 울음자락을 누르며 앙다문 입매에 억울한 서러움이 범람했어요.

스물아홉 살 여자는 그런 아이들을 향해 애타게 손짓했어요.

얘들아, 따뜻하게 안아줄 테니 이리 와! 어서 와!

하지만 아이들은 스물아홉 살 여자를 못 보는지 막막한 어둠만 바라보았어요. 여전히 그리워했고, 여전히 공포에 떨었고, 여전히 슬퍼했고, 여전히 억울하고 서러운 울음자락을 삼켰어요.

스물아홉 살 여자는 그만 무릎이 꺾였어요. 보상 받지 못할 시간들과 가혹한 삶의 무거움에.

*

나는 다리에 도착해서 중간쯤에 차를 세웠다. 몇 년 전에 휴가를 와 있는 며칠 동안 매일 아침마다 아내와 함께 왔던 곳이다. 다리 건너로 허리를 쭈욱 편 산자락이 길게 이어졌다. 골이 아주 깊다. 그 앞으로 넓은 폭을 이루며 강이 흐른다. 강에서 피어오르는 안개가 산자락들을 천천히 휩싼다. 흰 솜뭉치를 풀어 펼치듯 점점 퍼진다. 산자락들은 숨어들듯 조금씩, 조금씩 안개에 묻힌다.

예전에 지금과 같은 풍경 앞에서 볼까지 발갛게 상기되며 흥분하고 설레던 아내의 모습이 떠오른다. 지금 아내는 잠속만 서성인다. 나는 아내의 눈꺼풀에 가만히 입을 맞춘다. 그때처럼 달뜨게 떨리는 감촉은 없다. 내 입술의 촉감으로 무의식 중에 동공이 움찔하는 기척만 내보인다.

여보, 일어나 봐! 당신 좋아하던 곳이야. 꼭 다시 오겠다고 다짐까지 했잖아. 그러니까 어서 일어나!

나는 소리치듯 아내를 깨우고 싶다. 어깨를 마구 흔들어서라도 잠결 속에서 데리고 나오고 싶다. 절실히. 하지만 그렇게 하지 않는다. 잠속을 서성이는 아내의 모습만 눈에 담는다. 어쩌면 아내는 이미 저 안개 속으로 자신을 부렸을지 모른다는 생각이 든다. 몇 년 전 그때처럼 설레게 뛰던 자신의 심장소리를 안개자락에 뒤섞고 있을지 모른다.

강에서 피지는 안개는 아까보다 더욱 반경을 넓히며 산자락을 휩싼다. 산자락은 거의 가려져 아슴하다. 나는 잠들어 있는 아내의 어깨에 가만히 머리를 기댄다. 눈을 감는다. 검은 망막 위로 무수한 기포들이 흔들린다. 어디선가 서늘한 바람결이 흘러든다. 눈을 감은 채로 아내의 팔을 잡는다. 미동이 없다. 힘을 주어 다시 한 번 잡지만 물컹한 살의 감촉만 손바닥에 전해진다. 고여 있는 탁한 물속에서 덧없이 얼비치는 환영 같다.

아내는 정말 안개 속으로 깊이 스며든 걸까?

금[線]

금 [線]

자정이 가까운 묘지 부근은 괴괴하다.

사위는 먹장처럼 어둡다. 조여드는 긴장감이 엄습한다. 그때다! 묘지 쪽에서 어슴푸레한 빛이 퍼져 나온다. 간이 갈빗대에 치올라 붙는다. 팔뚝과 등으로 소름이 돋는다. 전율처럼 몸이 오그라든다. 내딛는 걸음이 무겁다. 들고 있는 손전등 불빛이 불안히 흔들린다. 무덤들 사이로 들어선다. 머리끝이 삐죽거리며 식은땀이 배어나온다. 무덤가 끝자락에서 빛이 어룽거린다. 빛을 따라 간 곳에 한 구조물이 있다. 툭! 긴장한 발길이 돌멩이 하나를 건드린다. 구조물 막 면에 그림자가 재빠르게 어릿거린다. 사람 형상이다. 반딧불이가 혼불처럼 휙 날아오른다. 이가 꽉 다물려진다. 구조물 안에서 기습처럼 그림자가 나온다. 등골이 써늘하다. 덮치듯 손전등을 들이댄다. 드러난 형체의 머리가 길다. 목둘레가 늘어난 티셔츠를 걸쳤다. 무릎이 심하게 튀어나온 바지를 입었다. 앞이 막힌 비닐 슬리퍼를 신었다. 왜 이런 곳에 있는 겁니까? 묻는 목소리에 잔뜩 긴장이 실린다. 아…… 예…… 예, 저…… 저는…… 형체의 말투는 심하게 어눌하다.

1

아침밥도 먹지 않은 이른 시각에 선재와 이장은 함께 집을 나섰다. 벌어진 정황이 간단히 넘어갈 문제가 아니었다. 당사자를 만나서 자세한 내막을 알아야 했다. 자칫 골치 아플 상황이 벌어질지도 모른다. 그러나 동네에서 이백여 미터 떨어진 야산으로 가는 길은 유월의 신록이 한창이어서 평화롭기만 하다. 그 위에 내리는 햇살은 싱그럽기 그지없다. 모내기를 마친 논들도 초록 융단을 깔아놓은 것 같다.

"이 상태로만 가면 올 작황도 풍년이겠는데."

키가 껑충하게 큰 이장이 잠시 걸음을 멈추고 남의 논의 허술한 고랑을 발로 꾹꾹 다지며 말했다. 선재는 말을 되받아 물었다.

"요즘은 흉년 들 일이 거의 없다면서요?"

"그렇죠. 농법 기술이 발달하고 종자들도 우량하니 하늘의 처분만 바라고 농사짓던 때와는 다르죠. 하지만 그러면 뭐 합니까. 수중에 떨어지는 건 잘해야 본전치기인데. 비료며 농약 값 제하고 대출금 이자나 갚고 식구들 밥이나 굶지 않으면 다행이에요. 그나마도 우루과이라운드니 FTA 협정 같은 거대 경쟁판으로 농사짓기 죽을 맛인데요 뭐."

"그래요?"

"식생활도 이젠 단순히 배를 채우는 차원이 아니라서 같은 쌀이라도 차별화된 걸 찾는대요. 비싸더라도 건강에 더 좋은 성분이 들었다든가, 미각과 시각을 충족시켜야 한다는군요. 그러다 보니 일반적인 쌀 소비량은 줄고 곤두박질치는 수매가에 농사짓는 사람들은 애가 타죠."

말을 하는 이장의 얼굴에 옅은 그늘이 드리워졌다.

논길을 벗어나 약간 경사진 오르막을 지나자 규모가 크지 않은 공동묘지가 눈에 들어왔다. 봉긋봉긋 솟은 봉분들 사이로 이 하나가 빠진 것처럼 푹 꺼진 터도 보였다. 다른 무덤들은 파란데 그곳만 벌건 흙무더기가 널렸다. 거기에 어른 어깨 높이만한 비닐로 만든 허름한 구조물 하나가 생뚱맞게 세워져 있다.

구조물 앞에 이르러 이장이 흠, 하고 기척을 내자 안에서 한 여자가 쭈뼛거리며 나왔다. 환한 아침에 다시 보게 된 여자는 어젯밤과 달랐다. 후줄근한 차림새로 봐서는 한창 일을 하던 중인 동네 사람 같은데 왠지 평범하지 않았다. 화장을 하지 않은 민낯인데도 화려한 치장을 한 듯한 분위기와 얼굴에 인위적으로 손을 댄 성형 느낌이 그랬다. 시선을 아래로 할 때면 굵은 쌍꺼풀 선이 얼기설기 고르지 않았다. 콧날은 오똑하다 못해 꼬챙이를 강파르게 세워놓은 것 같고 입술은 부푼 듯 탱탱했다. 어쨌든 겉으로 봐선 어젯밤 답답할 정도로 말을 더듬던 모습은 연상되지 않았다.

그러나 이장이 몇 마디 물어보자 또 심하게 더듬으며 앞뒤 연결도 맞지 않게 중구난방이다. 듣고 있자니 답답한데 의외로 목소리는 아담한 체구에 비해 두꺼우면서 낮다. 여자라고 해서 다 높고 가느다란 음폭이진 않을 거라 여기면 별 거 아닌데 이상한 건 태도였다. 말을 하다가도 언제 그랬냐는 듯 입을 꾹 다물곤 상대방을 처음 보는 것처럼 뜨악한 표정을 지었다. 특히 눈동자가 확연히 느껴질 만큼 흐릿했는데 마치 대접에 담긴 부연 육수를 보는 듯했다. 분명 눈앞에 사람은 있는데 빈껍데기를 대하고 있는 느낌이다.

여자는 마주하고 있는 동안 딱할 정도로 땀을 삐질삐질 흘렸다. 본격적으로 햇볕이 뜨거울 시각은 아니지만 옷차림이 계절에 맞지 않아 보였다. 턱 밑까지 오는 목깃에 팔등을 덮을 만치 소매가 긴 옷을 입고 있었다. 선재는 마음 같아선 목을 감싼 목깃의 지퍼를 내려주고 소매깃을 홀떡 걷어주고 싶다.

중구난방인 여자의 말을 정리한 내용은 대강 이랬다. 이름은 윤수현, 나이는 서른여덟에 미혼이며 직업도 주거지도 없고, 갈 곳이 없어 이곳까지 왔는데 파헤쳐진 무덤 주인이 자신의 어머니라고 했다.

선재와 이장은 어이가 없다. 아무리 사정이 딱하기로서니 어떻게 그럴 수 있을까, 비상식적인 행태가 이해되지 않았다. 그나마 이장의 표정엔 안도의 기색이 스쳤다. 보아하니 분란이 나도 가족 간의 문제라 동네 일을 맡고 있는 이장이나 동네 입장에선 성가시진 않을 거라는 생각 때문이었다. 선재는 은근히 부아가 일었다. 주거할 곳이 없다고 부모 무덤을 파헤친다는 게 이해할 수 없어 자신이 끼어들 일이 아닌데도 참견을 했다.

"이봐요. 정신이 있어요? 없어요? 제정신으로 이런 짓을 어떻게 해요? 공동묘지가 어디 사람 살 데라고? 이 여자, 생긴 건 멀쩡한데 맛이 살짝 간 거 아니야?"

선재는 딱딱거리면서 빈정댔다. 심지어 자신의 머리에다 검지 손가락을 돌리며 야유까지 했다. 상대방의 그런 모욕적인 언행은 잘잘못 여부를 떠나 여자 입장에선 기분이 상할 수 있었다. 그러나 여자는 이렇다 저렇다 어떤 반응도 없이 선재를 쳐다보았다. 상대의 비난에 불쾌해서 묵살하는 건 아닌 것 같고 무슨 소리인가 하는 표정으로 남의 일 구경하듯 무구했다.

선재는 머쓱해졌다. 반응 없는 관객 앞에서 기껏 어릿광대 짓을 한 기분이었다. 이장도 여자의 태도가 석연치 않다고 느끼는지 선재를 향해 눈을 찡긋거렸다. 아무래도 정상적인 사고를 지닌 것 같지 않아 보인다는 투다.

이장이 다시 여자에게 물었다.

"그럼 가족이 아무도 없는 겁니까?"

"혀…… 형…… 형제들이 이…… 있……."

"그럼 형제들도 이 사실을 알아요?"

"아…… 아…… 니요."

"그럼 형제분들 연락처를 주세요. 동네에서 벌어진 일이고 민원이 들어온 걸 그대로 덮을 수는 없어요. 일단 확인을 해야 하니까요."

이장은 어린 아이 다루듯 조곤조곤 말했다. 여자는 또 말간 표정으로 이렇다 저렇다 반문이 없다. 하라는 대로 순순히 연락처를 적는 모습은 하늘에 무심히 흘러가는 구름 같다.

2

어제 오후였다. 성성하던 햇발이 한풀 꺾일 무렵이었다. 선재가 기거하는 집 마당으로 이장이 들어섰다. 봄 내내 모내기며 농사 일로 햇볕에 그을려 구릿빛이 된 얼굴이 심각했다. 평소 사람 좋은 웃음을 허허거리던 때와는 달랐다.

선재가 이곳에 온 지는 며칠 됐는데 대학을 다닐 때 알게 됐던 친구의 고향집에 잠시 기거하는 중이다. 집주인인 친구나 그 형제들은 성장한 후 고향을 떠나 서울에서 터를 잡았다. 노모 혼자 지내다 얼마 전에 돌아가셔서 집은 비어 있는 상태였다.

친구의 고향 동네는 수도권에서 가까운 지방도시에 속해 있다. 행정상으로 시에 편입되었어도 중심지로 나가려면 차로 이십여 분은 가야 하는 가호 수도 많지 않은 한적한 농촌이다. 예전에는 꽤 컸던 부락이었지만 도시화 바람에 전답을 처분하거나 도시에서 사는 자식들을 따라 이주한 집이 많았다.

친구와는 각별한 사이여서 선재는 결혼 전은 물론이고 결혼 후에도 가끔 주말여행이나 여름휴가를 올 정도로 무람히 드나들었다. 자연 친구의 가족들도 편히 대해 주었고 동네 사람들도 낯설어 하지 않았다. 친구의 고등학교 동창인 이장과도 격의없이 지냈는데 머무는 요즘은 서툰 손길이나마 그의 일을 짬짬이 거들어주기도 한다. 사지 육신 멀쩡한 젊은 놈이 빈둥거리는 것 같아 동네 사람들 보기 민망해서이기도 하고, 인간으로서의 소용가치가 없다는 사실을 환기하고 싶지 않아서다.

이장은 올해 서른일곱이다. 도시에서 직장생활을 하다 오 년 전에 고향에 눌러 앉았고 이 년 전부터는 이장 일도 맡고 있다. 그게 아니라도 평소 동네 일에 발 벗고 나설 만큼 내 일 남의 일 가리지 않고 부지런하다. 귀농하는 사람들 중에는 도시생활에서 도태되어 찾아들거나, 전원생활에 대한 낭만적 동경만을 가진 경우도 있지만 이장은 그런 부류는 아니었다. 귀농에 대한 소신이 견고했다. 효율적인 농법과 부가가치가 높은 특수작물 생산, 인터넷 판로 등 농업 경영의 나은 질을 위해서 많은 노력을 쏟았다.

하지만 처음 가졌던 포부는 시간이 지나면서 현실적인 압박이 되었다. 지향하던 이상적 농업 경영을 충족시킬 여건이 되지 못했다. 영농자금 명목으로 늘어만 가는 대출액에 비해 소득이 시원치 않았다. 경기 불황과 고물가 행진도 영향이 있었다. 자연 기초적인 가정경제 운영도 버거워서 여기 빼내 저기 막는 상황이었다. 뿌리를 내리려는 갈망은 가득한데 왕성한 생육이 되지 못했다. 함께 술자리를 할 때면 그런 현실의 답답한 심정을 토로하며 울적해했다. 그래도 다음날이면 여전히 사람 좋은 웃음을 내보였다.

이장이 마당 평상에 앉으며 말했다.

유형, 이따 나랑 어디 좀 갑시다.

어딜요? 좋은 곳인가요?

선재는 별 생각 없이 농담하듯 대꾸했다.

성가신 일이 생겼어요. 글쎄 어떤 사람이 공동묘지에 있는 무덤 하나를 파헤치고 거기서 산다고 신고가 들어왔지 뭡니까.

예에?

선재도 어이가 없어 눈이 둥그레졌다.

동네를 조금 벗어나면 시유지인 크지 않은 야산이 하나 있다. 그곳에 공동묘지가 있는데 규모가 큰 묘원 같지 않아 조촐했다. 햇살이 따뜻이 내릴 때 보면 열서너 기쯤 되는 묘들이 오밀조밀 모여 볕바라기를 하듯 정겹게 보일 정도였다. 선재는 산책길에 가끔 그곳을 찾아 들어 아무 무덤가에서 한참을 앉아 있다 내려오기도 할 만큼 꺼려지거나 무서움은 들지 않았다.

동네 사람들도 산 자와 죽은 자로 구분하며 기피하지 않았고 한 공간에 속한 이웃인 듯 덤덤히 여겼다. 가끔 살기 바쁜 후손들이 미처 손보지 못해, 쑥대머리처럼 풀이 무성한 무덤이 있게 되면 누구든 지나다가도 대강 다듬어주기까지 했다. 그러니 정체불명의 존재가 무덤을 파헤쳤다는 건 큰일이라면 큰일이었다. 제 조상이 아니라도 망자가 안택된 공간이 그리 됐다는 건 패륜이나 마찬가지였다. 그때문에 혹시 동티라도 나서 동네에 우환이라도 들까봐 걱정들이라는 것이다.

우선 무슨 상황인지 좀 알아봐야 할 것 같아요. 신고를 한 사람 말로는 며칠 전까지 멀쩡했는데 오전에 거길 지나다가 봤대요. 뭔 일인가 싶어 다시 가봐도 사람을 못 봤다는데 막 안을 들춰보니 사람이 살고 있는 흔적은 있다는군요. 그렇다면 밤에는 오지 않을까요?

선재와 이장은 해가 뉘엿할 쯤 깔고 앉을 돗자리와 간단한 간식거리를 챙겨 야산을 넘었다. 무덤을 판 사람을 만나려는 거였다. 언제 올지 몰라 공동묘지 부근의 이장네 감자밭에서 기다릴 작정이었다. 거기에서 묘지가 보였고 헛간이 있어 머물기 적당했다.

공동묘지에 도착해서 우선 주변을 둘러보았다. 얼추 짐작은 했어도 막상 현장을 보니 아연했다. 봉분은 완전히 깎여 형체도 없었고 무덤이라고 믿을 수 없을 만치 초토화되어 있었다. 그 위에 1.5미터 가량의 육각형 알루미늄 지지대를 세웠고 비닐을 씌워 놓았다. 떼가 섞인 흙무더기가 주변에 수북했고 흙을 퍼내고 나를 때 사용했을 삽과 양동이가 나뒹굴었다.

비닐막을 들추자 한 사람쯤 겨우 누울 수 있는 공간이 드러났다. 목재 무늬의 싸구려 비닐 장판이 깔린 바닥에는 휴대용 작은 손전등과 버너, 몇 가지 그릇, 큼직한 배낭과 이불이 있었다. 무덤가만 아니라면 영락없이 야영을 하는 상황이었다. 이장은 오만상을 찌푸리며 말했다.

기가 막혀서! 이게 도대체 무슨 일이야? 제 조상인지 남의 조상인지 모르겠지만 어째 이런 짓을, 만약 남의 무덤이라면 이거 문제가 커지겠는데!

뜻하지 않은 한밤의 잠복은 그렇게 발생된 일이었다.

3

"애비냐?"

착 까부라진 어머니의 목소리가 전화기에서 흘러나왔다. 쩔크럭! 동전 떨어지는 소리가 나면서 공중전화기의 금액 표시창에 나타나는 잔액이 줄어든다. 선재의 마음이 조급해지며 말이 빨라졌다.

"엄마, 전 잘 지내고 있으니까 걱정하지 말아요."

"뭐가 괜찮겠누. 안 봐도 뻔하지. 객지로 떠도는데 그 형편이 오죽하겠니. 히유……."

어머니가 내쉬는 한숨소리가 겨울 칼바람처럼 귓가에 들어찼다.

"몸은 좀 어떠세요? 약은 잘 드시고 계세요?"

"그냥 저냥. 나야 뭐……."

끝을 흐리는 어머니의 말 속에 설움이 배어나왔다. 짐작이 간다. 동생네 집에서 아버지나 어머니의 자리가 편할 수 없다는 걸. 짠한 감정이 북받쳐 침을 삼키는데 카랑한 동생댁의 목소리가 송곳처럼 비집고 들어섰다.

"아주버님, 언제 오실 거예요?"

"아, 제수씨. 예…… 가야지요."

"아주버님 사정 모르는 건 아니지만 저희도 힘들어요. 이제 겨우 콧구멍만한 집 장만해서 융자금 갚아야 하고 아이들 교육비며 생활비며 빠듯하다구요. 거기다 아버지 어머니까지 모셔야 되고 어머니 병원비며 약값까지 정말 버거워요. 안 할 말로, 아주버님네는 부모 도움 받아 그동안 잘 쓰고 잘 누리셨잖아요. 그렇지만 우리는 물려받은 거 쥐뿔도 없이 덜컥 짐이나 떠맡은 거잖아요. 형님은 왜 안 들어오시는 거예요? 두 분이 그러고 계신다고 뭐가 해결되는 건 아닌 것 같아요. 아무튼 빨리 무슨 해결책을 강구해주세요!"

적당히 예의를 차리고는 있지만 동생댁의 말 속에는 질타가 가득했다. 선재의 현재 처지를 극명히 환기시켜주는 태도에 뭐라 할 말이 없다. 모멸감이 든다. 입 안 가득 서걱거리는 모래를 물고 있는 기분이다.

동생네 집은 방 두 칸짜리 18평 작은 아파트다. 어른 보폭으로 대여섯 걸음만 왔다갔다 하면 집안의 모든 동선이 연결되는 공간이다. 선재와 부모가 당장 갈 곳이 없어지면서 잠시 지내기 위해 들어갔으니 따로 기거할 공간이 마련될 리 없었다. 그곳에서 여섯 식구가 복작대며 생활하려니 보통 불편한 게 아니었다.

어른 두 사람이 누우면 꽉 찰 아이들 방에 큰 조카와 아버지 어머니가 기거하고, 안방에선 동생네 부부가 작은 조카를 데리고 잤다. 선재는 주방 겸 거실에서 동생댁이 주방 사용을 끝낸 다음에야 잠들었다가 새벽 일찌감치 잠을 깼다. 일어나서도 동생댁 눈치가 보여 부모가 있는 방으로 들어가지만 방이 좁으니 한 귀퉁이에 끼어 박히듯 앉아 있을 수밖에 없었다.

아무 할 일 없이 매일 좁은 집에서 동생댁과 마주한다는 것도 민망했다. 일자리를 알아본다는 핑계로 아침밥도 먹는 둥 마는 둥 집을 나오지만, 선재의 사정이 딱해지니 주변 사람들도 만나는 걸 꺼리는 눈치였다. 갈 곳도 없이 여기저기 배회하며 시간을 때우다 밤

늦어서야 돌아왔다.

무엇보다 힘든 건 동생 부부의 노골적인 홀대였다. 선재의 처지가 어떠하리란 걸 뻔히 알 텐데도 밥은 먹었느냐는 빈말이나 눈길도 제대로 주지 않았다. 명색이 윗사람이 돼서 얹혀사는 구박덩이로 전락한 처지가 참담했다. 동생 집에 머무는 동안 선재는 저녁밥을 먹어 보지 못했다. 어머니는 선재가 화장실에 들어갈 때면 미리 사 두었던 빵이나 떡 몇 조각을 주머니에 찔러주었다. 처음에는 벌컥 성을 냈지만 점심도 제대로 먹지 못하고 저녁마저 굶고 잘 아들이 가슴 아픈 어머니에게 그러면 안되는 거였다. 맛있게 먹어주는 게 마음 편하게 해줄 일이었다.

그러나 욕조가 위치한 면적을 빼면 한 사람이 겨우 용변을 볼 수 있는 좁은 공간에서 먹는 빵이란 눈물겨운 짓거리였다. 오죽하면 군대 복무 시절 동안 화장실에 숨어 빵을 먹어대던 게 백 번 낫다는 생각까지 들 정도였다. 그때는 사병 모두가 겪는 군대라는 조직의 정서라 참담하다는 생각은 들지 않았다. 많은 사람들과 공유했던 상황이었기에 세월이 지나 웃으며 추억할 수 있기나 했다.

더욱 가슴 아팠던 건 늙은 부모가 며느리 눈치 보느라 전전긍긍인 모습이었다. 선재라도 빠져주면 덜 신경을 쓸 것 같았다. 가 있을 만한 곳을 마련하기가 쉽지 않았는데 몇 군데 알아보던 중 이곳이 떠올랐다. 친구에게 당분간 머물 수 있겠느냐고 연락을 했더니 선선히 수락해주었다. 그래서 일단 부모만 남겨 두고 이곳으로 왔다.

선재는 동생 부부의 태도가 사실 야속하다. 동생댁이야 그렇다

쳐도 동생과는 한 부모의 피와 살을 나눠 받지 않았는가. 하지만 그건 어디까지나 선재의 입장일 수밖에 없어 되도록 이해하려고 한다. 동생댁으로선 시가 식구가 셋씩이나 얹혀살게 됐으니 왜 불편하지 않겠는가. 도움은커녕 수발만 들어야 하는데 뭐가 달갑겠는가. 어머니는 퇴행성 관절염을 앓고 있어 계속 병원 치료와 약도 복용해야 한다. 그동안 선재가 전적으로 부담하던 비용이 요즘은 동생 몫이 되어버렸다.

그렇긴 해도 언제 콩고물이라도 만져봤냐며 힐난하는 동생댁의 말에 대해선 할 말이 있다. 동생네가 장만한 집도 실상 선재가 마련해준 거다. 융자금을 지금껏 선재가 갚다가 재정이 파탄 난 몇 달 전부터 동생네가 부담하게 됐다. 그 외에도 돈이 개입돼야 하는 집안의 모든 일은 선재가 도맡아 부담했다.

동생네 일에도 목돈이 들어갈 일은 아예 선재 차지였다. 몇 년 전에는 동생네 큰아이가 심하게 아픈 적이 있었는데 치료비가 만만치 않았다. 서민들 대개가 그렇듯 목돈을 쌓아놓고 살 형편들은 아니었다. 선재도 형편은 거기서 거기였던지라 목돈을 마련할 길이 없어하던 동생네를 위해 회사에서 대출을 받아 치료비를 건넸었다. 그 대출금에 대한 이자와 원금은 고스란히 선재 몫이 되었다. 그 바람에 아내와 꽤 다투기도 했지만 아깝거나 부당하다고 생각하지 않았다. 한 형제라는 끈끈한 결속감과 부모를 대신할 형이라는 의무감에 당연하다고 여겼다. 그에 대한 고마움의 표현은 바라지 않는다. 다만 부모에게 노골적인 홀대만 하지 않았으면 싶다.

아버지와는 통화를 하지 못했다. 어머니 약값에라도 보탠다고 주유소에 주유원으로 아르바이트를 하러 나갔다고 했다. 요즘같이 취업난이 극심한 때에 오랜 시간 근무하는 게 아니라 대타로 서너 시간 하는 거라지만 고된 노동일 터다. 쓰라린 죄책감이 밀려왔다. 편히 지내야 할 노년에 자식으로 인해 힘든 부모에게 죄스럽다.

4

선재는 직장 생활을 그만두고 외식사업에 손을 댔다가 지금은 탈탈 털 것도 없이 되어버렸다. 적지 않은 채무이행금은 등을 찍어 누르는 거대한 바윗덩이다. 당장 기거할 곳도 없는데 어느 세월에 빚탕감을 할지, 손 놓고 있을 수만은 없는데도 뭘 해야 할지 막막하다.

기러기아빠 생활을 한 지도 삼 년째다. 큰아이가 초등학교에 입학할 무렵 조기유학 열풍에 아내도 휩쓸렸다. 친지들이나 주변에선 만류했다. 아무리 자식 교육을 위해서라지만 부부가 생이별을 한다는 게 좋지 않을 뿐더러 유학비가 만만치 않을 거라고 했다. 숭어가 뛰니 망둥어도 뛴다느니, 한다 하니 개나 소나 다 가는 유학이라며 빈정거리는 뒷말도 들었다.

그래도 선재는 아내의 채근에 가족과 떨어져 지내는 불편함을 감수하고 아내의 진행에 동참했다. 주변의 우려대로 유학생활에 들어가는 금액은 봉급생활자가 감당하기에는 등이 휘청했다. 얼마 후 본격적으로 사업에 뛰어들었다.

선재는 외식사업에 관심이 갔다. 시장조사나 여타 정보에 의하면 외식사업의 전망이 호재였다. 대부분의 가족형태는 핵가족이며 남편과 아내가 맞벌이인 경우가 허다했다. 가정 경제는 여유로워지고 생활수준도 높아졌다. 문화나 여가, 먹을거리에 대해서 질의 풍요를 지향했다. 아이들도 어른들만큼이나 무한경쟁 속에서 살아남기 위해 분투하며 바빴다. 그렇게 가족 구성원의 각자 생활이 바빠지다 보니 끼니마다 얼굴을 마주하며 둘러앉아 함께 밥을 먹을 시간이 여의치 않았다. 사람들은 그에 대한 결여감을 이국적이거나 고급스럽게 입맛을 자극하는 밖에서의 음식으로 대체할 경우가 많았다.

선재는 충분히 낙관적이라 판단했고 패밀리 레스토랑을 개업했다. 남들 눈에도 그럴듯해 보이는 사업이었다. 멀쩡히 잘 다니던 직장을 그만두고 시작하는 터라 과시욕도 작용했다. 하지만 사업 경험이 전혀 없는 데다 선재의 재정 형편으로선 무리였다. 주변에서 좀 더 신중을 기하라는 우려를 했지만 새겨듣지 않았다. 퇴직금에다 가까운 사람들에게 빌린 돈과 금융권 대출 등을 통해 나머지 사업자금을 충당했다. 그에 대한 조달은 거의 본가나 처가에 의지했다.

사업은 이론과 눈으로 보고 느끼는 것과는 달랐다. 얼마간은 그럭저럭 운영되더니 일 년도 되지 않아 한계가 오기 시작했다. 부근에 다른 대형 외식점이 들어섰는데 선재의 사업장과는 비교가 되지 않는 규모였다. 경쟁 자체가 되지 못했다.

그런데다 처음 채용했던 요리사가 급여 인상 문제로 속을 썩이더니 다른 곳으로 자리를 옮기고 말았다. 다음 요리사도 얼마 안 가 또 그만두고 말았다. 점점 매출이 줄었다. 직원들 급여 지급도 힘들어질 만큼 운영은 어려워졌다. 다달이 지급해야 할 가게 월세, 대출금, 차용금 이자와 가족의 유학비와 생활비 등 늘어나는 지출금을 당해낼 수 없었다. 다시 빚을 내서 막아보지만 임시방편이었다. 빚에 빚이 더해가면서 레스토랑 운영을 접어야 했다. 사업비를 빌려주었던 양가 부모님도 덩달아 곤혹을 당하는 형편이 되었다.

선재의 부모는 넉넉하진 않아도 평범한 삶을 살아왔다. 주어진 여건에서 근검절약하며 자식들 공부 시키고 순리대로 성실히 살아온 사람들이다. 한 밑천 잡아보겠다며 정도를 벗어나 재산을 증식시키는 일에는 눈길 돌린 적이 없다. 평생 땀 흘려 번 대가로 서울 외곽에 대지와 건평 합쳐 30평이 채 안 되는 낡은 국민주택 한 채 지닌 걸 감사히 여겼다. 그곳에서 크게 아픈 데 없이, 자식들 힘들게 하지 않고 깔끔히 당신들의 삶을 마감하고 싶은 게 최대 바람이었다.

하지만 부모의 소박한 소망은 무산되었다. 선재가 부모의 집을 담보로 받은 대출금과 이자를 갚지 못하자 집을 내줄 수밖에 없었다. 부모는 졸지에 오갈 데 없어졌는데도 원망 한마디 없이 선재의 어깨를 쓸어안았다.

너무 속 끓이지 마라. 부모 걱정도 하지 마라. 다른 자식들이 있는데 설마하니 굶기기야 하겠니. 그저 너만 몸 건강하면 된다. 그러다 보면 또 좋은 날이 오겠지.

암담해진 현실에 어느 날 술이 잔뜩 취한 선재를 아버지는 당신의 어깨에 기대게 했다. 아버지의 어깨뼈는 너무 불거져 있었다. 튼실했던 살점을 새끼들에게 다 뜯어 먹이고 껍질만 덮인 쇠잔한 어깨가 선재의 이마를 아프게 눌렀다. 더 이상 뜯어 먹일 살점이 없음에도 또 어떻게든 살점을 내어주려 애썼다.

선재는 그 모습이 가슴 아파 눈물이 비적댔다. 아버지에게 보일세라 고개를 돌리는 눈에 불빛 휘황한 거리가 되비쳤다. 그곳엔 아무 걱정 없을 풍요로움이 넘쳐났다. 그 풍요로움은 망막에 제대로 잡히지 않고 이지러져서 뚜렷하지 않았다. 하나로 뭉뚱그려져 눈물줄기 속에 섞여 흐를 뿐이었다.

현재 외국에 있는 가족에게 송금할 날짜도 두 달을 넘기고 있다. 얼마 전 통화에서 아내는 무슨 방도를 세워주어야 하지 않느냐고 심하게 짜증을 내며 불안해했다. 아내가 겪을 마음고생을 알면서도 당장 손을 쓸 수 없다는 것 역시 괴롭다. 다시 한국으로 불러들여야 하는데 세 식구 비행기 삯 마련과 한국으로 들어와서의 주거지와 생활문제가 막막하다. 휴대전화도 사용할 여력이 되지 못해 부모에게 하는 공중전화비도 몇 백 원 한도 내에서 바삐 끝내야 하는 처지다.

처가라도 형편이 된다면 월세 방 한 칸 마련할 때까지만이라도 당분간 아내나 아이들 주거를 도움 받고 싶지만 그럴 형편이 못됐다. 처가에도 끼친 경제적 손실이 만만치 않았다. 장인 장모는 자식들과 함께 살았던지라 선재 부모처럼 졸지에 거리로 나앉지는 않았지만 노후자금으로 비축해두었던 장인 퇴직금을 거덜내고 말았다.

아이들이 겪을 정서적 혼란도 걱정이다. 유학을 가서 한동안 그곳 생활에 적응하지 못해서 힘들어 했는데 또 환경이 바뀌어야 한다. 자아 정체감도 제대로 여물지 못한 시기에 이도 저도 아닌 잦은 문화와 생활환경 변화는 압박일 거였다.

선재는 통화를 끝내고도 공중전화기 앞에 한참을 서 있었다. 뭘 어찌 해야 하나. 무슨 일이 있어도 꼭 해야 할 아주 어려운 숙제가 있는데 어디서부터 풀어나가야 할지 도통 알 수 없다. 하릴없이 땅바닥을 발끝으로 툭툭 차 본다. 그때 가게 주인여자가 안에서 나오다 선재를 발견하고는 살갑게 아는 척을 했다.

"전화하러 오셨나 보네?"

가게 앞에 뿌리려는 건지 들고 나온 대야의 물이 걸음을 옮길 때마다 찰랑거렸다. 그 위에서 햇살이 눈이 시릴 정도로 아롱댔다.

"날이 점점 더워지네. 그래도 좋은 계절이네요. 지천으로 새파라니 보기 좀 좋은가. 안 그렇수? 하긴 서울 양반들은 이보다 좋은 거 더 많이 볼 텐데 뭐."

바가지로 물을 떠 휘휘 뿌리는 주인 여자의 말에 선재는 조용히 웃었다. 하늘을 올려다봤다. 눈이 부시다. 정말 시원하도록 푸르다. 근심 걱정이라는 건 눈곱만치도 없을 것 같다.

5

통화를 끝내고 선재는 다시 이장네 집으로 갔다. 어제 하다 끝내지 못했던 일을 마저 도와야 했다. 그동안 돈이 별로 되지 않는 쌀

농사에 주력했던 이장은 요즘 수입이 짭짤한 채소 재배를 구상하고 있다. 우선 비닐하우스 한 동을 시범적으로 설치하려고 한다. 그 비용도 빚을 내는 거라 사람을 쓰기는 형편이 여의치 않고 혼자 힘으로 하려니 시간이 걸리고 힘들어 보였다. 선재로선 크게 도움이 되진 않겠지만 단순한 일이라도 돕고 싶었다.

"이거 어떡합니까? 일만 시킨다고 친구 놈이 화 낼 것 같은데요."

일을 거들러 다시 온 선재를 보고 이장은 고마움이 담긴 마음을 돌려 말했다.

선재는 얼마 전에 그런 생각도 했다. 어차피 친구의 시골집은 비어 있는 상태니 정당하게 세를 주고 식구들을 데리고 와서 살면 어떨까 싶었다. 이장 말로는 개발 붐과 이주에 실질적으로 농사지을 땅이 많지 않다고는 해도 제대로 건지면 임대경작도 가능하지 않겠느냐는 거였다. 발 등에 불 떨어진 선재로선 그런 여건만 마련된다면 도전해보고 싶었다. 도시에서 나고 자란 아내나 아이들은 불편할 테지만 시간이 지나면 적응할 수 있을 거라 여겨졌다. 무엇보다 부모님에게는 괜찮은 환경을 마련해 드릴 수 있을 것 같았다. 자신도 농사 일이 결코 쉽지 않겠지만 각오를 하고 차근차근 배우면 되지 싶었다. 그런 생각을 하자 어떤 일이든 잘해낼 것처럼 의욕이 넘쳤다.

하지만 친구에게 물었으나 대답은 실망스러웠다. 노모가 돌아가시기 전부터 이미 집을 처분하기로 형제들과 의논이 됐고 조만간 비워야 한다며 미안해했다. 사정을 알게 된 이장은 위로의 말을 건

냈다. 유 형, 정 안 되면 우리 집 마당에라도 방 한 칸 들입시다. 그러고 나서 방법을 다시 찾아보면 되지 않겠어요? 호기로운 이장의 말이 설사 빈말이라 해도 뭉클했다.

두어 시간쯤 지나 이장은 농업기술센터에서 회의가 있다며 일을 대강 마무리 지었다. 선재는 조금 더 남아 허드레 물건 정리를 해주고 친구 집으로 돌아왔다. 손에는 이장네 집에서 가져온 날짜 지난 신문이 들려 있다.

마당을 들어서자 아무도 없는 집은 고요하다 못해 적막감이 감돈다. 선재는 평상에 신문을 던져놓고 댓돌을 올라 마루문을 열었다. 끼기긱! 나무로 된 문틀은 어디가 뒤틀어졌는지 여닫을 때마다 힘겨운 소리를 냈다. 친구의 집은 증조부 때부터 살았다니 적지 않은 세월일 것이다.

집안은 어둑하면서도 서늘했다. 텁텁하고 습한 곰팡내가 와락 코끝을 스쳤다. 오랜 세월을 지탱한 농가 살림이다 보니 문을 닫아놓으면 특유의 냄새가 났다. 그러나 꼭 그 이유 때문만은 아닌 또 다른 한기와 냄새다.

집이라는 공간은 지속적으로 생활할 때와 비워 두었을 때의 공기가 달랐다. 며칠 집을 비웠다 들어서면 온몸으로 썰렁한 한기와 메마른 공기가 고스란히 전달됐다. 그건 사람의 온기와 기척의 부재에서 오는 거였다. 집은 사람과 사람, 가족이라는 구성원들이 좋으나 싫으나 부대끼며 감정과 기척을 나누는 공간인데, 그렇지 못한 빈집은 결핍만 가득한 것일 테다. 요사이 선재가 이 집을 사용한다지만 결국 부재한 존재인가 보다. 스쳐지날 뿐이기에 여러 온기와 기척을 끌어들여 뿌리내리지 못하리라는 걸 집이 더 잘 알고 있는 것 같다.

선재는 어둑한 집안을 둘러보다 뒤돌아서 다시 댓돌을 내려섰다. 한기가 감도는 서늘한 집안에 있기가 싫다. 차라리 환한 마당에서 따가운 햇살을 받는 게 나았다. 마당으로 내려와서 평상에 걸터앉았다. 심사가 울적하니 복잡하다. 딱히 어떤 해결책도 없이 시간만 보내는 것이 조급하다. 건너야 할 강을 건너지 못하고 시퍼렇게 넘실거리는 물결만 안타깝게 바라보는 심정이다.

평상에 드리운 나무를 올려다본다. 후박나무다. 수령이 오래 돼서 어찌나 실한지 마당 한쪽을 거의 차지하다시피 가지가 넓게 펴졌다. 손을 뻗어 닿는 가지 끝을 살짝 건드렸다. 미세하게 반응하는 나뭇가지의 가벼운 울림이 손끝을 타고 흘렀다. 아버지의 아버지, 또 그 아버지 대까지 거슬러 이 나무 아래 많은 식구들의 숨결과 온기가 공존했을 걸 생각하자 코끝이 찡하다. 바람결이 있는지 이파리들이 가볍게 설렁거렸다. 촘촘한 그 사이로 햇살 줄기가 비어져 나온다.

햇살에 눈이 시어 지그시 감자 허망한 그리움이 한 가득 괴어올랐다. 아내와 아이들, 부모가 생각나면서 맥이 빠졌다. 어찌 지내고 있는지, 생활하는 게 힘들 텐데……. 가족을 책임져야 하는 가장으로서 방치한다는 사실이 괴롭다. 스스로를 향한 한심함과 비감이 부글거렸다. 할 수만 있다면 땅바닥에 주저앉아 두 다리를 버르적거리며 목을 놓아 울고 싶다. 하지만 이 수렁 같은 현실에서 아무 해결도 되어주지 못하는 그 따위가 무슨 소용인가.

선재는 그런 심정을 애써 떨치려 이장 집에서 갖고 온 신문을 서둘러 펼쳤다.

6

「20, 30대 노숙인 급증. IMF 위기는 끝나지 않았다」

이,삼십대 젊은 노숙인 수가 다시 급증하고 있다. 그런 현상은 계속되는 고물가, 경기불황, 중소기업의 연이은 도산에서 비롯된다. 그로 인한 청년 실직과 급격히 줄어든 정규직, 호봉직 일자리가 안정적이어야 할 경제력 기반을 흔들고 있기 때문이다. 비정규직, 일용직의 불안한 고용시장도 서민경제의 빈곤으로 연결된다. 현재 비정규직, 일용직은 전체 노동자의 3분의 2에 육박하고 있으며 불안한 고용시장을 전제로 한다면 경제활동인구의 7명 중 1명은 사실상 실업자인 셈이다. 편의점 아르바이트 일자리에마저 대졸자가 몰리는 현상에서 보듯이 무한경쟁과 승자독식의 극심한 경쟁사태도 큰 비중을 차지한다. 2003년 신용카드 대란 이후 발생된 신용불량자들의 증가 또한 가중 요인이다. 그들 중 적지 않은 수가 고학력이며 외국 유학파도 있다는 사실은 충격이다.

최근 젊은 노숙인의 유형은 IMF 위기의 단순한 '실직형노숙'과는 또다른 양상을 띠고 있다. 여러 사회문제와도 맞물려 있는데 이혼, 아동학대, 청소년범죄 등의 양산과도 밀접하게 연관된다. 거기에 IMF 위기 때 속출한 노숙인들의 생활 연장선상이 영향을 미치고 있다.

그들 중에는 아직도 그 생활에서 벗어나지 못하는 경우가 많다. 그렇게 대를 이은 '세습형 노숙'에 이혼, 가정폭력 등으로 인한 '가족해체형 노숙', 삶의 의지가 없는 '무기력 노숙' 등이 속출하고 있어 심각한 사회문제로도 불거지고 있다. 그들은 범죄에 무방비로 노출되거나 카드, 대출사기, 장기매매, 인신매매, 폭행 등에도 연루되고 있다. 혐오감과 위화감을 준다는 외양만으로 무고하게 범죄 혐의자로 체포되기도 하는데 특히 여성노숙인은 성폭행의 표적이 되지만 치안의 안전지대에서는 밀려나 있는 실정이다.

정부는 이,삼십 대 노숙인 수는 전체 노숙인의 1% 정도라고 공식 발표했다. 그러나 그 수치는 법적 제도권 내의 시설에 속한 노숙인만을 계산한 것이다. '노숙인다시서기지원센터'의 좀 더 정확성을 입증하는 통계자료에 의하면, 정부가 토대로 한 법적 제도권 안의 노숙인은 전체 30% 정도밖에 되지 않는다고 한다. 결국 정부가 발표한 수보다 훨씬 많은 청년 노숙인의 70%가 정책의 손길이 미치지 않는 사각지대에 있는 셈이다. 그들에 대한 정부의 구제 정책도 지금으로선 구체적 대안이 없는 상태다.

청년 세대는 사회 각 층에서 원동력이 되어야 하는 중추적인 역할이다. 그럼에도 충분한 역할 담당을 못하고 무용한 존재가 되고 마는 현상이 벌어지고 있다. 이는 건강하지 못한 사회의 단면을 여실히 드러내는 것이라 할 수 있다. 굳건히 뿌리내리고 뻗어나갈 지반이 흔들리는 …….

사회면 기사에 선재의 심정은 먹구름이 낀 듯 답답하다. 담배가 절실히 생각나지만 끊으려고 피우지 않는 터라 있을 리 없다. 건강

지키기의 금연 차원이 아니다. 전적으로 경제적 문제다. 수중에 지닌 돈이 담배까지 사 피울 만큼 여유롭지 못하다. 최대한 긴축해야 한다. 아버지는 선재가 이곳으로 온다고 할 때 친구를 찾아가 고개를 조아리며 삼십여만 원을 빌렸다. 그 돈을 건네며 아버지는 잔뜩 풀이 죽어 있었다.

집 떠나 있으려면 턱도 없을 텐데…… 우선 이거라도 지니거라. 내 또 마련할 테니. 아무쪼록 돈 아끼지 말고 끼니는 꼭 챙겨 먹어야 한다. 네가 건강해야 부모나 처자식이 편한 건 알지?

그 돈을 받아서는 안 된다고 선재의 내면은 소리쳤지만 그건 공허한 이성의 소리였다. 현실 속에 있는 감정의 손은 그걸 받아 들었다. 그 돈으로 차표를 끊고 시장기를 달래기 위해 빵과 우유를 사먹는 자신이 환멸스러웠다.

그때 생각에 쓰라림이 후비는데 밖에 나갔던 이장이 대문을 들어섰다. 손에는 선재에게 줄 공공기관 간행물이며 지역 신문 등이 잔뜩 들려 있다. 평상에 앉은 이장은 검은 비닐봉지에서 막걸리를 한 병 꺼냈다. 볼 일 끝나고 한잔 하자더니 일부러 사온 모양이다. 선재는 부엌으로 들어가서 간단히 안주거리와 잔을 챙겨 나왔다.

"어차피 오늘은 일도 대강 끝났으니 한 잔 합시다. 그래도 유형이 도와줘서 한결 편하네요. 나 혼자 하면 어림도 없어요."

"뭘요. 걸리적거리지나 않으면 다행이죠."

선재에게 술을 따르던 이장이 펼쳐놓은 신문에 설핏 눈길을 건넸다.

"제가 아는 사람도 노숙생활을 한다는 얘기를 얼마 전에 들었어요. 잘 나가던 사람이었는데 어째 갑……자기 그리 됐는지."

이장은 말을 하다 아차 싶은 표정으로 조심스레 말끝을 흐렸다. 선재의 처지를 헤아린 거지만 그 태도가 오히려 주눅 들게 했다. 그러나 악의적이 아니라는 걸 알기에 선재는 태연한 척했다. 어색해하는 이장에게 아무렇지 않게 남 얘기하듯 사족도 붙였다.

"그게 갑자기는 아닐 겁니다. 상황이 극도로 나빠지는 과정과 거기까지 가게 되면 인생 끝이라고 여기기 때문에 어떡하든 버텼을 테죠. 결국 쪽방, 고시원, 사우나를 전전하면서 대략 2년이라는 기간을 거친다는군요."

선재는 말을 하면서 자신의 처지가 되짚어지며 씁쓸했다.

누군들 그렇지 않을까마는 선재도 미래에 대한 부푼 청사진이 있었다. 새벽같이 출근하고, 별을 보고 퇴근하는 기계 같은 매일이었어도 의욕이 넘쳤다. 좀 더 나은 환경을 지향해서였다. 특별한 계층으로의 이동 향망이면서 그 과정에 쏟는 노력은 당연한 삶의 원동력이라고 자부했다. 아이들의 유학 문제도 아내의 채근에 어쩔 수 없었다지만 선재 개인적으로 성취욕일 수 있었다.

그런 시기에 출퇴근길의 지하도 여기저기 널브러져 있는 노숙인들을 보게 되면 왜 저러고 살까, 한심해하며 혀를 찼다. 그들이 처한 처지 같은 건 자신과는 무관한 줄 알았다. 그런데 자신도 지금은 갈 곳이 없어 남의 집에 기식하는 형편이다. 이마저도 얼마 후면 떠나야 한다. 정말 최악인 노숙 생활을 할지 모른다. 부모처자는 고사하고 제 몸뚱이 하나 건사 못하는 처지다. 더 참담한 건 주변에서도 낙오자로 인식됐다는 사실이다. 그건 한창 팔팔한 삼십대에 무덤 속에 묻힌 시체와 다를 바 없다.

선재의 기분을 눈치 챈 이장은 화제를 다른 곳으로 돌렸다.

"참, 그 여자 가족과는 연락이 됐어요. 내일 오후쯤에나 온답니다."

뻐꾹! 뻐꾹! 집 건너 야산에서 우는 뻐꾸기 소리가 이울어가는 저녁 속으로 적막하게 퍼졌다.

7

다음 날 점심 때가 한참 지나서 여자의 오빠라는 남자가 왔다. 선재와 이장은 남자 집안의 무덤이 맞는지 확인하기 위해 남자를 데리고 공동묘지로 왔다. 그는 흉물스럽게 파헤쳐진 무덤을 보고는 땅이 꺼져라 한숨을 내쉬더니 굳은 얼굴로 돌아서서 먼 산만 한참 바라보았다. 선재와 이장도 딱히 할 말 없이 침울해졌다. 자신들의 부모 무덤도 저리 됐다면 다를 바 없을 거라는 생각이 들어서다. 더구나 자식이 그랬다는 사실이 더욱 비감스러울 터다.

이장이 여자가 지내는 비닐막을 톡톡 두드리며 계십니까? 두어 번 불렀지만 기척이 없다. 드나드는 곳의 비닐을 들춰보니 막 안은 비어 있다. 일자리를 구하러 다닌다더니 그때문에 나간 것 같다.

"제 동생이 언제부터 이곳에 있었습니까?"

한참 만에 남자가 돌아서며 가라앉은 목소리로 이장에게 물었다. 울음을 참았는지 눈 속이 벌겋다.

"며칠 됐답니다. 갈 곳이 없어서라고 하던데, 그동안 형제분들이 서로 만나지 않고 사셨나 봅니다?"

"이십 년 만입니다."

"어떻게……."

남자의 말에 선재나 이장은 말문이 막혔다.

"동생이 중학교 때 가출을 했습니다. 다시 들어왔었지만 이미 어머니는 돌아가신 뒤라 무덤이나 알려주었지요. 그 후 또 집을 나가선 잊어버릴 만하면 한 번씩 전화 연락이나 하기에 제 앞가림하며 살겠거니 했습니다."

남자는 동생 얘기를 하면서 화를 삭이느라 표정과 말투가 다소 격앙됐다. 동생이 앞에 있다면 당장 손찌검이라도 할 기세지만 선재와 이장 앞이라 그 감정을 애써 눌렀다.

햇살이 따갑게 쏟아졌다. 언제까지 무덤가에 있을 수는 없어 이장이 남자에게 자신의 집으로 가자고 했다. 여자에게는 돌아오면 들르라는 메모를 비닐막 안에 남기고 세 사람은 공동묘지에서 내려왔다. 집으로 온 이장은 간단한 술상을 차려 내왔다. 그리고 남자에게 물었다.

"혹시 이곳에 연고가 있으십니까?"

"아, 아닙니다."

남자는 당황해하며 대답했다.

"그런데 어떻게 묘를 썼습니까? 공동묘지라 해도 타지 사람은 쓸 수 없는 걸로 알고 있는데요."

"……."

남자는 잠시 후에 어렵게 말을 꺼냈다.

"이래저래 젊은 분들에게 낯이 서지 않습니다. 일은 벌어졌고 제 얼굴에 침 뱉은 지경에 감출 게 뭐 있겠습니까. 동생과는 이부異父 형제입니다. 아버지가 다릅니다. 제가 열 살 때 어린 자식들 셋을 남겨놓고 제 아버지가 돌아가셨어요. 살아 계실 때도 집 한 칸 없던 살림인데 가장이 없어진 후에야 그 살림이 오죽했겠습니까. 어머니는 누가 주선한 곳으로 저희 형제들을 데리고 재혼을 했어요. 밥 굶기지 않고 공부까지 시켜준다니 마다할 이유가 없었겠지요. 그런데 막상 가보니 말과는 달리……."

남자가 잠시 말을 끊었다. 목울대가 꿈틀했다. 지난날의 불우했던 처지가 상기되는지 감정을 수습하는 모양이다.

"그곳도 자식이 셋인데 맏아들은 벌써 코 밑에 수염이 거뭇할 만큼 꽤 컸더군요. 형편은 듣던 대로 먹고 살 만했는데 새아버지 되는 사람이 어찌나 거칠고 인심이 야박한지 무섭더라구요. 십 원 한 푼도 발발 떨 정도로 고약하게 인색했어요. 새 아내를 맞아들인 것도 일꾼이 필요해서였어요. 그런 집에서 어머니는 죽어라 일만 하고 새아버지한테 맞기도 했는데 우리 형제야 말해 뭐 하겠습니까. 아직 어린 것들이니 일을 제대로 부려 먹을 수도 없고, 쌀이나 축 내는 밥버러지였을 테니 눈엣가시 같았을 거예요. 밥 굶길 때도 허다했고 어머니가 보는 앞에서도 사정없이 두들겨 패곤 했어요. 그 집 아들들도 툭하면 심술을 부리며 때렸어요. 그래도 어머니는 말 한마디 못하고 참 무지한 세월을 살았어요."

"시원하게 한 잔 드십시오."

이장이 남자에게 막걸리를 따르며 권했다. 남자는 목이 탔는지 단숨에 들이켰다.

"그렇게 일 년도 못 살았을 겁니다. 결국 새아버지 되는 사람이 저희들을 보육원에 보내더군요. 그때 참 두렵고 슬펐어요. 어머니와 떨어지는 게 서러웠고 어린 동생들을 책임져야 한다는 것 때문에요. 자식들과 생이별하는 어머니 심정은 또 어땠겠어요. 자식들 배 곯리지 않으려던 게 오히려 이별이 되고 말았으니. 어머니는 그때 이러지도 저러지도 못할 형편이었어요. 이미 뱃속에 아이를 가져 오늘 내일 몸을 풀 때였지요. 그때가 삼십팔 년 전입니다. 그곳이 바로 이 동네입니다."

그 말에 이장은 화들짝 놀랐다.

"이 동네라면 어느 집입니까?"

"배나무 집으로 불리던 기억이 있는데……."

"혹시 그 댁 성씨가 윤 아닙니까?"

"그렇습니다."

남자의 대답에 이장은 고개를 주억거렸다. 어린 시절 어른들이 하던 얘기를 옆에서 간간이 듣던 기억이 나서다. 그 집이라면 일가가 이미 오래 전에 마을을 떠나 아무 연고가 없었다. 선친의 묘마저 다른 곳으로 이장을 했다고 들었다. 그 집 막내아들이 비슷한 또래였던 기억이 잠깐 스쳤다.

"그러셨군요. 전 태어나지 않을 때라서 잘 모릅니다만."

"제가 군대를 제대하던 해에 뜻밖에도 어머니가 오셨어요. 그 집에서 낳은 자식도 데리고 왔는데 열세 살 됐더군요. 새아버지라는 사람은 저희가 떠나오고 십 년 후에 죽었답니다. 갈 곳이 없어서 찾아왔다는데 병까지 걸렸더군요. 그 집 아들들이 몹쓸 작자들입니다. 명색이 피가 섞인 동생을 낳은 사람인데 무자비하게 길거리로 내몬 거지요. 하긴 저도 할 말이 없긴 합니다. 그 사람들이야 피 한 방울 안 섞인 남이지만 저는 치료 한 번 제대로 해드리지 못했습니다. 변명 같지만 그때는 막 군에서 제대한 뒤였고 아직 어린 동생들을 책임져야 하는 데다 생각지 못했던 식구가 더 늘었으니."

남자는 무덤 훼손 문제로 속상한 차에 지난 시절에 대해 말하다 보니 감정이 북받치는지 손수건을 꺼내 눈가를 꾹꾹 눌렀다. 삶의 버거움에 짓눌렸을 모습이 쇠해진 늦가을 햇살처럼 쓸쓸했다. 불우했을 남자의 삶에 선재나 이장의 마음도 편치 않았다.

"딱하게도 동생은 중학교를 다니다 가출을 했어요. 말이 동생이지 태어난 후 한 번도 보지 못하다 어느 날 불쑥 나타나 얼굴 맞대고 식구로 살아본 건 이 년도 채 안 됩니다. 동생이 가출하고 얼마 후에 어머니는 결국 세상을 떴죠. 제가 공사장 잡부로 날품팔이를 해서 다섯 식구가 먹고 사는 형편이니 묘를 쓸 땅도 마련할 수 없어 화장을 하려고 했습니다. 그런데 뜻밖에도 어머니가 생전에 묻힐

곳을 미리 마련했더군요. 딱한 사정에 당시 이 동네 좌장 격인 어른들 몇 분이 시청 해당처에 주선해주셨나 봅니다. 그래서 이곳에 묻힌 겁니다. 어머니로선 아마도 집 나간 동생이 돌아왔을 때 흔적이라도 보게 하려고 그랬지 않나 싶습니다."

햇살은 한낮보다 많이 수그러들었다. 남자의 초췌한 모습도 저녁 잔광처럼 뉘엿했다.

"이거 죄송합니다. 우세스러운 집안 일을 실없이 주절댔습니다."

"아닙니다. 개의치 마십시오."

이장은 민망해하는 남자의 잔에 다시 술을 따랐다.

"사실 동생 짓거리에 화도 났고 속상했어요. 다시 보고 싶지도 않고 무덤만 둘러보려고 했는데 아무래도 온 김에 만나보고 가야겠습니다. 실례가 되지 않는다면 여기서 기다려도 될지 모르겠습니다."

"괜찮습니다. 편하게 기다리세요."

"그런데 동생은 몇 시쯤 옵니까?"

"저희도 잘 모릅니다. 참, 다른 형제분들은 뭐라고 합니까?"

"동생들은 어머니가 오신 처음부터 달가워하지 않았어요. 살아계신 동안에도 보지 않았고 돌아가신 후에도 관심을 두지 않았습니다. 아마 그 집에서의 고통스러운 기억과 원망 때문이겠지요. 이번 일도 아직 말하지 않았고 안다고 해도 관여하지 않을 겁니다."

막걸리 한 병을 더 마시고 해가 질 무렵이 됐을 때야 여자가 왔다. 늦게나 오려니 했는데 비교적 이른 시각이었다. 주눅 든 태도로 조심스레 대문을 들어서는 여자를 남자가 고개를 돌려 쳐다봤다.

그런데 전혀 모르는 사람을 보는 시선이었다. 그 시선은 여자가 평상까지 왔을 때도 그랬다.

"오빠 되는 분이 아까부터 기다렸습니다."

이장이 자리를 권하기 위해 다른 쪽으로 옮겨 앉으며 말했다. 이장의 오빠라는 말에 남자는 그제서야 뭔가? 하는 표정으로 반응했다. 이장을 향하던 시선을 거두고 엉거주춤 엉덩이를 들어 여자 쪽을 쳐다봤다. 여자와 남자의 눈이 마주쳤다. 이십 년 만인 남매의 상봉이 석연치 않았다. 선재와 이장은 무덤 문제 때문이겠거니 했지만 어쩐지 그게 아닌 서름함이었다. 여자는 계속 쭈뼛거리고 남자는 눈이 점점 커지며 입을 다물지 못했다.

"너…… 너…… 이 꼴이 뭐냐?"

남자의 말소리가 더듬거리며 화급해졌다. 몇 잔 마신 술기운 때문만은 아닌 격한 분노로 얼굴빛까지 붉어졌다. 아까 무덤에서 내보였던 것과는 다른 분노였다.

"네가 엄마 뱃속에서부터 이런 꼴이었어? 네가 계집애였냐고?"

남자가 벌떡 일어나며 벼락 치는 호통에 선재와 이장은 영문을 몰라 당황스럽다. 남자는 여자의 멱살을 거칠게 잡아 자신의 눈앞에 가까이 댔다. 남자의 얼굴이 사정없이 일그러졌다.

"이 놈아! 네가 지금 제정신이냐? 이 미친놈아! 어째 이렇게 속을 썩이냐. 하다하다 이제는 본래 모습까지 바꾸냐?"

남자는 평상에 주저앉으며 오열했다. 어찌나 비통한지 보기 딱했다. 그 옆에서 여자는 겁에 질린 표정으로 선재와 이장을 번갈아 쳐다보았다. 상대의 어떤 반응에도 무심하던 때와 다르다.

초여름의 저녁 하늘에 저무는 해가 안간힘을 썼다. 사위는 청보라빛 일몰 기운과 미세하게 남아 있는 붉은 해의 기운이 경계를 지었다. 이내 경계는 불분명해지며 사그라졌다. 그들 주변으로 검푸른 잉크가 풀어지듯 우울한 어둠이 점점 내려앉았다.

남자는 여자의 오빠가 아닌 형이었다. 여자는 성전환자였다.

8

삼십팔 년 전이었다.

어린 남자는 동생들을 데리고 배나무집이라 불리던 곳을 서럽게 떠났다. 얼마 후에 여자는 그 집의 막내아들로 태어났다. 한가족에게서 새로운 생명의 탄생은 축복이며 충만이다. 그러나 식구들은 여자의 출생에 데면데면했다.

여자의 어머니는 여전히 남편에게 구박을 받으며 허리 한 번 제대로 펼 날 없이 소처럼 일했다. 점점 커가는 전실 자식들이 행패를 부려도 대응하지 못했다. 여자도 마찬가지였다. 형제인데도 동냥얻으러 온 거지 취급하며 때리거나 구박하는 배 다른 형들 속에서 주눅들어 지냈다. 아버지는 그런 여자를, 사내놈이 칠칠치 못하다고 화를 내거나 손찌검을 해댔다.

여자는 폭력적인 아버지나 형들이 두려웠다. 남자라는 자체가 두려웠다. 자랄수록 그들과 같은 성性을 지닌 것에 혐오가 들었고 남성 성징이 구역질났다. 그 표식을 없앨 수 있다면. 여자가 될 수 있다면. 여자는 자신과 다른 성性을 동경했다.

초등학교 삼학년 때였다. 같은 방을 쓰던 막내형은 분화구 같은 여드름이 얼굴에 부얼부얼하던 열아홉이었다. 성에 대한 호기심과 성욕 분출 욕구가 왕성할 때였다. 그걸 남동생인 여자에게 토해내며 육체적 유린을 했다. 어린 여자의 항문은 찢어져 아물 날이 없었다. 뻣뻣한 막대기같이 뻗쳐 오른 형의 성기를 물고 빠느라 입언저리가 아팠다. 지옥 같은 그 일을 어머니에게도 말할 수 없었다. 그랬다간 죽을 줄 알라는 형의 협박이 두려웠다. 그 짓은 해가 끝나고 막내 형이 집을 떠나면서 겨우 끝이 났다. 여자의 삶에서 그 시기의 기억은 끔찍한 도륙이었다.

아버지가 죽자 큰아들은 재산을 모두 처분했다. 여자와 어머니에게는 한 푼도 주지 않았고 살던 집마저 팔아치워서 둘은 당장 갈 곳도 없었다. 이복형제들은 다시는 얼쩡거리지 말라며 두 모자에게 폭행도 가했다. 병까지 든 어머니는 어쩔 수 없이 전 남편의 자식들을 찾았다. 찾을 염치가 아니지만 자신이 죽고 난 후 막내아들인 여자가 걱정되어서였다.

하지만 동복형제들도 여자를 경원했다. 이복형제들처럼 물리적 폭력을 휘두르지 않았을 뿐이지 멸시와 거부의 싸늘한 시선은 마찬가지였다. 그나마 맏형인 남자는 어린 여자를 대하는 게 나았지만 이곳도 저곳도 뿌리 내릴 수 없었던 여자에게는 위안이 되지 못했다. 동복, 이복 형제들은 혈연으로 묶인 가족이면서도 철저한 남이었다.

어린 여자는 혼란스럽고 허허로웠다. 그럴 때 같은 반의 친구에게 묘한 감정을 느꼈다. 그 기분은 봄날 훈풍처럼 따스하게 설레면서도 겨울 삭풍처럼 날카로웠다. 연정을 느낀 대상이 자신과 같은 남자라는 사실 때문이었다. 사춘기 여자의 몸과 마음은 말라가는 나무처럼 배배 시들어갔다.

학교도 다니고 싶지 않았다. 수업료를 제때 내지 못해 자주 교무실로 불려 다녔다. 점심 도시락을 싸갈 형편도 못 됐다. 식구들의 냉대와 가난한 형편과 하루하루 죽어가는 아픈 엄마가 지긋지긋했다. 결국 가출을 했고 중국집 배달원, 유흥업소 삐끼, 웨이터 등 종당에는 여장남자로 유흥가를 떠돌았다. 사회가 규정한 '성정체감장애자'가 되어버렸다.

여자는 일본과 한국을 오가며 사업을 한다는 일본 남자를 만나 함께 일본으로 건너갔다. 타국의 유흥가를 떠돌다 폭력배인 한 남자에게 팔렸다. 그는 성도착증 환자였다. 여자의 생활은 매일이 고문이었다. 몇 년 후 빈 몸이다시피 한국으로 돌아왔지만 발붙일 곳이 없었다. 큰형이 생각났어도 어머니도 죽고 없는 남의 집이나 마찬가지인 곳엔 차마 찾아갈 수 없었다. 여장남자로 또 유흥가를 전전했다. 배운 게 도둑질이라고 당장 먹고 살기 위해선 그나마 할 수 있는 생활이었다.

여자는 사채를 빌려 성전환 수술로 자신의 몸에 유방과 인공생식기를 만들었다. 실질적인 여자로 대접 받는 삶을 살고 싶었다. 그러나 진짜 여자가 되었다는 사실에 행복한 것도 잠시였다. 인위적으로 외형은 바꿨어도 여성이라는 법적 근거가 없는 여전한 남성이었다. 직장을 구하려 해도 성전환자라는 사실이 드러나면 비윤리자로 낙인찍는 현실만 적나라하게 맞닥뜨렸다. 남자도 여자도 아닌 존재는 남녀라는 고정된 이분법 성만 존재하는 세상에서 아무 의미가 없었다. 불행한 가족 관계처럼 성적 정체성의 혼란만 더했다.

여자의 바뀐 인위적 여성성은 완벽히 지속되지 못 해 유지하는 비용이 만만치 않았다. 주기적으로 여성호르몬제를 투여 받아야 했다. 그러지 않으면 불거지는 목울대와 굵고 낮은 목소리, 남자 특유의 근육을 감출 수 없었다. 고정된 수입도 없는 데다 또 돈을 빌리게 되고 빌린 돈을 미처 갚지 못해 부채가 늘어났다. 결국 살고 있던 공간마저 쫓겨났고 지하도며 공원을 전전하는 노숙생활을 하게 됐다.

여자는 어느 날 한밤중 으슥한 공원에서 노숙을 하던 여러 남자에게 윤간을 당했다. 그들은 여자의 사지를 꼼짝 못하게 잡았다. 한 남자의 짓거리가 끝나면 또 다른 남자가 달려들었다. 네 번째 남자가 무릎까지 바지를 내리고 달려들 때 여자의 발이 상대 남자의 낭심을 걷어찼다. 남자는 외마디 비명을 지르며 고꾸라졌다. 윤간을 했던 남자들이 다친 남자에게 달려들며 우왕좌왕했다. 그 틈을 타 있는 힘을 다해 내달리는 여자의 몰골은 말이 아니었다. 단추가 열어져 가슴이 드러났고 아랫도리는 발가벗겨진 채 어두운 한밤중에 비명을 지르며 죽어라 뛰어가는 모습은 처절했다.

여자는 무자비하게 휘몰아치는 세상의 폭력과 질시, 부당함으로부터 도망치고 싶었다. 두려웠으며 위안 받고 싶었다. 그때 어머니가 떠올랐다. 어머니라면 만신창이가 된 자신을 어루만져줄 거라는 생각이 들었다. 가슴을 열어 감싸안을 거였다. 말랑하고 따스한 젖가슴의 감촉만으로도 난자질된 상처가 아무는 것 같았다. 수밀도 같이 뽀얀 젖을 빨면서 평화로운 숨결과 온기를 느끼고 싶었다.

죽은 자들의 공간인 공동묘지의 어둠 속에서, 봉분의 흙을 떠내는 여자의 삽질에 환한 햇살 같은 희망이 분주했다.

9

여자의 오빠이면서 형인 남자는, 파헤쳐진 묘를 확인하러 왔던 그날 여자를 데리고 허위허위 동네를 떠났다. 어린 나이에 어머니와 떨어져야 하는 두려움과 설움을 삼키며 동생들과 떠났던 삼십팔년 전처럼.

남자는 다음날 다시 와서 묘를 원상태로 복구했다. 동네 사람들은 한때 이웃으로 지냈던 그들 집안의 불행에 딱해했다. 한편으로는 문젯거리가 마무리된 것에 안도했다. 이장도 성가셨을 일이 정리되어 홀가분했다. 기구한 그들 형제의 일은 앞으로 이 동네에선 잠시 스치는 바람결처럼 회자되다 사그라질 것이다.

그리고 삼 일이 지났다. 남자가 이장에게 다시 연락을 해왔다. 자신의 동생이 그곳에 있을 때도 좀 이상하지 않았냐는 거였다. 데리고 와 보니 말투며 행동이 심상치 않더라는 것이다. 아무래도 미심쩍어 병원을 찾았더니 정신적으로 심각하다는 진단을 받았다고 했다. 입원 치료가 필요할 정도여서 현재 병원에 있다는 말도 덧붙였다.

그동안 여자가 비정상적일만치 상대의 반응에 무심했던 것도 외부의 압력에 의한 일종의 자기 방어였다. 감당하기 힘든 고통스러운 기억이나 상황에서 자신을 유리시키는 건데 거추장스러운 짐덩이를 이편에서 저편으로 무심히 옮겨놓는 식이었다. 그럼으로써 아무 일도 발생하지 않은 것처럼 스스로 위안 받는 보호막이었다.

그렇게 남자의 연락을 받은 이틀 후 아침이었다. 이장이 일찌감치 선재를 찾아왔다. 선재는 아침 끼니로 라면을 끓여서 먹고 상도 채 물리지 않던 참이었다.

"아침부터 왜 라면을. 우리 먹는 상에 숟가락 하나 더 놓으면 되는 걸 유형 고집도 참."

"이게 편해요."

"그러지 않아도 집사람이 이거 갖다주라네요."

이장은 김치와 몇 가지 밑반찬이 담긴 반찬통 꾸러미를 내밀었다.

"아주머니께 번번이 신세를 집니다."

"유형이 우리 집 일 도와주는 거에 비하면 아무것도 아닌데요 뭘."

이장은 선재에게 여자가 입원한 병원을 가보려고 하는데 같이 가겠냐고 물었다. 마침 시내에 나가 사야 할 것도 있다며 같이 들러보자고 했다. 무덤 일이 아니었다면 생판 알지 못 했을 남이고 안다 해도 굳이 문병까지 갈 관계는 아니었다. 그러나 이장은 어쩐지 무심해지지 않는다고 덧붙였다.

선재도 마찬가지였다. 이곳 주민도 아니기에 상관할 일이 아님에도 그 일이 있고난 후 짠함이 체기처럼 걸렸다. 여자의 딱한 처지도 그렇고 무거운 짐을 떠맡아야 하는 남자에 대한 연민도 일었다. 그리고 이장이 없으면 거들던 일도 혼자선 할 수 있는 일이 아니었다. 집에 있어봤자 딱히 할 일도 없었고 여자의 상태도 궁금했다.

여자가 입원한 병원 내부는 생각보다 쾌적했다. 간호복과 환자복을 입은 사람들 모습만 아니라면 병원이란 걸 잠깐 잊을 뻔했다. 그 안에서 다시 만난 여자는 소매와 바지 길이가 짧은 헐렁한 환자복을 입고 있었다. 일반 남자보다야 덜하지만 대부분의 여자들에 비하면 불거진 목울대와 골격이 두툼한 팔목이 그대로 드러났다. 선재는 밤 늦은 묘지에서 처음 여자를 보고난 다음날이 생각났다. 더운 날씨에도 턱밑까지 목을 가리고 손등을 덮도록 긴 소매 차림에 삐질삐질 땀을 흘리던 모습이. 그렇게 해서라도 감추고자 했던 실체를.

여자는 선재와 이장을 보고 약간 놀랐지만 여전히 무심한 표정과 낯을 가리는 아이처럼 쭈뼛거렸다. 그러나 어떤 변화가 있는지 예전과 달리 선재와 이장에게 관심을 보이며 웃음기도 살짝 띠었다. 눈빛도 조금 맑아진 것 같았다. 퍼머를 한 지가 오래되어 부스스한 머리칼은 노란 문구용 고무줄로 대강 묶었다. 실내에서만 생활해서 그런지 얼굴빛은 좀 파리했다.

선재가 여자에게 의자를 내주며 권하자 순순하게 앉았다. 이장이 음료수병 뚜껑을 따서 여자 앞에 놓아주고 자신과 선재 앞에도 한 병씩 놓았다. 창으로 투과된 햇빛이 여자의 얼굴에 대각선으로 비쳐들었다. 여자는 햇빛이 성가신지 약간 찡그렸다.

선재와 이장이 여자와 마주 앉았어도 딱히 할 말은 없었다. 알게 된 사정이 딱해 오긴 했지만 불편했다. 서로 친밀하게 대화를 나눌 사이도 아니고 사정을 알고 나니 남자로 대해야 할지, 여자로 대해야 할지 처신하기 애매했다.

이장이 먼저 말을 꺼냈다. 몸은 좀 어떠냐, 밥은 잘 먹고 있냐는 등 형식적인 안부를 몇 마디 물었다. 여자는 어려운 선생님 앞에 있는 학생처럼 마지못해 고개를 끄덕거렸다. 하지만 다음 말이 이어지지 않자 분위기는 여전히 어색했다.

선재의 눈길이 휴게실 안을 훑었다. 한산했다. 매장 판매원은 매대 물건을 정리했고 간호사 둘이 물건을 사며 사소한 얘기를 나누었다. 복도 쪽으로도 창이 나 있는데 반 가량 간유리로 되어 있어 지나다니는 사람들의 상체가 잘린 듯 보였다. 그 모습을 보다 다시 눈길을 돌렸는데 이장이 그만 나가자는 눈짓을 보냈다. 선재도 그래야 할 것 같다는 생각을 하던 참이었다. 선재와 이장이 자리에서 엉거주춤 일어나자 여자도 따라 일어섰다.

"그럼 저희는 이만 가봐야겠습니다. 모쪼록 계시는 동안 치료 잘 받고 건강 회복하길 바랍니다."

병원 현관을 나서니 아담하게 잘 가꾸어진 뜰의 정경이 눈에 들어왔다. 그 위로 유월 햇살이 환하게 쏟아져 내렸다. 햇살 무더기를 바구니에 가득 담아 뿌려대는 것 같다. 눈이 부시다. 선재는 한손을 들어 차양 치듯 이마에 댔다.

형형색색의 초여름 꽃들이 여기저기 풍성했다. 사람들이 그 사이사이에 놓인 긴 의자에 앉아 있는데 환자와 면회를 온 가족들인 듯싶다. 환자들은 대부분 함께 한 사람들과는 다른 쪽으로 멍하니 시선을 두었고 보호자로 보이는 사람들은 환자를 말없이 쳐다보았다. 그들에게로 정적이 부연 입자를 가득 품은 축축한 안개처럼 내렸다. 때 이른 잠자리 서너 마리가 선회하듯 날았다. 그 풍경은 고요한 물속이었다.

선재는 무심코 병원 현관 쪽을 쳐다봤다. 강렬한 햇살이 유리문에 부딪쳐 되쏘였다. 그 속에서 얼핏 어떤 물체가 얼비쳤다. 고개를 빼다시피 들여다보니 유리문 안쪽에 조금 전에 만나고 온 여자인 듯한 사람이 주머니에 손을 넣고 서 있었다. 선재와 이장이 가는 걸 내다보고 있나 싶어 선재는 엉거주춤 손을 들었다. 유리문 안의 대상도 손을 까딱거렸다. 되쏘는 햇살 때문에 자세하진 않지만 그런 것 같았다. 선재는 다시 큰 몸짓으로 손을 흔들었다. 그 모습을 본 이장도 장난스러울 만치 두 손을 높이 올려 흔들었다. 그러나 투명한 현관 유리문 안의 여자일 거라 여겨지는 형체는 제대로 식별되지 않았다.

10

정문을 나섰다. 병원은 중심 도로에서 좀 벗어난 한적한 곳에 있었다. 동네로 돌아가는 버스를 타기 위해서는 도로 몇 개를 건너야 했다. 바로 앞 도로는 양방향으로 차 두 대 다닐 정도의 넓지 않은 도폭이었다. 신호등도 없이 짧은 횡단보도만 있어 차만 오지 않으면 그냥 건너도 됐다.

그러나 선재는 선뜻 발을 옮기지 못하고 도로 저만큼 건너편을 물끄러미 보았다. 그곳은 가라앉은 물속처럼 고요한 병원과 달리 생동감이 넘치다 못해 터질 듯 소란스러웠다. 왕복 팔차선을 꽉꽉 메우며 질주하는 차량과 높은 빌딩들이 빼곡했다. 쇼윈도나 마네킹에 걸쳐진 상품들은 어질하리만치 화려했다. 대단위 아파트 단지는 직사각형 거대한 블록을 늘어놓은 것 같다. 사람들은 범람하는 물결처럼 어디론가 쉼 없이 흘렀다. 그 세상은 거대하고 풍요로우며 분주했다.

선재는 몸을 틀어 병원을 쳐다보았다. 삼층으로 된 건물은 양 끝이 안으로 포물선을 이루며 둥글어 안온하게 감싸인 느낌이었다. 어쩌면 여자에게는 거칠고 위압적인 세상보다 저곳이 더 나을지도 모른다는 생각이 들었다. 저기서라면 부평초처럼 흔들리지 않아도 될 거였다. 세상의 격랑과는 상관없이 평온한 자궁 속에 있는 태아처럼.

선재는 불현듯 자신도 여자가 있는 곳으로 들어가면 좋겠다 싶다. 자신에게도 부모 처자식의 거취 문제와 갚아야 할 빚이 등이 휘는 무게로 내리누르고 있다. 자식이며 부모이고 남편이라는 가장으로서의 의무사항을 이행하며 보폭 맞추고 살아야 하는 세상에서, 당연한 사람 노릇을 못하는 처지가 암담했다. 철그렁거리는 쇠사슬처럼 발목을 휘감는 현실을 팽개치고 어디론가 숨어들고 싶다. 눈이 핑핑 돌 만큼 빠르게 변하는 각박한 세상을 향한 문에 거대한 빗장을 지르고 싶다. 하지만 요원한 일이라는 걸 머리와 가슴은 빠르게 단정 내린다. 그러자 어떤 무지막지한 힘에 어깨가 짓눌려져 맥없이 고꾸라질 때처럼 참담함이 엄습한다.

"건너갑시다."

이장은 멍하니 병원을 보고 있는 선재의 어깨를 툭 쳤다. 선재는 얼결에 횡단보도에 한 발을 내딛었다. 밟고 건너야 할 흰 선들이 눈에 어룽거렸다. 앞으로 얼마나 더 많은 선을 넘어야 하는가, 지레 다리에 힘이 풀렸다.

"그러나 저러나 병원비가 만만치 않을 텐데. 정신과 치료가 돈이 많이 든다는군요. 남자 분 형편이 여의치 않아 조만간 퇴원시킬 거랍니다. 에효, 정신줄 놓는 것도 돈 없으면 안 되는 세상입니다."

이장은 성큼성큼 앞서 걸으며 말했다. 그 말들은 푸른 하늘에서 덧없이 떠다니는 구름 같다. 삼십팔 년 전 어린 동생들만 데리고 보육원으로 떠나던 어린 남자의 모습이 환영처럼 선재의 눈앞에서 흔들렸다. 그때 어린 남자가 가졌을, 자신의 삶뿐이 아닌 또 다른 삶도 책임져야 했던 두려움은 어느 산만큼이나 높았을까. 어머니를 이별해야 했던 상실과 서러운 슬픔은 어느 강만큼이나 깊었을까.

그처럼 이곳도 저곳도 속할 수 없었을 피폐한 여자의 상실과 혼돈도, 저녁의 지독히 쓸쓸한 일몰처럼 와락 덮쳤다.

"유형, 혹시 그 시 알아요? 아주 오래된 러시아 시인인데 푸시킨인가 하는 사람요. 삶이 우리를 속일지라도, 라는 그 사람 시구가 생각나네요. 우리 살아가는 인생살이에 적절한 표현 아니겠어요. 그 다음이 노여워하거나 슬퍼하지 말라지요 아마. 그 부분은 어째 공감이 되질 않네요. 산다는 게 눈 떠서 감을 때까지 팍팍하고 고달프기 짝이 없는데 노여워하지도 슬퍼하지도 말라니요. 말이 안 되죠? 허허허!"

이장의 너털거리는 웃음이 공허했다. 낙조 같은 쓸쓸함이 스쳤다. 한낮 햇살은 쨍쨍한데 서늘함이 선재를 감쌌다. 이장이 말한 시구가 되새김 됐다. 삶이 우리를 속일지라도…… 매운 겨자를 먹었을 때처럼 코끝이 찡하니 아렸다.

선재는 건널목을 반쯤 와서 병원을 뒤돌아봤다. 그런데 이 무슨 일인가. 갑자기 모래바람이 심하게 일면서 건물이 흔적도 없이 가려졌다. 어? 당황한 선재는 눈을 껌벅거리며 건물 쪽을 다시 쳐다봤다. 여전히 뿌연 모래바람 막이 쳐져 아무것도 보이지 않았다. 황급히 고개를 돌려 맞은편 큰길을 봤다. 그곳은 모래바람 부는 병원 근처와 달리 높은 건물 사이를 차량과 사람들이 북적이며 엉켜 선명히 잘도 흘렀다. 강렬한 햇살 아래 아까보다 더욱 빠른 속도로 바뀌는 혼잡함이 생생했다. 선재가 그동안 당연하게 살아왔고 앞으로도 살아가야 할 곳이건만 아주 낯설다.

써늘한 두려움이 몰려왔다. 그와 함께 음산하고 어두운 공동묘지에서 만났던 여자에 관한 처음 풍경이 서글프게 다가들었다. 한 평도 안 되는 공간의 싸구려 비닐 장판에 덩그러니 놓여 있던 남루한 몇 개의 도구가, 비닐 구조물 막 면에 흐릿하게 비치던 그림자가, 심하게 무릎이 튀어나온 바지와 비닐 슬리퍼 차림의 잔뜩 억눌린 표정이, 입과 턱 근육이 소실된 듯 제대로 형상화되지 못해 어버버버, 공허하던 말들이.

"유형, 뭐 해요? 빨리 와요!"

어느새 건널목을 다 건넌 이장이 선재를 향해 소리쳤다. 저 사람이 갑자기 왜 저러는 건가 싶어 표정이 뜨악했다. 길 한복판에 멈춰 서 있는 선재는 갑자기 혼란스럽다. 밟고 있는 흰색 선을 보며 이장이 있는 곳으로 건너야 할지 어떨지 순간 판단이 서질 않았다. 처음 걸음마를 시작할 때의 두려웠을 알지 못할 기억만 의식에 가득했다.

"아, 왜 그래요? 어서 오라니까요? 차가 오잖아요!"

이장은 이번엔 손까지 휘저으며 다급히 소리쳤다. 오른쪽에서 15톤 거대한 트럭 한 대가 빵빵! 위협적인 경적을 울리며 덮칠 듯 급하게 다가들었다. 아, 아…… 선재의 입에서 신음 같은 가느다란 소리가 흘러나왔다.

동행

동 행

시각은 막 정오를 향해 가고 있다.

안개의 바다다.

진부령을 넘어 거진으로 들어서는 관문인 대대리를 지나자 앞이 제대로 보이지 않을 만큼 안개가 짙어졌다. 앞차의 후미등 깜박거림도 흐릿할 정도로 지독했다. 모든 것들이 무중력 상태에서 떠다녔다.

"참내, 삼월에 무슨 안개가 이렇게 심한지……."

연욱은 혼잣소리로 중얼거렸다. 말 속에 편치 않은 심기가 배어 나왔다. 안개로 인한 운행의 불편함 때문이기도 하지만 마지못해 하게 된 일정이라서 더 그랬다.

이번 고향을 찾는 여행길은 원래 부모가 함께 하기로 했던 거였다. 그런데 어머니가 몸이 힘들어 가지 않겠다면서 아버지 혼자 보내기는 마음이 놓이지 않는다고 굳이 연욱이 같이 다녀왔으면 했다. 내심 서운해하던 아버지도 어쩔 수 없어 어머니를 거들었다. 그렇게 하자꾸나. 언제 또 우리 부자가 함께 할 수 있겠니! 마침 거실 창으로 일몰이 배어들고 있었다. 아버지의 얼굴에도 불그레한 낙조가 드리워졌다. 그 속에서 아버지의 말이 쓸쓸히 떠다녔다.

안개 때문에 차는 기다시피 해서 시가지로 들어섰는데, 거쳐 왔던 길과 달리 안개의 흐름이 없다. 대기가 약간 흐렸지만 하늘에 드문드문 퍼진 구름 사이로 말간 햇살이 번져 나왔다. 대대리에서 시가지로 들어서는 십여 분 동안의 짙은 안개 속은 어떤 막에 갇혔던 기분이다. 거기에 시가지 정경들이 눈에 들어오자 연욱은 마음이 한층 무거워진다.

연욱의 표정이 어두워지는 걸 보며 아버지인 종수의 마음도 편치 않다. 괜히 고향을 오자고 해서 부담을 준 건 아닌가 해서다. 출발해서 오는 몇 시간 동안에도 부자가 나눈 얘기라고는 거의 없었다. 중간쯤의 휴게소에서 운전하기 고단하지 않으냐, 라든가 피곤하지 않냐, 는 건조한 몇 마디를 서로 건넸을 뿐이다.

연욱의 귀 옆머리에 흰 머리카락이 희끗하다. 어느새 저리 됐던가. 하긴 마흔이 훌쩍 넘었다. 그때그때마다의 성장 과정을 지켜보지 못한 자식의 나이듦은 종종 낯설었다. 열 살 무렵의 솜털 보송한 아이가 어느 날 갑자기 조로가 된 걸 볼 때처럼 당혹스럽기도 했다.

횡단보도 신호등에 푸른 등이 켜졌다. 차가 멈췄다. 보도에 서서 신호를 기다리던 사람들이 우르르 도로를 건넜다. 대여섯 살 돼 보이는 어린 아이는 젊은 엄마 손을 잡고 아장거리며 지나갔다. 청년은 바지 주머니에 두 손을 찌른 채 뛰듯 성큼성큼 지나갔다. 중년을 넘겼을 부부로 보이는 두 사람은 무어라 얘기를 주고받으며 느긋이 지나갔다. 그들 위로 내리는 햇살은 따뜻하고 충만하다.

차 안에서 그 풍경을 물끄러미 바라보는 두 부자의 표정에 늦가을 서걱대는 바람결이 묻어난다. 서로에게서 건네지는 오랫동안의 상실만큼이나 허하다. 부모 자식간 정들 기회 없이 훌쩍 뛰어넘은 세월이다. 잃어버린 그 시간들은 어두운 공동 같은 허방이다.

아들

연욱은 거진을 오래도록 찾지 않았다. 거진을 떠난 초기에 볼 일 때문에 몇 번 온 적이 있었지만 매번 참담함이 헤집고 올라와 부랴부랴 일을 마치고 급하게 벗어났다. 그런 후로는 부득이한 경우가 아니면 발을 들여놓지 않았다. 아버지와 같이 고향을 찾는 일이 내키지 않았던 것도 그래서였다. 거기엔 연욱의 가족이 끌어안고 있는 지난 시간들이 골 깊어 있기 때문일 것이다. 그건 깊이를 가늠할 수 없는 우묵한 강이었다.

그동안 아버지나 식구들이 지니고 있던 그런 감정들이 터져버린 건 이십여 일 전쯤이었다. 그날은 아버지의 생일이었다. 열 명이나 되는 식구가 모여 있어 밥상자리는 북적거려야 할 텐데도 조용했다. 내내 침울해 있는 아버지의 눈치를 보느라 수저소리만 간간히 들렸다. 결국 아버지가 수저를 놓고 말자 식사자리는 썰렁해졌다. 심기가 편치 않던 어머니가 내내 누르고 있던 화를 터뜨렸다.

해도 너무하네 정말! 당신이 무슨 염치로!

어머니마저 탕, 소리가 나게 수저를 놓고는 쌩하니 방으로 들어가버렸다. 서슬에 집안 공기가 더욱 가라앉았다. 남아 있는 식구들도 슬그머니 밥상에서 물러앉았다. 바닥만 내려다보던 아버지한테 짙은 회한이 서려 있었다. 왼쪽 이마에 사선으로 얼기설기 꿰맨 깊은 흉터자국은 가시가 삐죽삐죽한 철조망 같았다.

아버지가 가족과 함께 정식 생일을 맞은 건 올해로 세 번째인데 첫 해 생일을 빼고는 해마다 침울했다. 즐거워야 할 자리가 편치 않다는 건 자식인 연욱 입장에선 껄끄러운 일이었다. 아버지와의 생활은 근래 몇 년이 전부일 만큼 서로에게 돈독함이나 친밀감이 깊지 않을 수 있었다. 그래서 뭔가 서운하게 여기는 건 아닐까 해서 더 신경을 썼다. 그런 마음은 식구들도 마찬가지여서 제각기 방식으로 아버지를 챙겼다. 하지만 시간이 지나면서 아버지의 침울해하는 이유가 지레 짐작된 식구들은 식구들대로 서운해하던 차였다. 그래서 어머니가 예민하게 반응했다.

아버지는 미동 없이 그 자리에 앉아 있었다. 연욱은 그런 아버지와 거실에 함께 있는 게 불편했다. 그렇다고 나 몰라라 방으로 들어가기도 뭐해 담배나 피울 겸 베란다로 나섰다. 남동생 연호와 매제도 뒤따라 나왔다.

저 영감탱이 도대체 왜 그러는 거야? 씨팔! 그럴 거면 다시 가라 그래. 누가 붙잡는다고!

연호가 연욱 옆으로 와 서며 큰소리로 툴툴거렸다. 당황한 매제가 거실 쪽을 흘끔거리며 제지하는 시늉을 했다.

작은형님, 장인어른 들으시겠어요.

아, 들으라 그래! 그동안 우리가 어떻게 살아왔는데!

그게 어디 아버님 탓이겠어요. 사실 아버님도 피해자죠.

야, 김 서방 니가 뭘 알아? 나도 너라면 그렇게 편히 말할 수 있어. 씨발, 니미럴!

연호의 얼굴이 붉으락푸르락 했다. 매제가 머쓱해했다. 연욱은 매제를 향해 가만있으라는 눈짓을 했다. 거친 연호를 상대해봐야 좋은 소리 들을 거 없었다.

연욱과 연년생인 연호는 지금까지 결혼도 하지 않은 채 혼자 지내고 있다. 정해진 주거지도 없이 어딘가를 떠돌다 손님처럼 훌쩍 나타났다 이내 또 가버렸다. 이번 아버지 생일에도 오리라고는 생각 못했는데 전날 밤 늦게 불쑥 들어섰다. 소식 하나 없이 지내다가도 명절이나 아버지 어머니 생일이면 어김없이 돌아오는 걸 보면 말투는 툭툭거려도 제 나름대로 부모를 생각하는 게 느껴졌다.

연욱이 주머니에서 담배를 빼물자 매제가 라이터를 꺼내 불을 붙여주었다. 연욱은 연호에게 지나가듯 말을 꺼냈다.

내일 아버지 재검진 받으신다. 지난 번에 받은 검진 결과가 좋지 않다는구나. 알고나 있으라고.

…… 받든지 말든지. 제기럴!

그러지 마라!

내 알 바 아냐. 다 멍대로 사는 거지. 지미랄, 좆같은 세상에 오래 살아 뭔 영화를 보겠다구. 그리고 저 영감탱이 이해하고 싶지도 않아. 카악!

연호는 베란다 문을 열고 성마른 가래를 끌어올려 뱉어냈다. 불상놈 같은 연호의 말이 엉킨 실타래 같았다. 불쾌해진 심정에 연욱은 싫은 소리를 했다.

적당히 해라! 이제 나이가 그 정도 됐으면 말도 가려서 해야지. 그리고 아버지도 적응하셔야지. 이제 겨우 삼 년이잖아. 차츰 나아지시겠지.

차츰 나아진다고? 땅에 묻힐 날이 코앞인데?

연호의 빈정거림에 연욱은 씁쓸했다. 자신도 마음 같아서야 아버지에게 대놓고 따지고 싶은 때가 많았다. 정말 이러시깁니까? 이러실 거면 왜 오셨어요? 그러나 노쇠한 모습을 대하면 측은해져서 짜증스러움은 그만 묻히고 말았다.

오랜 세월 아버지 없는 빈자리는 어두운 동굴처럼 공허했고 사무쳤다. 아버지가 돌아올 수만 있다면, 하는 기구는 절실했으나 덧없이 스치는 바람결처럼 요원했다. 그런 아버지의 생사를 알게 된 건 삼 년 전 성탄절이었다.

그날 식구들은 모두 밖에 나갔고 연욱 혼자 집에 있었다. 소파에 누워 텔레비전 채널을 이리저리 돌리고 있을 때였다. 휴대전화가 아닌 집 전화로 걸려온 한 통의 전화를 받았다. 상대방은 여자였는데 윤성혜라고 자신의 이름을 먼저 밝혔다. 처음엔 누군지 금방 떠오르지 않았다. 바랜 기억 저편에 묻어 있던 거진이라는 지명을 듣고서야 옴팍한 눈매에 야무져 보이던 모습이 확대되듯 떠올랐다. 몇 년 동안 서로 연락을 안 하다 보니 제대로 기억하지 못했다.

윤성혜는 기습하듯 아버지가 돌아왔다고 알려주었다. 중국에 있으며 건강 상태가 썩 양호하진 않지만 크게 우려할 정도는 아닌 것 같다고도 했다. 연욱은 그 말이 선뜻 와 닿지 않았다. 공중을 떠다니는 부연 먼지를 보는 느낌이었다. 몇 십 년 동안 아버지의 돌아옴은 현실이 될 수 없으며 죽는 날까지 다시는 볼 수 없을 거라 여겼기에, 소식을 접하면서도 펄쩍 뛰어오를 반가움보다 당황스러움이 먼저 앞섰다. 식구들도 마찬가지였다. 아무도 믿지 않으려 들었다. 그렇게 삼십사 년 만에 아버지는 현실 같지 않게 집으로 돌아왔었다.

아버지

종수는 차창으로 스치는 고향 거리 풍경을 가뭇한 눈길로 바라봤다. 익숙한 듯 많이 낯설다. 삼십사 년 만인 삼 년 전에 와보곤 두 번째다. 처음 왔을 때는 몇 십 년 만이라 벅찬 감회만 앞섰으나 다시 찾은 지금은 복잡한 심정이 덧씌워진다. 울먹한 기가 잔뜩 배어 있는데도 쉽게 터뜨려지지 않는 울음자락을 안고 있는 기분이다.

아…… 창밖을 보던 종수의 입에서 들릴 듯 말 듯 신음소리가 배어나왔다. 점심 무렵부터 간헐적인 통증이 왔다. 연욱이 눈치 채지 않게 배에 손을 대고 지그시 누른다. 강도 높은 피로감도 몰려든다. 장시간 여행이 무리인지 좀 쉬어야 할 것 같다.

그동안 더부룩한 체기가 잦았다. 처음에는 단순히 체한 줄만 알고 약국에서 파는 소화제만 먹었다. 오랫동안 형편없는 음식에 익숙했던 위가 갑자기 과다한 고영양, 고열량의 음식물로 버거워서 그런 건가 싶었다. 집을 떠나 있던 몇 십 년 동안 늘 먹을 것이 부족해서 배 부르게 먹어본 기억이 아득했다.

지난 생일 아침이었다. 그러려던 건 아니었는데 차려진 생일상에 괜한 슬픔이 북받쳤다. 삼 년 전 식구들과 처음 가진 식사자리에서의 당혹스러움이 새삼 생각났다. 아들과 딸네 가족이 다 모였기에 교자상을 두 개나 펴도 자리가 비좁았다. 많은 음식들에 종수는 눈이 휘둥그레졌다. 어떻게 이 많은 걸 평범한 가정에서 한 끼 차림으로 먹을 수 있는 건가. 물론 특별한 날이어서 그런 거였겠지만 쉽사리 적응되질 않았다.

평소에도 사람들의 섭생은 좋았다. 지천으로 자리한 음식점이며 마트나 시장에는 먹을거리가 넘쳐났다. 아파트 음식물 쓰레기 수거통에도 매일 많은 양의 음식물 쓰레기가 버려졌다. 먹고 남은 찌꺼기만이 아니었다. 한꺼번에 많은 양을 사다놓기만 하고 제 때 먹지 않아 상했거나, 먹기 싫어서 일부러 버린다는 걸 알았을 때 충격은 이루 말할 수 없었다.

두고 온 사람들이 더욱 생각났다. 먹을 양을 조금이라도 늘리기 위해 죽을 끓인 거나마 양껏 먹을 수도 없는 그들을 팽개치고 자신만이 풍요롭게 지낸다는 아픔으로 힘들었다. 그런 심정이다 보니 생일에도 또 식구들을 헤아리지 못해서 좋은 일로 모인 자리가 언짢아지고 말았다. 무엇보다 오랜만에 온 작은 아들 연호에게 미안했다.

편치 않았던 생일을 지내고 위내시경 촬영을 했다. 1차 건강검진 결과에서 상태가 좋지 않아 받게 된 재검진이었다. 예상했던 대로 나빴다. 이미 한참 진행된 위암이었다. 종수는 마음을 추슬렀다. 살 만큼 살았다는 생각이었다. 앞으로 투병 생활이라든가 최악의 상황이 두렵지 않은 건 아니나, 다시는 볼 수 없을 거라 체념했던 가족들을 만났고 함께 살고 있는 것만으로도 감사한 일이었다. 그럼에도 식구들에 대한 미안함이 컸다. 식구들은 요즘 의술이 좋아져서 크게 걱정하지 않아도 된다고 위로했지만 짐이 되어야 한다는 사실은 무겁게 짓눌렀다. 자신이 목숨 부지하는 날까지 그들은 돈과 시간과 마음을 허비해야 할 것이다. 그러지 않아도 염치없는 처지인데 면목 없는 노릇이었다.

진료실을 나온 후 병원 후미진 뒤뜰에서 한참을 서 있었다. 눈에 부연 막이 서렸다. 누가 볼세라 티끌 들어간 듯 눈가를 문지르며 짐짓 하늘을 올려다봤다. 어느 한쪽으로도 온전할 수 없는 자신의 처지처럼 겨울도 봄도 아닌 하늘은 설렁했다. 오랜 시간 가슴 속에 응어리 되어 들어앉았던 것과 같은 또 하나의 회한이 치밀었다. 도돌이처럼 반복된, 갈 수 없는 곳을 향한 씻지 못할 죄책감과 그리움이 사무쳤다.

그동안 종수에 대해 지레 짐작한 가족들은 지금 많이 서운해하고 있다. 아내 몰래 몇 번 큰아들과 딸에게 목돈 부탁했던 걸 딸이 제 어미에게 말하고 말았다. 아내는 화가 나서 종수에게 따져 물었다. 자식들에게 적지 않은 돈을 부탁한 것 말고도 그 돈을 애먼 다른 곳에 쓰는 건 줄 알고 그랬을 것이다. 종수는 아무 해명도 하지 않았다. 아내 말처럼 자식들이 자랄 때 아무것도 해준 게 없다. 오히려 살아가는 데 있어 아비라는 자체가 지독한 상처와 고통인 시간들만 안겨주었다.

지난 1월에 마지막으로 부탁한 돈 봉투를 내밀며 큰아들 연욱은 씁쓸히 말했다.

아버지, 그동안 제가 가장 하고 싶었던 것 중 하나가 꼬박꼬박 용돈을 드리는 거였어요. 그런데 이렇게 옆에 계셔서 그럴 수 있게 됐는데도 기쁘지 않은 건 왜인가요? 돈 드리는 게 아까워서가 아닙니다. 큰돈 사용처에 대한 아무 말씀도 없이 자주 이러시면 저희는 오해할 수밖에 없습니다. 만약 식구들이 짐작하는 것처럼 그런 거라면 정말 섭섭합니다. 아버지한테 저희들은 뭡니까?

말 속에 원망을 누르는 게 역력했다. 종수도 속 시원히 이러저러하단다, 라며 말하고 싶지만 그게 그리 간단치가 않다. 사실을 알고 났을 때 자칫 식구들이 안게 될 불신이 더 깊어질까 싶어서다. 별 일 아닌 일에도 괜한 신경을 곤두세울 수도 있었다. 어차피 앞으로는 자식들에게 더는 손 벌릴 일이 없을 테니 모르는 게 나을 수도 있다는 생각이다. 그 생각이 옳은지 그른지는 굳이 판단하고 싶지 않다. 지금은 그대로 있고 싶다. 시간이 지나 자연히 알게 되면 속내를 이해해주길 바랄 뿐이고 아니면 그만인 거다.

지난 삼 년 식구들과 지내보니 연욱은 아버지가 없는 환경에서 맏이라는 책임 때문이었는지 진중하고 듬직했다. 그런 연욱이 오랜 세월 제 어미나 형제들에게 의지가 됐을 거라 여겨져 고마우면서도 안쓰러웠다. 아내가 굳이 고향에 함께 보낸 이유도 그간 가장의 자리를 대신 채워준 맏아들에 대한 배려였을 것이다. 아버지 정을 받지 못한 아들에게 줄 수 있는 기회라고 생각했을까. 종수도 그런 생각이 든다. 생애 처음이자 마지막이 아닐까 하는.

후유, 조심스레 내쉬는 한숨 속에 작은 아들 연호가 심한 체기처럼 가슴에 걸린다. 같이 왔더라면 좋았을 거라는 아쉬움이 들지만 연호 입장에선 삶의 시작이 무참히 꺾여버린 이곳을 돌아보고 싶지 않을 것이다. 그 심정을 충분히 안다.

연호는 늘 집을 떠나 있었다. 어쩌다 돌아와도 종수와 제대로 눈길을 마주하지 않았다. 애틋함에 손이라도 어루만지며 말하고 싶었다. 정말로 미안하구나! 그러나 연호에게서 퍼져 나오는 딴딴한 분노가 섬뜩했다. 종수는 왼쪽 이마에 손을 댄다. 거친 흉터자국이 선명하다. 그와 함께 연호의 오른쪽 얼굴 깊은 흉터가 가슴을 후비며 겹친다.

아들

연욱의 눈길이 이리저리 두리번거린다. 아버지를 쉬게 해야 할 것 같아 마땅한 숙소를 찾는 중이다. 내색을 안 하지만 몸이 편치 않아 보인다. 장시간 차를 탄다는 게 환자로선 아무래도 무리였다. 분주한 연욱의 시야에 붙박이듯 지서 건물이 들어온다. 순간 못 볼 걸 본 듯 황황히 눈길이 돌려진다. 연호가 암울하게 떠올랐다.

지난 번 아버지 생일에 왔을 때 그만 떠돌고 식구들과 함께 지냈으면 해서 의중을 떠봤다. 동생이지만 아버지 같은 심정이었다. 그렇기에 연호가 평범하게 살기를 바라는 마음은 여느 부모들과 다르지 않았다. 말하는 김에 아버지 어머니에게도 살갑게 대하면 좋겠다고 했더니 잔소리로 들렸는지 버럭 소리를 질렀다.

굳어진 얼굴은 언제 면도를 했던가 싶게 수염이 텁수룩했다. 수염으로 오른쪽 뺨의 흉터가 조금 가려지긴 해도 여전히 드러날 수밖에 없는 치부였다. 인상을 쓸 때마다 툭 불거진 흉터가 꿈틀거렸고 피부는 검게 그을려 눈만 번들댔다. 많은 시간이 흘렀음에도 여전히 그 눈 가득 분노와 좌절이 담겨 피 흘리는 상처를 싸매지 못했다.

연욱은 그 모습이 보기 편치 않아 베란다 밖으로 시선을 돌렸다. 아파트 단지 맞은편 구릉에 한겨울을 지나온 수령 오래된 갈참나무와 상수리나무들이 빽빽했다. 그 사이사이에 이른 봄의 잔설이 희끗했다. 앙상히 마른 가지를 벌리고 잔설 속에 묻힌 나무둥치들은 을씨년스러웠다. 그 정경만큼이나 지난 시절 쓰라림들이 무거운 닻처럼 내리눌렀다.

어린 날은 참으로 가난했다. 먹을 게 부족해 죽을 쑤어 끼니를 때우는 날이 허다했다. 늘 배가 고파 아무 거라도 실컷 먹어보는 게 소원이었다. 가장이 있는 집들은 명태나 오징어 철이 끝나면 목돈을 쥘 수 있었고 경작할 밭이나 논도 있었다. 어머니는 땅도 없었고 남의 집 그물이나 고기 손질로 품을 팔러 다니거나 오지로 다니며 행상을 했다. 하루에 한두 번밖에 버스가 드나들지 않고 제대로 포장도 되어 있지 않은 산골길을 생선이 담긴 무거운 대야를 머리에 이고 하루 종일 걸어 다녔다. 팔아봐야 겨우 보리쌀, 좁쌀 몇 됫박이나 감자, 옥수수밖에 안 돼서 입에 풀칠하기도 힘들었지만 그 일을 그만둘 수 없었다. 그나마라도 하지 않으면 네 식구가 고스란히 굶을 판이었다. 그럴 때마다 연욱은 사라진 아버지가 원망스러웠다.

어머니는 가끔 넋두리처럼 말했다. 자식들 밥 굶기는 게 제일 무서웠다고, 자식들 굶기지 않을 수 있다면 못할 일이 없었노라고. 연욱은 그럴 때면 어머니의 모습을 맹렬하게 가리고 싶었다. 이미 그려진 그림을 누구도 알아보지 못하게 검은 물감으로 마구 덧칠하고 싶었다.

오래 전이었다. 일을 나간 어미를 기다리던 어린 형제는 배고픔에 뒷산을 찾아들었다. 해는 아직 산등성이에 걸려 있었다. 삼월 저녁 무렵의 산 속은 이슥했다. 여기저기 진달래 꽃더미가 붉었다. 미농지 같은 여린 꽃잎을 씹으면 달큰하고 알싸름한 맛이 났다. 허겁지겁 꽃잎을 따먹는 형제의 입은 짙은 보라색 물이 함빡 들었다.

형, 저기 봐. 진달래꽃 엄청 많다. 가보자!

형제가 둔덕 위의 진달래꽃 덤불 가까이 갔을 때 조약돌이 서걱서걱 부딪치는 소리가 들렸다. 발정난 뱀이 쉬익, 쉬익 소리를 내는 것도 같았다. 덤불을 조심스레 젖히던 형제의 눈에 괴이쩍은 광경이 들어왔다. 엎드린 사람의 뒷모습이 보였는데 남자였다. 무릎까지 내려간 바지 밑으로 얽힌 다리들이 어지러웠고 밑에 있는 사람의 낡을 대로 낡은 검정 고무신이 눈에 들어왔다. 그들에게서 나는 숨소리가 거칠었다. 밑에 있는 사람의 얼굴은 보이지 않았지만 윗도리가 말려 올라가 흰 젖무덤이 언뜻언뜻 보였다.

얼레리 꼴레리! 동생이 킥킥거리며 낮게 말했다. 형은 왠지 봐서는 안 될 것 같아 동생 손을 잡아끌 때였다. 위에 있던 남자가 옆으로 기울면서 밑에 있던 사람의 얼굴이 드러났다. 머리 밑으로 진달래 꽃무더기가 뭉개져 있었다. 핏빛 화관을 쓴 것 같은 여자는 눈을 질끈 감고 있었다. 앙다문 입술은 부연 안개가 휘돌았다.

엄…… 동생의 눈이 둥그렇게 떠지며 신음 같은 소리가 터져 나왔다. 형은 부리나케 동생의 입을 막았다. 삐비, 삐비 어디선가 이름 모를 산새가 낮게 울었다. 형은 동생을 잡아끌고 허둥지둥 둔덕을 내려왔다. 맞은편 산등성이로 노을이 지고 있었다. 어린 형제의 눈 가득 붉은 노을이 묽게 고였다.

그날 저녁, 감자와 보리가 많이 섞이긴 했어도 상에는 오랜만에 고봉으로 담긴 밥이 올라왔다. 형제의 입안에서 씹히는 밥은 모래처럼 서걱거리는 슬픔이었다. 찢어져 꿰맨 엄마의 낡은 검정고무신처럼.

그날 산 속에서 어린 형제의 눈에 들어왔던 정경은 많은 세월이 흘렀어도 흐려지지 않았다. 딴딴한 응어리로 남아 환기될 때면 연욱은 견딜 수 없이 참담해졌다. 뭉개진 진달래 꽃무더기가 핏빛 화관처럼 다시 암울하게 다가들었다. 삐비! 삐비! 어디선가 이름 모를 산새의 낮은 울음소리도 다시 들렸다. 붉은 노을이, 마주한 동생의 눈 가득 담겨 그렁한 눈물에 섞여 묽어지는 것도 다시 보였다.

연욱은 엑셀레이터를 밟은 발에 있는 힘을 싣는다. 차는 누가 쫓아오는 것처럼 황급히 지서 건물이 있는 구간을 벗어난다. 차가 달리는 속도에 거리 풍경이 삭막하게 스친다.

아버지

숙소로 들었다.

종수는 불편한 몸 상태 때문에 오랜만에 만나보려던 친구와는 양해를 구하고 다음날 만나기로 했다. 진통제를 먹고 얼마간 휴식을 취하고 나니 좀 나아졌다. 저녁 무렵 연욱은 아내가 싸준 죽으로 종수의 식사와 약 복용까지 챙긴 후 친구 집에 갖다온다고 나갔다. 아비를 혼자 두고 나가기 뭣해서 미적거리던 걸 내밀어 보냈다. 숙소에 들어왔을 때 도착했는지 물어온 연욱 친구와의 통화를 들어서였다.

연욱이 나간 후에는 초저녁 잠을 잠깐 자고 일어났다. 고단했는지 길지 않은 잠이었는데도 꽤 달았다. 사위에 내린 어둠의 농도가 짙어졌다. 창밖에서 흘러드는 불빛으로 방안 사물이 흐릿하니 잡혔다. 주변은 고요하다. 간간히 도로를 지나는 차 소리만 들려온다. 휴대전화를 열어 시간을 확인한다. 밤 아홉 시가 채 안 됐다. 텔레비전을 틀까 하다 이불을 고쳐 덮고 다시 잠을 청하지만 정신은 이미 또렷해졌다.

아내에게 전화를 걸어보려다 도착해서 연욱이 통화를 했던 게 생각나서 그만둔다. 잠들었을지 모르는데 깨우면 안 될 것 같다. 푸푸 입바람 소리를 내며 곤히 자던 아내의 모습이 생각난다. 어떤 땐 물끄러미 보다보면 측은함에 눈시울이 뜨끈해졌다. 누구보다 가엾은 사람이다. 오랜 세월 홀로 무거운 짐을 지고 살아온 아내는 종수의 가슴에서 떠나본 적이 없었다. 남편 없이 아이들을 데리고 어떻게 살아갈까. 죽더라도 망망한 바다를 건너고 싶었던 때가 한두 번이 아니었다. 그러나 실행할 수 없는 일이었다. 또 다른 현실이 발목을 잡았다.

삼십칠 년 전이었다. 어부였던 종수는 바다에서 조업을 하고 있었다. 맑던 날씨가 꾸무럭해지는가 싶더니 안개가 끼기 시작했다. 더 짙어지기 전에 조업을 그만두고 항구로 돌아가야 했지만 아직 거두지 못한 그물이 있었다. 안개는 점점 반경을 넓히며 퍼졌다. 그물을 거의 건져 올릴 때였다. 배의 엔진이 요란스러운 소리를 내다 푸르륵거리더니 잦아들었다. 엔진 고장이었다. 배는 거친 물결을 따라 안개 속을 속절없이 흘러갔다. 사방을 분간하기 쉽지 않았다. 조업 중인 근방은 어로한계선이 가까웠다.

어림잡아 한 시간 가까이 바다 위를 흘렀을 무렵이었다. 축축하게 감기는 안개 사이로 거뭇하고 길쭉한 물체가 보였다. 북한 경비정의 총부리였다. 어로한계선을 넘고 말았다. 북측 경비병들은 총신으로 선원들의 머리며 옆구리를 거칠게 찔러대며 북측 배에 몰아 실었다.

북에 끌려간 일행은 얼마간을 억류되어 있다 뿔뿔이 흩어졌다. 종수는 원산 62연락소로 보내졌다. 그곳에서 일 년간 사회적응교육을 받은 후 고지대 외딴 마을에 배치되어 농장원으로 일했다. 죽도록 일을 해도 풀뿌리를 캐먹어야 할 정도로 비참했다. 겨울이면 폭설과 혹한으로 얼어 죽거나 굶어 죽는 사람도 생겨났다. 종수는 남한 출신이라는 이유로 혹독한 감시 속에서 외부와 단절된 생활을 했다. 얼마 후에는 당이 일방적으로 정해준 상대와 결혼까지 해야 했다. 그렇게 원치 않은 곳에서 또 다른 삶을 살아야 했다.

1990년대 중반의 북한에서는 순천제약, 나남제약 등 의약공장들이 원료와 전력 부족으로 생산이 중단되었다. 주민들은 심각한 의약품 부족에 시달렸다. 북한 실상을 겨냥한 가짜 의약품과 불량 식품업체가 중국 연변 등지에 속속 생겨났고 보따리상이 들여오는 가짜 약품들이 판을 쳤다. 유통기한이 지나 포장만 바뀌거나 판매가 금지된 약들이 활개를 치면서 특효약으로 팔렸다. 중국 식당에서 사용하고 버린 폐유도 재가공해서 들여와 판매되었고 유통기한이 지난 불량식품들도 부지기수였다. 식품의 위생관리가 엉망인 걸 알면서도 주민들은 싼 것만 찾을 수밖에 없는 실정이었다. 극심한 경제난에 안전을 따지는 것마저 사치였다. 세관도 품질은 신경 쓰지 않았고 형식적으로만 통관을 관리할 뿐이었다. 그에 따른 뇌물도 성행했다.

1998년 늦가을이었다. 양강도 혜산과 평안도 신의주에서 발생한 성홍열이 북한 전역으로 확산됐다. 적절한 치료만 한다면 목숨을 잃을 정도의 병은 아니었다. 그런데도 병에 걸린 많은 사람들이 제대로 약도 써보지 못한 채 죽어나갔다.

북측에 억류되면서 낳은 종수의 막내아들이 구토를 하며 고열에 시달렸다. 전신에 불긋한 반점이 돋아났다. 성홍열이었다. 병원에 가봤지만 약이 없어 물을 끓여 마시라는 정도의 처방만 내려줄 뿐이었다. 그대로 두었다간 자식을 잃을 것 같아 종수는 애가 탔다. 여기저기 수소문 끝에 비싼 돈을 주고 어렵게 약을 구했다. 가짜 약을 잘못 먹어 죽었다는 사람들 얘기에 불안했지만 달리 방법이 없었다. 가짜가 아니길 빌 뿐이었다.

하지만 간절한 바람도 소용없이 막내아들은 죽고 말았다. 종수는 오랜 세월 남쪽 가족과 고향을 잃었다. 그들에 대한 걱정과 그리움은 죽음 같은 절망이었으나 또 하나의 가족이 있다는 이유만으로 지옥 같은 체제 속에서 살았다. 억울하게 유린된 삶이었으나 버텨냈다. 그런데 자식을 또 어이없게 잃었다는 사실에 극도의 분노가 끓어올랐다. 종수는 북한을 탈출하기로 결심했다.

북쪽 아내는 선뜻 동조하지 못했다. 평생 살아온 곳을 떠난다는 건, 더구나 체제가 다른 남한은 공포였다. 종수에게서 태어나 살아온 남쪽이 뿌리이듯이 북쪽 아내에게도 그랬다. 더구나 탈북을 감행했을 때 성공 여부와 상관없이 아내의 친정 피붙이들은 북한 체제에서 무사할 수 없었다. 결단을 내려야 하는 상황에서 머뭇거렸지만 결국 종수의 뜻에 동조했다.

종수는 탈북에 필요한 정보와 방법을 은밀하게 준비했다. 탈북 경로와 경비 마련, 보안 등 많은 제약과 어려움에 포기하고 싶을 때마다 남쪽 가족을 볼 수 있을 거라는 희망으로 다시 추스렸다.

드디어 출발일이 되었다. 각오를 다졌어도 막상 닥치고 보니 극도로 불안했다. 1990년대 중반까지 북한정권은 탈북을 엄격히 처벌했으나 극심한 경제난과 식량난으로 급속히 늘어나는 생계형 탈북자들을 제대로 단속하기 힘들었다. 다시 잡혀 와도 몇 달간 강제노동을 시키는 것으로 끝났다. 납북 어부인 종수의 처지는 달랐다. 체제 유지에 반하는 계층으로 분류되어 있었다. 성공하지 못하면 재판 절차도 없이 그대로 사형되거나 평생을 정치범수용소에 갇힐 거였다. 핵실험 이후 체제의 긴장도 고조되었다.

종수로선 자신이 선택해야 하는 결정이 두려웠다. 점점 시간이 흘렀다. 안내원과 약속한 날짜에 맞추려면 빨리 집을 떠나야 했다. 북쪽의 큰아들이 결정을 재촉했다. 그 위로 남쪽 자식들이 겹쳤다. 마침내 종수는 마음을 다잡았다. 가자!

약속장소에는 조선족 안내원이 기다리고 있었다. 온 가족이 화물차 짐칸에 몸을 실었다. 기차는 몇 십 년 동안 익숙했던 풍경들을 뒤로 하고 북으로 달렸다. 쭉 뻗은 철로가 소실점을 이루며 시야에서 점점 멀어졌다. 좁은 화물차 속에서 혹독한 추위와 간이 졸아붙는 검문을 겪으며 삼 일 만에 양강도 혜산에 도착했다. 드디어 어둠을 타고 얼어붙은 두만강을 건너 중국 국경을 넘는 데 성공했다. 중국 영역에서 바라본, 생의 반을 살아온 강 건너 북한의 모습은 쓰라린 회한이었다.

종수의 가족은 안내원이 마련한 은신처인 민박집에 우선 머물렀다. 한국총영사관 측에 편지로 탈북 사실을 알리고 도움을 요청했으나 응답이 없었다. 다시 영사관에 몇 번의 전화를 했지만 알았다고만 할 뿐 신속한 조치를 취해주지 않았다. 서로가 담당이 아니라며 다른 부서로만 떠넘겼다. 미온적이고 무성의한 태도가 불안을 가중시켰다.

전화 요청 사흘째 되는 날이었다. 영사관에 다시 전화를 하고 돌아오던 길이었다. 민박집 모퉁이를 막 돌아서려고 할 때 식구들이 중국 공안에게 끌려 줄줄이 차에 실리고 있었다. 누군가의 신고로 탈북자 일제 검문에 걸린 것이었다. 그 중 한 공안원이 종수를 보았다.

아버지, 도망가요! 빨리요!

북쪽 큰아들이 절박하게 외쳤다. 순간 종수는 뒤돌아 죽을 힘을 다해 내달렸다. 아무 생각도 들지 않았다. 끌려가는 북쪽 식구들을 보면서도 찰나적인 절망감과 함께 이대로 잡혀서는 안 된다는 생각뿐이었다. 오로지 남쪽만이 떠올랐다. 무슨 일이 있어도 가야만 했다. 그러나 도망치던 도중에 눈길에 자빠지며 발을 헛디뎌 벼랑 아래로 떨어지고 말았다. 다행히 중턱에 있는 나무에 걸려 살았다. 그 때문에 왼쪽 이마가 찢겨 열 바늘이나 꿰맸으며 가슴 쪽에도 큰 상처를 입었다.

종수는 납북 삼십사 년 만에 남한으로 올 수 있었다. 또 다른 가슴앓이가 얹혔다. 중국 공안에 끌려간 북쪽 가족은 어떻게 되었을까. 어렵게 들은 소식으로는 우려했던 대로 절망적이었다. 강제 북송되었다고 했다. 정확한 소식통이 아니었음을 애써 위안으로 삼지만 충분히 사실일 가능성이었다. 북한 보위부의 조사를 받으며 식구들이 겪어야 할 모진 고초가 종수를 아프게 쥐어뜯었다. 자신의 탈북으로 그들은 앞으로 평생 인간 이하의 삶을 살 것이다. 함께 잡히더라도 도망치지 말 걸, 하는 뼈저린 회한을 늘 가슴에 안고 지낸다. 혼자 살자고 가족을 버린 사실이 한없이 괴롭다. 후르르! 긴 울음 끝의 흐느낌처럼 몸이 떨린다.

아들

숙소에 아버지를 혼자 두고 나온 연욱의 마음은 편치 않다. 친구인 경호 아버지를 보자 그 무게는 더하다. 경호는 자신의 아버지가 치매라고 덤덤히 말하지만 그 속에 감추는 연민이 묵직하다.

젊은 날의 경호 아버지는 유난히 연욱을 챙겼다. 가난한 살림살이에 먹을 것이 부족했고 한창 클 나이였기에 먹고 돌아서면 배가 꺼지던 시절이었다. 경호네는 연욱의 집보다는 그나마 형편이 나았지만 크게 넉넉하지는 않아서 세끼 밥이나 굶지 않는 정도였다. 그런데도 집에 갔을 때나 거리에서 보게 되면 어김없이 뭐라도 먹이려고 했다. 연욱은 그때 경호 아버지가 건네던 정을 잊을 수 없다. 그건 지친 같은 끈끈함이 섞인 거였다.

"아버지, 연욱이 왔어요. 알아보시겠어요?"

경호는 귀가 잘 들리지 않은 제 아버지의 귀에 대고 버럭대듯 말하지만 경호 아버지의 표정은 별 변화가 없다. 어디를 바라보는지 눈동자가 초점 없이 흐려 있다. 헤벌어진 입가로 흐른 침을 닦아주는 경호의 손놀림이 각별하다. 파랗게 젊던 날 제 아버지에게 두들겨 맞고 도망 나오면서 울분에 찬 모습은 없다.

"일찍 가야 한다니 집에서라도 간단히 술 한 잔 하지 뭐. 이리 앉아라. 아버지가 옆에 사람 있는 걸 좋아하셔. 예전엔 널 참 좋아했는데 지금은 못 알아보네."

젊었던 경호 아버지는 주사가 심했다. 특히 자식들이나 아내에게는 무자비할 정도로 폭력을 휘둘렀다. 폭력에 지친 경호 어머니는 몇 번이나 집을 나갔었고 그때마다 경호가 어린 동생들을 돌봤다. 그런 경호의 처지에 안쓰러울 때가 많았다. 서로 상황이야 달랐지만 짊어진 짐들이 무거웠다.

잠시 후에 경호 아내가 술상을 들여왔다. 그걸 본 경호 아버지의 맥없던 눈길에 잔뜩 힘이 들어갔다. 허겁지겁 상으로 다가와선 음식을 움켜쥐고는 문갑을 열더니 뭉치 하나를 꺼내 풀었다. 거기에는 싸놓은 지 며칠은 돼서 꾸덕한 음식들이 있었는데 상에서 집은 음식들을 같이 쌌다. 그 모습을 묵묵히 보고 있는 경호의 얼굴에 먹감빛이 출렁인다.

"아마 누구를 주려는 것 같아. 자, 한 잔 받아라. 아버님은 건강하시지?"

"으…… 응."

"쉬신다니 내일이나 뵙고 인사드려야겠다. 참 연호는 요즘 어떠냐?"

"그렇지 뭐. 그 놈이 언제 내 말 들었냐."

"그래도 너무 닦달하지 마라. 그 놈 인생도 기막히지 않냐."

"그나저나 넌 요새 하는 일은 어때?"

"대한민국에 지금 잘 살고 있다는 사람 있냐? 그럭저럭 살아간다."

"그래도 여유가 있으니 그런 소리도 하는 거 아냐? 야, 그런 거라면 좀 풀어라."

"야야, 코가 댓자는 빠진다. 돈 들어오는 재미가 없으니 마누라 궁둥짝 두드려줄 힘도 안 나는구만. 흐흐."

경호의 농담에 연욱은 가벼운 웃음을 지었다. 수산물중개업을 하는 경호는 그 방면에선 꽤 사업 수완이 있었다. 술에 절어 가장 노릇을 제대로 하지 못했던 아버지 대신 동생들을 거두고 앞가림도 하게 했다.

“어쩐 일이냐? 거진엔 죽어라고 오지 않으려는 놈이.”

연욱의 잔에 채워진 술 위로 형광등 불빛이 어지러이 어른거린다.

“아버지가 오고 싶다고 해서 며칠 휴가 냈어.”

“고향이 그리우셨나 보다. 오신 지 한 삼 년 되나?”

“응. 사실 아버지가 편찮으셔.”

“어디가? 많이 편찮으신 거야?”

“위암이란다. 수술 날짜 잡았어. 운신을 더 못하기 전에 고향에 한 번 다녀가고 싶다고 해서.”

“하, 참…….”

경호는 말을 잇지 못했다. 연욱 또한 그 다음 이을 말이 없다. 짧은 적막이 흐르다 경호가 먼저 입을 연다.

“속상하네. 오신 지 얼마나 됐다고. 네 아버지나 내 아버지나 불쌍한 양반들이다. 힘든 시절을 이러지도 저러지도 못하고 살아온 인생들이니 가슴에 맺힌 게 좀 할까. 그래도 힘내라. 요즘은 의료 기술도 좋잖아. 위암은 예후가 좋다더라. 괜찮을 거야.”

경호는 연욱을 위로했다. 그런 경호네 가족사도 연욱 집안 못지않게 답답했다. 전쟁이 나던 해, 경호 아버지는 스물둘이었다. 집안이 대대로 농투산이긴 했지만 남의 소작 부치지 않고도 살림이 짭짤한 중농이었다. 그러나 삼팔선이 그어지고 북한정권이 들어서면서 땅을 가진 사람들은 곤욕을 치르게 됐다. 젊었던 경호 아버지도 예외일 수 없었다. 잠시 몸을 피하는 게 좋겠다는 어른들의 뜻에 따라 혼자 떠나온 것이 마지막이 되어버렸다.

분단되기 전 거진은 농산물과 해산물의 집산지였다. 원산과 부산 간 여객선의 기항지였으며 동해북부선 철로역이 있을 만큼 교통요지였다. 그러다 보니 분단 이후엔 함경도 쪽 실향민들이 많았다. 경호 아버지도 행여 고향에 돌아갈 수 있는 길이 있을까 이곳에 머물며 고대했지만 휴전선에 영영 발이 묶였다. 어쩔 수 없이 기약 없는 바람을 접고 재혼했지만 마음을 잡지 못하고 고향에 돌아가지 못한 처지를 술로 풀었다. 취해서 거리 아무 데나 쓰러져 잤고 사람들에게 괜히 시비를 걸어 주먹질도 했다.

"근데 젊은 사람은 누구요?"

음식을 꾸러미에 싸던 경호 아버지가 아들을 빤히 쳐다보며 묻는다. 엉뚱한 그런 물음이 한두 번은 아닌지 경호는 덤덤히 대꾸한다.

"예, 아버지 아들이에요."

"아들? 내가 딸하고 아들이 있기는 한데, 딸은 이제 네 살이고 아들은 겨우 돌이 지났는데."

경호 아버지는 손가락을 하나, 둘, 셋 하며 꼽았다. 원산에서 피난 내려올 무렵 경호 아버지에게는 이미 네 살짜리 딸과 돌이 막 지난 아들이 있었다.

"요즘 들어 부쩍 두고 온 아들딸 생각이 나시나 봐. 얼마나 한이 됐겠어. 눈에 넣어도 아프지 않을 자식들을 못 보고 평생을 살았으니. 먹을 걸 보면 싸는 것도 두고 온 자식들 때문인 것 같아. 예전에 너만 보면 뭐라도 챙겨 먹이려고 했던 것도 그래서였겠지. 아버지 없는 네 처지가 당신 자식들인 듯 생각이 들었을 거야."

경호 아버지가 연욱과 경호가 얘기하는 걸 가만히 듣고 있다. 알아듣는 것 같지는 않다. 아무 생각 없는 무구한 표정이다. 그런 제 아버지를 바라보는 경호의 얼굴에 측은함과 씁쓸함이 뒤섞인다.

"연욱아, 내가 예전엔 말이다. 우리 아버지를 죽이고 싶을 만큼 증오했다. 북에 두고 온 가족을 만나지 못하는 울분을 애먼 우리한테 쏟으며 행패를 부릴 땐 정말……. 기가 막힌 일이지."

연욱도 충분히 알 수 있는 지난 시절 경호의 어둡고 아픈 기억이 화선지에 번지는 먹물 같다. 눈물을 흘려야 울고 있는 게 아니라 보이지 않는 울음도 있다는 걸 연욱은 생각한다.

그런데 옅은 구린내가 나는 것 같더니 경호와 몇 번 더 술잔을 건넨 후에는 욕지기가 올라올 만큼 역한 냄새가 진동했다. 연욱은 안주를 집으려던 젓가락을 내려놓고 방안을 휘둘러보았다. 그러자 경호가 서두르는 기색 없이 제 아버지에게 다가갔다. 이불을 들추자 경호 아버지의 바지 앞섶은 이미 펑 젖어 있었다.

"그만 실수를 하셨네. 연욱아, 거실에 나가 있어라."

곧 경호 아내가 물이 담긴 대야며 옷가지들을 부산히 날랐다. 비긋이 열린 문틈으로 아버지의 배변을 처리하는 경호의 모습이 보인다. 한두 번 해본 게 아닌지 손놀림이 능숙한데 구부린 등엔 무거움이 한껏 짓눌렀다.

한참 후 경호가 방에서 나왔다. 새로 깐 이불에 경호 아버지가 작은 새처럼 웅크린 채 모로 누워 있다.

"어쩌냐, 오랜만에 왔는데."

경호가 술상을 다시 차리겠다는 걸 연욱은 만류했다. 얼굴만 봐도 충분했고 혼자 있을 아버지 때문에라도 그만 가봐야 했다. 연욱은 경호 아버지에게 인사를 하려고 방으로 들어갔다. 말끔히 세수를 한 얼굴이 아이처럼 해맑고 도도록이 솟은 광대뼈 부근은 발그레하다.

"아버지, 연욱이 간대요."

경호는 엉덩이를 쳐든 어정쩡한 자세로 어린 아들한테 하듯 아버지 머리를 쓸어 넘겼다. 경호 아버지가 그런 경호를 쳐다보며 말했다.

"근데 누구요?"

아들에게 또 누구냐고 묻는 경호 아버지를 보며 연욱의 가슴은 돌덩이가 꽉 막힌다. 목소리도 그 옛날 걸걸하던 기운은 간 데 없고 대여섯 살 아이에게서나 날 소리가 앵앵거린다.

어디선가 살아가는 삶의 바퀴들이 덜크럭거리는 소리가 삐져나오며 문득 아버지가 떠오른다. 자신과 아버지는 어떤 소리를 내며 삶의 바퀴를 굴리고 있는 건가. 홀로 있을 아버지에 대한 측은함이 뭉클 인다. 그러나 이내 그 마음을 누른다. 사위에 내린 검은 어둠이 가슴으로 차고 들어온다.

아들

연욱이 늦어서야 잠자리에서 눈을 떴는데 아버지가 보이지 않았다. 놀라서 일어나는데 마침 아버지가 밖에서 들어왔다. 산책을 다녀온 모양이다. 아버지에게서 비릿하면서 싸한 대기 냄새가 난다.

"어디 다녀오셨어요?"

"너 일어날 때까지 멍하니 있기 뭐해서 요 앞 공원 좀 걷다 왔구나."

아버지의 상태가 어제보다는 가벼워 보여 연욱은 마음이 한결 놓인다.

점심 무렵에는 아버지의 친구를 만났다. 어린 시절부터 동네에서 같이 자랐고 결혼을 하고도 앞뒷집에 살았을 만큼 각별한 사이였다. 아버지의 친구가 데려온 곳은 바닷가 어느 식당이었다. 아버지는 이따 자리가 파할 때쯤 전화할 테니 신경 쓰지 말라며 따라 내리려는 연욱을 제지했다. 친구를 만나는 자리까지 붙잡아두지 않으려는 배려였다.

연욱은 아버지를 데리러 올 때까지 남은 시간 동안 같은 고장에 살고 있는 윤성혜를 찾아보기로 했다. 윤성혜가 살고 있는 곳까지 와서 얼굴도 보지 않고 간다는 게 경우가 아니었고, 아버지에 대해 석연치 않은 것들에 대해 뭔가 알 수도 있지 않을까 하는 생각도 있다. 그 석연치 않음이 식구들과 연욱만의 오해이기를 바라는 마음이 크다.

윤성혜를 처음 만난 건 오 년 전이었다. 우연히 납북자가족협의회라는 단체를 알게 되었다. 혹시 아버지의 생사라도 알아볼 수 있을까 해서 그곳을 들렀었다. 윤성혜의 아버지도 세 살 때 어로작업 중 납북돼서 삼십이 년째 돌아오지 못했다. 윤성혜가 협의회에 처음 발을 들인 건 연욱처럼 아버지의 생사를 알기 위해서였다. 그러다 남북 양쪽 이데올로기의 주변에서 흔들리는 사람들에 대한 동병상련의 안쓰러움이 커갔다. 그런 것들이 계기가 돼서 본격적으로 이 분야에서 일을 하게 됐고 협의회 회장까지 맡아 활동하던 중이었다.

윤성혜는 갑작스러운 방문임에도 연욱을 반갑게 맞았다. 윤성혜의 집은 뒤로 소나무가 울창했고 앞에는 바다가 내다보였다. 둘은 마당에 있는 탁자에 자리를 잡았다. 봄볕이 따사로이 내려앉았다. 윤성혜가 차를 내오며 물었다.

"아버님은 요즘 어떠세요?"

"예. 뭐 그럭저럭 계십니다."

"다행이네요."

"…… 꼭 그렇지만도 않습니다. 저희 아버지나 가족 모두에게 한 겹 막이 쳐 있다는 생각이 자주 듭니다."

"그럴 겁니다. 귀환하신 분들이 생각보다 훨씬 힘들어하세요. 자신들이 나고 자랐다고는 해도 반생을 넘게 다른 체제 속에서 살아왔으니까요. 더구나 북한처럼 폐쇄된 사회에서 밖으로 나왔을 때 혼돈스러운 건 당연한 거죠."

"그럴 것 같습니다만……. 그래서 이해하려는데 사실 잘 안 됩니다. 맞물리지 못하고 삐걱거리는 톱니바퀴 같다고나 할까요."

"무슨 말씀인지 알겠어요. 사회주의와 자본주의 체제의 이질성은 자칫 갈등을 키우기도 해요. 거기다 양쪽 가족문제는 대단히 민감한 부분이죠. 이곳 가족 때문에 그쪽 가족도 팽개친 채 목숨 걸고 왔는데 이방인이라는 생각을 떨치기 힘들죠. 발 디디지 못하고 허공에 떠 있는 걸 수 있거든요."

"이곳 가족들이 겪는 서운함이나 거리감도 마찬가지 아니겠습니까? 오히려 남이 아닌 가족이기 때문에 더욱 클 수도 있습니다."

"그러시겠지요. 충분히 이해합니다. 그런데 차 선생님, 그런 말이 있잖아요. 열 손가락 깨물어 아프지 않은 손가락 없다고요. 부모에게 자식은 다 같을 거예요. 특히 못 사는 자식은 더 애잔하고 마음이 갈 것 같은데요. 그래서 북에 두고 온 가족에 대한 죄의식이 커다란 상처로 자리할 거라는 생각도 드네요."

"그래도 그쪽은 남편, 아버지라는 존재와 오랫동안 함께 지내기나 했잖습니까. 여기 가족들은 몇 십 년을 그리움과 고통을 지닌 채 남편과 아버지라는 상실을 가졌습니다. 그런데도 오히려 이쪽이 가진 걸 그쪽에 준다는 건 뭡니까? 너희들은 잘 살고 있으니 당연히 줘도 된다는 건지. 억울하다는 생각이 듭니다."

연욱은 아버지에 대한 말을 하다 보니 짐작만 하던 것들이 사실인 것처럼 의식화되어 어조가 격해졌다. 살짝 당황해하는 윤성혜의 기미가 느껴졌다. 감정 표출이 과잉됐다.

그동안 아버지에게 쌓인 서운함이 컸다. 아버지가 돌아오면 지난 힘겨움이 봄눈 녹듯 스러질 줄 알았다. 하지만 북쪽 가족 때문에 마음 아파하고 그리워하는 아버지를 보면서 단순한 서운함이 아닌 배신감이 들었다. 그동안의 외로움과 가난에다 아버지로 인해 식구들이 체제로부터 받은 고통스러웠던 부당함 때문이었다. 윤성혜는 아무 말 없이 연욱의 잔에 찻물을 채웠다.

"미안합니다. 제가 그만 감정이 격해져서. 못 사는 자식 도와주고 싶은 아버지 마음을 이해하려 든다면 이해할 수 있습니다. 엄밀히 말하면 제 피붙인데요. 부정할 수 없는 그 사실 때문에 야속하고 혼란스러운 건지 모르겠습니다만."

"세월이 약이라고 하지만 결코 그렇지도 않은 것 같네요. 어떤 경우는 시간이 지날수록 치유하기 힘든 절망을 갖게도 하겠어요."

윤성혜의 말에 안쓰러움이 담겼다.

"참, 윤 회장님 아버님에 대한 소식은 아직 없습니까?"

"예. 북한 정치범수용소에 수감됐다가 2000년 출소한 뒤에 병환 중이라는 소식 이후엔 감감하네요. 혹시 돌아가신 건 아닌가 걱정이 커요. 생계를 위해서 고기를 잡았던 것뿐인데 왜 정치범으로 몰려야 하는지 이해할 수 없어요. 남한은 남한대로 어처구니없는 잣대를 들이대며 위축시키고요. 지금까지 많은 납북자와 가족들이 모두 인권의 사각지대에 있어요. 1989년에 연좌제가 풀리긴 했어도 명예회복은 고사하고 이중의 피해를 당하는 건 여전해요."

"그러게 말입니다. 강제로 납북되어 생사조차 알 길 없이 몇 십 년 생이별한 것도 아픈데 납북인지 자진 월북인지 알게 뭐냐는 식으로 내모는 건 부당하죠."

"이스라엘을 보세요. 몇 십 년 전 시아파 무장단체에 붙잡힌 자국 공군 대위를 귀환시키기 위해 정부와 국민이 쏟은 노력을요. 미국만 해도 한국전쟁으로 전사한 미군 유해를 계속 인수해 가잖아요. 그런데 정작 전쟁국의 당사자인 우리는 뭘 하고 있나요? 전쟁으로 납북된 사람이 팔만이 넘고 구백여 구의 유해가 돌아오지 못하고 있는데 말입니다."

"생존자들도 돌아오지 못하는 실정인데 유해까지 바랄 수 있겠습니까."

"우리 측에선 북에 비전향장기수들을 보내주면서도 국군포로, 납북자들은 데려오지 못하고 있어요. 정부가 그에 대해 북측과 협상에 나서고 있다지만 북측 기세에 눌려 말도 제대로 꺼내지 못하는 실정이니 속상하네요."

말을 하는 윤성혜의 얼굴에 스산한 바람결이 스쳤다. 그는 작년에 임진각에서 소나무에 노란 손수건을 매달았다. 아버지의 무사귀환을 위해서였다. 한 일간지에다는 북쪽 아버지에게 보내는, 그러나 받을 수 없는 편지를 실었다.

아버지

식당 안은 한창 바쁜 점심시간이 지나서인지 호젓하다. 바다가 보이는 쪽에 몇 사람이 밥을 먹고 있다. 종수와 친구도 통유리로 된 바닷가 쪽에 자리를 잡았다. 잠시 후에 식당 주인 여자가 다가왔다. 나이가 꽤 지긋했는데 생김새가 어글하니 활달해 쉽게 친근해질 모습이다.

"오랜만에 왔다이?"

"예, 누님. 요즘 장사는 좀 어때요?"

"인건비도 못 건지게 생겼다이."

"그래도 근방 돈은 누님이 다 쓸어간다던데. 허허허."

"그리케 소문이 났네? 거 좋은 말이다이. 못 번다는 거이보다 잘 번다는 소리가 좋은 거 아이겠니."

종수는 주인 여자의 이북말에 처음 대하는 사람 같지 않은 친근감이 느껴지면서도 가슴이 싸하다. 몇 십 년 동안 익숙하게 들어온 말투다. 이젠 다시 들어보기 어려운 안타까움과 두고 온 사람들에 대한 죄책감이 옥죄인다.

"누님, 이 사람은 먼젓번에 말했던 내 친구요. 아시지요?"

"아유, 기렇구만요. 잘 오셨수다레."

주인 여자가 반색하며 손을 덥석 잡는 바람에 종수는 순간 당황했다. 그 모습에 여자가 열적게 웃음을 짓는다.

"고향 까마귀만 봐도 눈물이 날 판에 내레 반가워서 그렇수다레.

내 고향이 함경도 신포 아이요."

"아, 그러셨군요!"

함경도 신포가 고향이라는 말에 종수는 가슴이 또 뭉클하다. 종수가 북쪽에서 살던 곳과 가까운 지역이었다. 종수는 그리워하던 사람의 손을 잡듯이 여자의 손을 힘주어 마주 잡았다. 주인 여자는 몇 마디 더 얘기를 나누고 다시 주방으로 들어갔다.

한참 후에 주인 여자가 직접 만든 음식이 나왔다. 단순히 체기가 있는 걸로만 알고 있는 친구가 특별히 주문한 전복죽과 식당의 주 메뉴인 오징어순대가 먹음직스럽다. 종수는 오랜만에 친구와 만난 자리인데 술을 좋아하는 친구가 종수 때문에 참고 있는 것이 미안해서 술을 시켰다.

친구 얼굴에 불콰한 기가 퍼질 때쯤 주인 여자가 다시 동석했다. 여자는 주량도 거침없다. 외형으로 봐선 종수나 친구보다 서너 살은 아래로 보였는데 나이는 연장이다. 하지만 손은 험한 물일에 절어 아주 두툼하고 거칠다. 만만치 않았을 지나온 세월이 짚어졌다. 종수가 물었다.

"지금껏 고향은 못 가보셨겠네요?"

"기렇지요. 아마 내 죽는 날까지 못 가지 싶은데. 기렇지 않갔소?"

여자의 말에는 비감이 어렸다. 종수는 슬그머니 눈길을 돌렸다. 통유리 창으로 망망한 바다가 담겨들었다. 수평선 너머가 아득하다. 북쪽 가족 하나하나의 얼굴이 떠오른다. 모두 어떻게 됐을까. 살아는 있는지. 자신을 얼마나 원망하며 지내고 있을까. 그대로 있을 걸. 잘못 틀어진 항로처럼 가슴에 묻고 살았더라면. 그들에 대한 그리움에 울컥 눈물이 치미는 걸 간신히 누른다.

여자의 이목구비는 큼직큼직하다. 온실 속의 여린 화초가 아니라 태양 아래에서 자라는 강렬한 해바라기가 연상된다. 미인이라는 소리를 들었을 젊은 날이 짐작됐다. 그래서 여자로서의 삶이 더욱 강팍했을지 모른다.

여자는 친구와 술잔을 기울이며 자신이 살아온 기구한 시간들을 풀어냈다. 육이오전쟁이 났을 때 작은아버지를 따라 피난을 왔으나 피난 도중 폭격으로 죽어 혼자 남았다. 결혼을 했지만 어린 자식 둘을 남겨두고 남편마저 일찍 죽었다. 삼십 년 전에 거진으로 흘러들어 시장에서 좌판을 얻어 어물장사를 했다. 경매로 입찰 받을 땐 다른 사람들보다 고기를 싸게 사려고 억척도 많이 부렸다. 어떤 땐 남자들하고도 멱살잡이를 할 정도로 그악스러웠다.

"아이구, 말 말아요. 누님 어거지야 이 바닥에서 누가 당해. 함경도 신포네 하면 고개를 다 절레절레 흔들었지."

"그럼 어째. 남자들을 힘으로 못 이기니 아예 땅바닥에 자빠져 거품이라도 물어야지. 누군들 그러고 싶었을까. 그렇게라도 해야 자식들 입에 밥을 흘려 넣어줄 수 있었으니까이. 참, 돌아보이 내 죽을 둥 살 둥 험하게 살아왔소."

종수는 집에 있는 아내가 생각났다. 주인 여자처럼 어린 자식들을 데리고 삶의 굽이를 그악스럽게 살았을 것에 가슴이 미어질 때가 많다. 남편이 없어 한 귀퉁이가 깨진 사발처럼 이리저리 치였을 것이다. 그 때문에 벌어진 일을 생각하니 머릿속이 복잡하다. 선택의 여지가 없었을, 오직 살아내야 할 본능만이 최선이었을 거라고 여기지만 처참함을 다스리긴 쉽지 않다.

아내가 살아온 신산함을 알면서도 무너지는 심정이 되는 건 어쩔 수 없다. 그건 아내나 자식들도 마찬가지일 것이다. 모두 빗장 지르듯 아픔덩어리를 끌어안고 있을 거였다. 이번 고향을 찾는 길에도 아내는 굳이 오지 않겠다고 했다. 물론 아들을 배려하는 마음이었지만 그 이면에 깔린 껄끄러움이 있다는 걸 안다. 많은 시간이 흘렀어도 올 수 없었을 것이다. 아내에게는 자신의 삶에서 지워버리고 싶은 시간들이 떠돌던 곳일 테니까.

"그러다 누구이 오징어순대를 한 번 해보지 않겠냐고 해서리 시작한 게 내래 지금까지 왔지 않갔소."

"누님 그걸로 돈 많이 벌었지. 한땐 갈퀴로 긁어모을 정도라고 소문이 났었는데. 그래도 어찌나 움켜쥐는지 원. 좀 풀고 살아요. 죽을 때 갖고 가지도 못할 거면서. 허허허."

"예끼, 이 사람아! 누이를 아주 갖고 놀아라이."

종수는 주거니 받거니 편히 농담하는 두 사람을 그윽한 눈길로 바라본다. 보기 좋다. 한세상 허덕이며 살아온 오누이가 서로의 늙음을 어루는 것 같다.

어느새 시간이 꽤 흘렀다. 친구와 주인 여자의 얼굴에도 불콰함이 짙다. 맞은편 창으로 야산의 나무들이 보인다. 아직 새 잎이 돋지 않아 성긴 나뭇가지들 사이로 저녁 해가 서서히 기울고 하늘은 어둑하니 물든다. 그 배경 아래로 일찍 전조등을 켠 차량들이 어디론가 제각기의 목적지를 향해 고요한 강처럼 소리 없이 흐른다. 종수의 눈가가 설핏해진다.

아들

"차 선생님 댁도 반공이 국시였던 체제에서 아버님 납북된 이후 많은 고초를 겪으셨죠?"

"말해 뭐합니까."

오랜 시간이 지났건만 쓰라림이 후빈다. 연욱은 아버지 없는 거 빼곤 뭐든 자신 있었다. 진저리나게 가난해도 자신이 출세하면 아무것도 아니라고 생각했다. 그러나 듣지 말아야 할 말을 들었다. 중학교 삼학년 때 고등학교 진학 상담 때문에 교무실을 가게 됐다. 연욱은 도청 소재지에 있는 학교로 갈 생각이었다. 담임선생님과 그에 대한 얘기를 끝내고 교무실 문을 닫고 나올 때였다.

저 놈 공부도 잘하고 똘똘해서 앞으로 가고 싶은 사관학교도 괜찮긴 한데, 물정 모르는 어린 놈 포부가 안타깝네.

무슨 소리예요? 감히 생각도 말라고 해요. 지 아버지가 북으로 갔는데 어떻게 사관학교를 가요. 빨갱이나 마찬가진데. 말이야 끌려갔다지만 그 내막을 누가 알아요. 냉수 먹고 속 차리라 그래요. 그리고 엄마나 동생이 그 모양…….

어허, 최 선생! 쓸데없는…….

담임교사와 다른 교사가 하는 얘기에 모든 것이 무너져 내렸다. 빨갱이 소리가 귀에서 맴돌았다. 포부는 펴보지도 못했다. 연좌제 때문에 겪어야 하는 부당한 제약은 살아내야 하는 삶에서 넘어볼 수 없는 거대한 산이었다.

납북자 가족은 교사자격증을 따고도 발령이 나지 않았고 공기업이나 정부기관에는 아예 취업할 수도 없었다. 연욱도 군대를 가지 못했고 취업에서도 연거푸 고배를 마셨다. 연좌제에 대한 규제가 풀리면서 겨우 취직할 수 있었다.

가족을 더욱 옥죄인 건 보이지 않는 감시였다. 납북된 아버지가 간첩으로 내려올지도 모른다는 이유에서였다. 길을 가다가도 시비가 있는 곳 근처는 일부러 돌아갔다. 사소한 일에도 휘말려서는 안 되기 때문이었다. 주변 사람들과도 의식적으로 거리를 두었다. 그리고 연욱과 가족에게서 깊은 화인이 되어버린 또 하나의 고통이 있었다.

몇 십 년 전 끔찍한 그 일이 벌어졌던 그날은 청보라빛 어스름이 내리던 저녁이었다. 저녁밥을 먹으려고 불에서 막 내린 솥에선 열기가 후끈했다. 어머니가 국자로 수제비를 뜨고 있을 때였다. 와당탕! 방문이 거칠게 열리며 한 여자가 무서운 기세로 어머니를 향해 달려들더니 뜨거운 국솥을 냅다 걷어찼다. 나 죽네! 아구구, 아구구……. 쏟아진 국솥에 어머니가 자지러지는 소리를 내며 다리를 싸안고 뒹굴었다.

자~알 한다! 가랑이 벌려 씹 팔아 배지 띵띵 부르게 잘도 처먹는다. 예라이, 개 같은 년아!

여자에게 머리채가 잡힌 어머니는 마구 휘둘렸다. 여자가 밀치는 대로 여기저기 쿵쿵 부딪치는 어머니의 입에서 짐승 같은 소리가 흘러나왔다. 연욱과 연호가 달려들어 겨우 떼어냈지만 몰골이 말이 아니었다. 머리는 산발이었으며 옷은 찢어졌고 터진 코피로 얼굴은 피칠갑이었다. 오른쪽 다리는 심한 화상을 입었다. 무릎서부터 발목 부근까지 부위가 꽤 컸다. 피부가 홀랑 벗겨져 누더기 천처럼 흔들렸다.

이년, 어디서 남의 남편한테 꼬리질이야! 빨갱이 계집이면 빨갱이 계집답게 나 죽었소, 하고 엎어져 있을 것이지 어디서 순경을 넘봐! 넘보길! 그런다고 빨갱이가 파랭이 된다디? 다시 한 번 더 그 짓거리 했다간 동네에서 내쫓고 말 테다! 우라질년 같으니라구!

행패를 부린 여자는 지서에서 근무하는 박 순경 아내였다. 소란에 사람들이 우하니 몰려들어 기웃거렸다. 한참을 길길이 뛰던 여자는 대문으로 걸어나가며 발에 채이는 것들을 뻥뻥 발길질을 해댔다.

얼러리, 저 놈의 여편네. 지 서방 그 짓거리 하고 다닌 게 뭘 자랑이라고!

아, 그런 소리 하지 말어. 그럼 서방이 그랬다는데 가만있을 여편네가 어디 있어?

그래도 이건 경우가 좀 다르지. 순경 빽으루다 틈만 나면 빨갱이라고 족치며 침을 삼키니 혼자 된 힘 없는 여편네가 별 수 있었겠어. 새끼들하고 살기는 해야겠고, 뭐 도리 있나. 아무튼 박 순경이 죽일 놈이지 뭐. 말들을 안 해서 그렇지, 그런 사정 알 사람들은 다 알 걸?

여자들이 동정 반 재미 반 낮은 소리로 수군거렸다.

연욱은 입술을 깨물었다. 어머니에 대한 분노와 수치감에 몸이 떨리는데 우당탕 대는 소리가 났다. 돌아보니 연호가 부엌에서 뛰쳐나가는데 손에 칼이 들려 있었다. 황급히 뒤따랐지만 이미 바람처럼 집 밖을 튀어나갔다.

간 곳은 박 순경 집이었다. 연호는 박 순경 집 마루로 올라서 안방 문을 발로 찼다. 우지끈! 문살이 부러지며 문짝이 떨어졌다. 중학교 이학년이라지만 제 또래보다 체구가 컸고 힘이 좋았다. 방에서 다리를 까딱거리며 텔레비전을 보고 있던 박 순경이 파자마 바람으로 뛰쳐나왔다.

뭔 새끼야? 누군데 남의 집에 와서 행패질이야. 여기가 어딘 줄 알고!

개새끼, 나다!

휙! 연호의 팔이 공중을 가로질렀다. 불빛에 칼날의 서슬이 퍼랬다. 또래보다 힘이 좋다고는 해도 분노로 인한 격정과 서툰 손짓에 칼은 빗나갔다. 어, 어? 박 순경은 얼굴이 하얗게 질리며 떨어진 문짝에 뒤꿈치가 걸려 벽에 부딪쳤다. 연호가 다시 칼날을 겨누자 재빨리 몸을 곧추세우고 연호의 칼 쥔 손목을 비틀어 잡아 올린 그때였다. 아아악! 단말마 같은 비명이 터져나오는 것과 동시에 연호가 얼굴을 싸쥐며 그대로 주저앉았다.

박 순경이 연호의 손목을 잡아올릴 때 칼날이 연호의 오른쪽 얼굴을 긋고 말았다. 입 부근에서 눈 밑 광대뼈까지였다. 다행히 목숨을 잃을 만큼 치명적이지는 않았어도 제법 큰 상처였다. 봉합수술을 했지만 상처가 깊어 돌기처럼 불거졌다. 그건 연호의 삶에서 다족류 벌레같이 꿈틀거리며 발악하는 몸부림이 되었다.

연호에게는 살인미수죄가 적용되었다. 연호의 얼굴에 자상을 입힌 박 순경은 정당방위로 처리되었다. 열다섯 나이에 연호는 소년원에 수감되었다.

연욱은 기가 막힌 그날의 정황이 떠오르자 가슴이 후둑거리며 급하게 뛴다. 찻잔을 드는 손이 떨린다. 윤성혜가 알까 얼른 찻잔을 내려놓는다. 다행히 윤성혜는 낌새를 알지 못하고 포개 앉았던 다리의 방향을 바꾸며 해맑게 묻는다.

"언제 가시나요?"

연욱은 동요되던 감정을 지그시 누르며 대답했다.

"내일 갑니다."

"그러면 내일 오전 일찍 시간을 함께 할 수 있을까요?

"무슨 일입니까?"

"사노라면 보이는 것만 잡느라 미처 보지 못하는 것들을 놓치는 경우가 더러 있죠."

저녁 무렵의 사위는 햇발이 스러지느라 쓸쓸하다. 그 풍경 속 잔잔한 윤성혜의 웃음이 선문답 같다.

아들

연욱은 전날 약속대로 아침 일찍 윤성혜와 만나 물나들이라는 동네로 향했다. 봐야 할 사람이 오전에 일을 나가기에 그 전에 만나야 한다고 했다.

도착한 곳은 소나무 사이사이로 집들이 몇 채 있을 뿐 시가지에서도 떨어진 외곽이다. 맞은편으로 등대가 바라보였고 그 밑 가파른 벼랑 아래로는 푸른 바다가 펼쳐졌다. 윤성혜를 따라 지붕이 허술한 어느 집 마당으로 들어섰다. 두 사람의 기척에 마루에 앉아 있던 남자가 일어섰다. 왜소한 체격에다 첫눈에도 궁핍이 느껴졌다. 윤성혜가 두 사람을 소개했다.

"인사들 나누시죠. 여긴 전화로 말씀드린 차종수 어르신 자제인 차연욱 씨고 이쪽은 유철진 씨입니다."

연욱은 낯모르는 사람 앞에서 아버지 이름이 나오는 것에 의아하다. 돌아온 지 삼 년밖에 되지 않은 아버지를 동년배도 아닌 나이가 훨씬 아래인 사람이 알고 있다는 게 더 그랬다.

"그렇습네까? 반갑습네다. 유철진이라고 합네다."

남자의 북한말에 더욱 의아하다.

"유철진 씨는 고향이 함경북도 온성이고 탈북을 하셨어요. 새터민이에요. 서울에 살다 여기로 오기까지 차 선생님 아버님 도움이 컸어요. 어르신은 납북자가족모임과 북한인권정보센터 모임에 참석하셨다가 유철진 씨를 알게 되셨어요. 그럼 두 분 편히 말씀들 나누세요. 들으셔야 하고 하셔야 할 말씀들이 많을 겁니다."

아버지가 새터민과 친분이 있었고 모임에도 참석했다는 사실은 의외다. 가끔 외출을 하는 건 옛 친구들을 만나는 줄로만 알았다.

유철진은 북한에서 청진광산금속대학 지질학부를 졸업하고 함경북도 온성군 온탄구에서 탄광지도원으로 일했다. 여기로 치면 생산과장 정도의 위치였다. 연욱이 물었다.

"그 지위라면 사회적으로 괜찮았을 텐데 왜 탈북하셨습니까?"

"명색이 간부였어도 매 끼니를 강냉이죽으로 해결해야 했어요. 그러니 일반 사람들이야 오죽 하겠습니까. 북한의 식량사정은 남쪽에서 알고 있는 것보다 더 나쁩니다. 여기서야 웰빙이다 해서 기피하는 흰 쌀밥은 북한에선 최고위층과 같은 부류들만이 먹을 수 있습니다. 매달 지원품이라는 명목으로 내는 잡세만 해도 서른 가지 이상이 됩니다. 하다못해 인분까지 상납해야 하니 인분을 사고파는 일도 허다합니다."

연욱은 유철진의 손에 눈길이 갔다. 체구에 비해 유난히 손이 굵고 거칠다. 얼굴에는 주름도 깊다. 연욱과 비슷한 나이라는 게 믿기지 않는다.

"저는 중국으로 탈출해서 한 일 년 머물다 한국에 들어왔습니다. 탈북자 정착지원기관에서 삼 개월 동안 적응교육과정을 마친 후 받은 정착금은 사기를 당해 다 잃고 말았어요. 엎친 데 덮친 격으로 폐결핵까지 걸렸지 뭡니까. 잘 살아보겠다고 남으로 왔는데 암담하더군요."

자본주의 체제에 무지했던 탈북자들은 쉽게 유혹에 넘어갔다. 삼 개월이라는 짧은 교육만으로는 자본주의의 무한경쟁 사회에서 살아남을 역량이 턱없이 부족했다. 유철진은 다행히 병은 치유했지만 정착지원금마저 잃어 생활이라는 현실은 막막했다. 먹고 살아야 하는 일자리 찾기도 힘들었다.

"북에서의 고학력과 경력이 여기선 별반 소용없더군요. 이곳에서 나고 자란 젊은 사람들도 일자리를 얻지 못하는데 저한테야 하늘의 별따기죠."

유철진의 말에 윤성혜가 응수했다.

"그래요. 새터민들의 취업난도 심각하고 정착지원에 대해서도 문제가 있죠. 일반 사람들이 생각할 땐 탈북자들이 적지 않은 지원금을 받는데 무슨 소리냐고 하겠지만 실상은 많이 다릅니다. 해외에 나가는 것도 심한 제약을 받죠. 새터민 중에는 중국 체류 경험으로 중국을 드나들며 보따리장사를 하는데 북측 요청으로 비자 발급을 거부당하기도 해요. 중국대사관이 주민등록번호를 보고 탈북자인 줄 아는 건데 새터민에 대한 비자 발급을 전면 금지하기도 해요. 신변에 위협을 당하는 경우도 종종 있어요. 한 새터민은 중국에 갔다가 이유도 없이 붙들려 하루를 꼬박 감금당했다가 추방당한 일이 있었어요. 새터민도 우리와 같은 자국민임에도 정부는 그에 대해 중국 측에 아무런 항의도 하지 않았어요. 인권이 침해당했는데도 수수방관하고 있는 겁니다."

탈북자들은 적응교육을 마친 후 경기도 소재의 교육기관에서 주민등록증을 발급받는다. 그들에게 부여되는 주민등록번호는 일곱 개 숫자 중 지역을 나타내는 두 번째와 세 번째 숫자가 모두 동일하다. 탈북자 교육기간이 있는 곳을 나타내는 것이기에 탈북자라는 신분을 드러내는 낙인인 셈이다.

유철진이 다시 말을 이었다.

"제가 한창 어려울 때 마침 어르신을 만났습니다. 사정을 아시고는 전셋집과 트럭을 장만해주셔서 지금은 시장 입구에서 장사를 합니다."

마당 초입에 소형 트럭 한 대가 세워져 있다. 연욱의 눈이 트럭 안을 빠르게 훑었다. 가래떡, 강정, 땅콩, 뻥튀기 등이 있다. 그다지 매상이 오를 품목들은 아니다. 아이들도 둘이나 있다는데 기초 생활비나 나올까 싶다.

"올해 큰아이가 대학엘 들어갔습니다. 사실 보낼 형편이 못되죠. 그래도 합격을 했으니 보내야 하는데 애를 태울 때 어르신 덕분에 입학시킬 수 있었습니다. 여기서 쭉 살지도 않은 분이 그 큰돈을 어디서 마련하셨겠어요. 자제분들한테서 나왔겠지요. 죄송하고 고마울 따름입니다. 그러지 않아도 한 번 뵙고 싶었습니다."

아버지에게 고정적인 용돈 이외에도 식당을 운영해서 여유가 있는 여동생이 따로 더 드렸다. 그런데도 연욱에게서 이 년 새에 목돈을 두 번이나 가지고 갔다. 그때마다 아내 몰래 대출을 받아야 했다. 어느 날 여동생이 찾아왔다.

오빠, 아버지가 돈 달라고 하지 않았어? 난 목돈을 세 번이나 해

드렸다구. 이상해. 혹시 말인데 아버지 딴 꿍꿍이 있는 거 아냐? 에이, 그럴 리는 없겠지. 아냐, 알 수 없는 일이지. 아버지가 정말 이북에다 돈 보내는 거 아닐까?

아버지가 연욱과 여동생에게서 가져간 적지 않은 돈은 아무리 생각해도 마땅히 쓸 만한 데가 없었다. 시간이 지나면서 혹시나 했던 의혹은 사실처럼 여겨졌다. 돈의 행방이 북으로 가는 거라고 단정할 수밖에 없었다.

"어르신이 그러시더군요. 남편 없이 자식 셋을 키워준 아내한테 미안하고 고마워서라고. 자식들을 제 때 공부시켜주지 못하고 아비 없이 서럽게 고생시킨 게 안쓰러워서라고. 정 고마울 것 같으면 당신 돌아가신 후 문상 와서 아주머니나 자식들한테 감사의 말이나 해주라고 하셨어요. 그런데 이렇게라도 만났으니 염치없게나마 우선 말씀만이라도 드립니다. 고맙습니다."

연욱은 무슨 말인가를 해야 하는데 아무 말도 할 수 없다. 진이 빠지듯 허탈하다. 커다란 공동을 안고 있는 것처럼 가슴이 휑하다. 윤성혜가 말을 거들었다.

"어느새 새터민의 숫자가 일만 명을 넘고 있어요. 해마다 일천 명 이상이 대규모 이주를 하는 겁니다. 앞으로 새터민과 한 동포로서 같이 살아야 한다면 정부의 비효율적인 지원제도 개선은 꼭 필요해요. 많은 새터민들이 남쪽 체제에 적응하지 못한 채 혼란과 좌절을 겪고 있기 때문이죠. 그런 차원에서 정부의 알찬 지원과 어르신 같은 관심이 필요합니다."

연욱으로선 미처 헤아리지 못했던 사실들이다. 윤성혜가 다시 아버지에 대해 조심스럽게 말을 꺼냈다.

"차 선생님, 저와 어르신은 그동안 몇 번 만났습니다. 어르신이 동생분에 대한 일을 알고 계세요. 적잖은 충격이었을 거예요. 그래도 내색하지 않으신 건 아마도 가족에 대한 미안함과 괴로움 때문인 것 같습니다. 이런 말씀 드리기 주제넘습니다만 서운하더라도 그런 어르신 속내를 헤아려 드리면 어떨까요?"

연욱도 아버지가 연호 일을 모르진 않을 거라고 짐작하고 있다.

바다 위로 내리는 햇살은 평온하다. 그러나 물나들이라는 지명처럼 벼랑 밑의 움푹 파인 만은 물길이 거세게 휘돌며 들고난다. 처얼썩, 처얼썩. 암벽에 부딪치는 파도가 힘겹다. 그동안 자신과 아버지와의 관계도 저와 같지는 않았을까. 보이는 것의 유장한 흐름 밑에 굽이치는 격랑을 애써 외면했던 건 아닐까. 연욱의 심정이 착잡하다.

아버지

햇살은 짜한데 바람이 꽤 싸늘하다. 시가지를 병풍처럼 둥글게 에워싼 산자락이 아직은 푸른빛을 내지 못한다. 삼월이라고는 해도 봄을 느끼려면 조금 더 있어야 할 테다.

종수는 천천히 걸음을 옮긴다. 서너 살 아이의 걸음만큼이나 느리다. 급할 건 없다. 연욱이 볼 일 끝난 후 정오쯤 출발하자고 했으니 아직 시간은 있다.

방파제는 폭이 좀 더 넓어지고 깔끔하게 단장된 것 외에는 예진과 크게 다르지 않다. 그곳에서 맞은편 전경이 한 눈에 들어왔다. 부둣가 근방 등성이에 집들이 모여 있다. 주홍색이나 파란색 지붕을 얹은 지붕들이 산뜻하다. 그런 정경을 보는 것도 어쩌면 마지막일지 모른다는 생각이 든다. 종수는 카메라 렌즈를 움직이듯 천천히 눈길을 돌린다. 등성이 중간쯤에 닿았을 때 파란 지붕 하나가 선연하다. 예전에 살았던 집이다. 주인이 바뀌었어도 집 형태는 별반 달라지지 않았다.

연욱이 다섯 살 때 장만했던 그 집은 볕 잘 드는 남향인데다 늘 푸른 바다가 보였다. 장지문을 사이에 두었지만 방 두 칸에 부엌이 딸렸었고 앞마당과 뒤란이 널찍했다. 경사가 진 지형이라 윗집 마당이 자연스럽게 뒤란 울타리를 겸했다. 거기에 개복숭아와 자두, 고염나무를 둘러 심어 달고 맛있는 과일을 맛볼 수 있었다. 햇빛도 한껏 들어와서 남쪽 아내는 장독대를 만들고 작약과 다알리아며 나팔꽃들을 심었다. 앞마당 주변의 해당화덤불이 울타리 구실도 해주었다. 그 마당에서 뛰어놀던 어릴 적 아이들 모습이 눈에 선하다. 올망졸망했던 웃음소리가 왁자하니 들리는 것 같다.

아버지, 이걸로 오징어를 잡는 거야?

그럼.

오징어 많이 잡으면 우리도 부자 되는 거야?

그럼.

오징어 잡을 낚시를 손질할 때면 아이들은 옆에서 참새새끼마냥 종알댔다. 어린데도 진득했던 큰아들, 장난기 가득했던 둘째, 말똥한 눈으로 오빠들 말을 듣던 딸. 그런 아이들을 바라보며 입가에 살풋 웃음을 짓던 젊은 남쪽 아내. 어느새 많은 세월이 흘렀다.

항구 바깥 쪽으로 고개를 돌린다. 바다가 끝없이 펼쳐졌다. 잔잔한 항구 안과는 달리 방파제 바깥은 물결이 비늘처럼 일렁여 수평선 경계가 제대로 보이지 않는다. 햇살만이 반사되어 희게 보인다. 저기만 넘으면 갈 수 있을 텐데. 안타깝다.

북쪽에서 살던 동네는 모든 집들이 흙벽돌로 판에 박은 똑같은 형태였다. 수용소로 사용하던 건물에 농장원들을 이주시키면서 독립된 가옥으로 바꾼 거였다. 주민들이 차츰 집들을 개조했지만 크게 달라진 건 없었다.

북쪽 아내도 집 둘레에 사철나무를 심어 울타리를 만들었다. 북쪽의 첫아이가 태어나던 해 심었던 오동나무는 막내가 태어날 무렵에는 그늘을 드리울 만큼 커졌다. 여름날이면 바닥에 향이 짙은 연보라색 꽃들이 떨어졌다. 북쪽 아내는 그 꽃을 실에 꿰어 딸아이 목에 걸어주었다.

마흔이 넘어 낳은 북쪽 막내딸은 눈에 넣어도 아프지 않았다. 생김새며 하는 짓이 남에 두고 온 딸을 많이 생각나게 했다. 북쪽 딸이 자라는 걸 볼 때마다 남쪽 딸도 저렇게 자랐겠거니 여기며 서글픈 위안을 가졌다. 당연히 챙겨야 할 걸 제대로 챙기지 못해서 갖게 되는 가책과 사무치는 그리움의 무게가 아팠다.

아버이, 아버이 고향 바다는 어드러케 생겼음메?

아주 푸르고 넓지. 보고만 있어도 가슴이 툭 트였단다. 고기도 많이 잡혔고 어릴 땐 그 바다에서 수영도 많이 했지.

아버이, 고향 바다가 보고 싶지 않소?

…… 보고 …… 싶지.

근데 왜 안 가오?

멍충이, 아버이가 어드러케 고향을 가네?

형이 핀잔을 주면 동생은 뿌루퉁히 입을 내밀었다. 아이들은 아비 옆에 옹기종기 몰려 앉아 종알거렸다. 종수의 무릎에 앉아 꺼끌한 턱수염을 손으로 쓸던 딸아이의 눈도 또록했다. 그 정경을 보며 저녁 어스름이 얼굴 가득 내려앉던 중년을 넘은 북쪽 아내. 이제는 모든 것이 덧없는 한순간의 꿈 같다.

천천히 걸었는데도 어느새 방파제 중간쯤 왔다. 종수는 난간에 걸터앉았다. 여기저기에 정치망 그물이 널렸고 한쪽 구석에는 폐그물이 수북이 쌓였다. 그 옆에 닻 하나가 벌겋게 녹이 슨 채로 방치되어 있다. 오랜 시간이 지나서인지 주변 바닥도 녹물이 들었다. 있을 곳에 있지 못하고 비와 바람과 햇빛에 산화된 붉은 닻은 마치 결박되어 있는 것 같다. 닻을 덮고 있는 붉은 녹가루가 바람결에 후룩 날렸다.

종수는 오른쪽 산등성이의 옛 집과 왼쪽 바다 건너 북쪽 그 어느 곳에도 눈을 둘 수 없다. 맞은편 저만큼 시가지가 끝나는 지점에 또 하나의 방파제가 있다. 그곳의 무인등대만 망연히 바라본다. 맞닿지 못하는 이쪽과 저쪽이 안타깝다. 그 중간에 바다와 항구 안을 드나드는 뱃길이 있다. 소통할 수 있을지 모른다는 생각이 잠깐 들지만 이내 고개를 젓는다. 부질없음이다. 와 닿는 바람결이 허허롭다.

"형, 누가 빨리 달리나 시합해볼래?"

"좋아. 저기 할아버지 있는 곳까지다."

낭랑한 소리에 돌아보니 사내아이 둘이 저만치 있다. 일곱 살쯤 되어 보이는 큰아이와 그보다 한두 살은 아래일 작은아이가 뜀박질을 한다. 주먹을 꼭 쥐고 달리는 모습이 앙증맞다. 뒤에선 젊은 부모가 응원을 한다. 큰아이가 먼저 도착했다. 뒤처진 작은아이가 입을 삐죽거렸다.

"씨, 형이 나보다 먼저 출발했잖아?"

"야, 네가 늦게 출발한 거잖아."

"아니야. 형이 반칙했단 말이야."

동생은 억지를 부리며 울먹거렸다. 형 되는 아이는 난감해하더니 동생 손을 잡아준다.

"알았어. 다음부턴 반칙 안 할게."

어린데도 동생 떼를 그대로 받아주는 모습이 대견하다. 아이들에게 다가온 젊은 부부의 얼굴에 웃음이 일렁인다. 그들은 아이들을 데리고 종수 앞을 지나간다. 함께 손을 잡고 걸어가는 젊은 가족에게로 햇살이 눈부시게 쏟아져 내린다.

그들 앞으로 양쪽 방파제와 중간의 드나드는 뱃길이 있다. 종수의 가슴에서 남과 북, 양쪽 가족들이 하나로 둥글어진다. 코허리가 시큰하다. 지금은 따로 길을 간다 해도 언젠가는 저 젊은 가족처럼 한 곳을 바라볼 수 있다면. 비록 자신이 이 세상에 없더라도 같이 지낼 수 있을 거라는 바람을 가져보고 싶다. 그런데 왜 이리 눈이 시린가. 왜 이리 막막한가.

시각은 막 정오를 지나고 있다.

정원에 숨긴 말들

김나정/ 소설가, 문학평론가

비밀을 감춘 그림자 정원

정원庭園은 그저 거기에 있다. 그 고요한 공간은 충실하게 시간을 받아 적는다. 봄이면 싹이 트고 여름엔 푸름을 더하고 가을이면 열매를 맺고 겨울이면 알몸을 드러낸다. 언뜻 보면 다만 평화로운 공간이지만, 귀를 기울이고 오래 봐주면 정원의 그림자들이 눈에 들어온다. 식물은 '정적인 존재'가 아니다. 싹은 씨앗을 찢고 나온다. 정원은 도리 없이 바람에 휘둘리며 비에 젖는다. 외부에서 오는 것들을 그저 받아들일 수밖에 없다. 열매는 꽃을 떨어낸 자리에 맺히며 겨울은 모든 걸 걷어내고 앙상한 몸뚱이만 남긴다. 흙은 돌의 부스러기였으며 생명체의 시신을 양분으로 삼는다. 언뜻 평화로워 보이는 뜰은 실은 먹고, 마시고, 싸우며 번식하고 죽는 공간이다. 살아 있다는 것은, 상실과 상처를 받아 안는 일이다.

생명 있는 모든 것들이 분주한 발아를 하는 봄에, 나의 집과 작은댁의 뜰은 모든 것이 정지됐고 생육을 멈추었어. 그 해 봄은 화사하거나 찬란할 수 없어 거뭇한 어둠이었어.

—「그림자 정원」 중에서

이서진은 작품 속에 정원을 들인다. 작품에는 잠잠한 술렁거림과 침묵 속의 비명, 평온한 안간힘이 공존한다. 나무가 높을수록 그늘은 더 짙다. 「그림자 정원」에서 죽은 언니가 기억하는 뜰은 아름다운 공간이었다. 언니가 열한 살 되던 해 봄에 작은엄마가 언니를 위해 심은 목련나무를 사랑했다. "나에겐 목련나무가 있는 또 하나의 집이 있어. 그곳에 있는 모든 것들은 다 나를 위해 존재해!" 하지만 동생인 '나'는 목련이 떨어지는 소리에 시달리다 칼을 들고 나무를 베려 한다. 한밤중의 칼질은 왼손 신경에 손상을 남겼다. 생각은 제각각이지만, 한번도 보지 못한 언니와 동생은 '정원'을 통해 연결된다.

평상에 드리운 나무를 올려다본다. 후박나무다. 수령이 오래 돼서 어찌나 실한지 마당 한쪽을 거의 차지하다시피 가지가 넓게 퍼졌다. 손을 뻗어 닿는 가지 끝을 살짝 건드렸다. 미세하게 반응하는 나뭇가지의 가벼운 울림이 손끝을 타고 흘렀다. 아버지의 아버지, 또 그 아버지 대까지 거슬러 이 나무 아래 많은 식구들의 숨결과 온기가 공존했을 걸 생각하자 코끝이 찡해졌다. 바람결이 있는지 이파리들이 가볍게 설렁거렸다.

—「금 [線]」 중에서

정원은 시간을 품는 공간이기도 하다. 나무는 제자리에서 몸 안에 충실히 시간을 받아 적는다. 나이테로 시간을 말아넣는다. 오래된 나무는 한 가족, 몇 대의 탄생과 죽음의 목격자다. 삶의 아픔과 슬픔이 갈마드는 과정을 바라본다. 정원과 더불어 비밀을 감춘 고요한 공간으로 무덤이 등장한다.

동네를 조금 벗어나면 사유지인 크지 않은 야산이 하나 있다. 그곳에 공동묘지가 있는데 규모가 큰 묘원 같지 않아 조촐했다. 햇살이 따뜻이 내릴 때 보면 열서너 기쯤 되는 묘들이 오밀조밀 모여 볕바라기를 하듯 정겹게 보일 정도였다. 선재는 산책길에 가끔 그것을 찾아들어 아무 무덤가에서 한참을 앉아 있다 내려오기도 할 만큼 꺼려지거나 무서움은 들지 않았다.

동네 사람들도 산 자와 죽은 자로 구분하며 굳이 기피하지 않았고 한 공간에 속한 이웃인 듯 덤덤히 여겼다. 가끔 살기 바쁜 후손들이 미처 손보지 못해, 쑥대머리처럼 풀이 무성한 무덤이 있게 되면 누구든 지나다가도 대강 다듬어주기까지 했다.

—「금」 중에서

묘비가 나무처럼 솟은 묘원은 죽은 자들의 뜰이다. 무덤은 조용하고 시간이 멈춘 듯 보인다. 하지만 '죽음'은 모든 것을 걷어가지 않았다. 생몰연도와 이름만 남긴 사람들은 살아 있는 사람에게 자꾸 말을 건다. 죽었지만 살아 있는 사람의 마음에 남아 있기에 그들은 완전히 사라지질 않는다. 죽은 사람은 어떤 말을 건네는가. 남겨진 사람들은 왜 죽은 자의 말에 귀를 기울이는가. 저편에서 수런거리는 정원은 어떤 비밀을 숨겼을까.

두 줄기로 흐르는 강

이서진의 소설에 등장하는 그림자, 달의 뒤편, 안개 등은 제 모습을 활짝 드러내지 않는다는 공통점은 지닌다. 어렴풋하지만 거기, 있다는 것만은 분명하다.

> 어쩌면 그 안에는 아내만의 무겁디무거운 시간들이 담겨 있을지 모른다는 걸. 남들은 쉽게 들여다볼 수 없어 더욱 짓누를 수 있다는 걸.
>
> —「달의 뒤편에 드리운 시간들」 중에서

> 작은엄마나 엄마 두 사람 모두 푹 꺼진 구덩이 같다. 세상의 모든 것에 아무 감정 없이 자고 있는 엄마의 얼굴에 패인 주름 골이 깊다. 그 골골마다 들어차 있을 풀어낼 수 없는 아픔은 어느 만큼일까 싶다.
>
> —「그림자 정원」 중에서

뭔가 있다. 하지만 정체를 명확히 밝히기는 쉽지 않다. 안개가 포충망에 잡혀들지 않듯, 그림자가 눈코입이 없듯. 작가는 그 흐릿한 존재들에게 말을 부여하고 형상화시키려고 애쓴다. 그 비밀들은 계속 품고 있으면 삶이 버거워지기 때문이다. 집요하게 현재에 영향을 끼쳐서다. 상처를 주었던 과거는 자꾸 떠오른다. 흘려보내고 싶지만 자꾸 고여들고, 잊으려고 하지만 자꾸 떠오른다. 이미 흘러가 버렸지만 흘려보낼 수가 없다.

차마 말할 수 없는 것들은 삶을 힘겹게 만든다. 돌을 품고 가벼워질 수 없고, 아픔을 안고 계속 걸을 순 없다. 어떻게든 밖으로 꺼내 풀어내야 한다. 하지만 녹록치 않다. 과거에 얽매여 있는 사람에게 흔히, 모든 걸 떨쳐버리고 잊어버리고 앞으로 나가라고 한다. 「금」에서 이장은 삶이 그대를 속일지라도 슬퍼하거나 노여워하지 말라는 푸시킨의 시에 대해 슬퍼하거나 노여워하지 않는 것이 가능하냐고 묻는다. 과거는 사건으로 존재하는 것이 아니라 감정을 불러일으키는 앙금으로 존재하기 때문이다.

작가는 진실과 직면해야 하는 한낮의 대로 대신, 에움길을 택한다. 폭로 대신 천천히 상처의 근원으로 다가간다. 상처받은 짐승은 무서워서 난폭하고 수줍음이 많다. 섣불리 다가가거나 서둘러 손을 내밀어서는 안 된다.

머뭇거리지만 접근은 서술방식에서 도드라진다. 이서진의 소설에서 서술은 두 층위로 나뉘는 경우가 많다. 글씨체까지 바꾸면서 적극적으로 다른 목소리를 끌어들여 두 목소리를 엮어나간다. 「그림자 정원」은 죽은 언니와 살아 있는 동생을 각각 화자로 삼아 이야기를 꾸려나간다. 「달의 뒤편에 드리운 시간들」은 아내와 남편, 「동행」은 아버지와 아들의 장으로 나뉜다. 「금」은 세상 밖으로 내몰린 '나'와 무덤에서 잠자리를 찾는 여자의 이야기가 엮인다. 둘은 영판 다른 사람처럼 보이지만 폭력적인 현실에서 자기 자리를 찾지 못한다는 점에서 닮은꼴이다.

이런 이중주의 형식으로 두 사람은 대화를 나누고 과거는 현재와 엮인다. 작중 현실에서 대화를 나누지 못하는 인물들은 글 속에서 이야기를 나눈다. 「그림자 정원」은 잡지사 기사의 취재 요청으로 호출된 기억을 붙잡은 '나'의 이야기와·죽은 언니의 열 살부터 죽음 이후의 이야기까지를 담아낸다. 두 사람의 이야기를 엮으면 상처의 기원과 결과물이 하나로 엮인다. 어쩌다 그런 일이 생겼는지, 그 사건은 지금 살아 있는 사람에게 어떤 파장을 끼쳤는지가 드러난다. 상처의 뿌리에 놓인 것은 무엇인가.

근원에 놓인 폭력들

앞으로 나아가기 위해 중요한 건 뒷걸음질이다. 자신이 왜 여기에 다다랐는지를 알려면 출발점을 짚어야 한다. 원인을 알지 못하면 그런 일들은 또 다시 반복되기 때문이기도 하다. 이서진의 소설에서 과거의 연대기적 서술이 중요하게 등장하는 것은 이런 까닭에서이다.

거슬러 올라가서 발견하게 되는 것은 '폭력'이다. 「그림자 정원」에서 언니는 열다섯에 군인에게 성폭행을 당하고 숨졌다. 선임의 폭력에 시달리던 군인은 읍내의 여자들에게도 거부당했고, 그 울분을 엉뚱한 소녀에게 풀었다. 언니의 참담한 죽음은 태어나지도 않은 여동생의 삶도 왜곡시킨다. 「달의 뒤편에 드리운 시간들」에서 작은아버지는 화자와 엄마에게 폭력을 행사한다. 매질과 욕설에서 벗어나고자 엄마는 달아났고 소녀만 집에 남겨졌다. 어린 소녀는 달아나지 못했고, 여행 가방을 사들이는 여자로 자라났다. 결혼을 하고 가정을 꾸렸지만 그 기억에서 벗어나질 못하다 알츠하이머 환자가 된다. 「금」은 폭압적인 아버지와 형들에게 시달리던 인물이 남성성을 버리고 여성이 되기로 마음먹지만, 남성들에게 집단 강간을 당한다. '나'는 일자리와 가족을 잃고 동생의 집에 얹혀산다. 자신의 사업자금을 대줬던 부모님과 함께 좁은 동생의 집에서 눈치를 보며 살다가 견디지 못하고 빠져나와 시골에서 살아간다. 조만간 노숙자로 몰릴 처지다. 소설은 IMF로 인한 '실직형 노숙'인과 달리, 젊은 노숙인은 이혼, 아동학대, 청소년 범죄 등의 다양한 사회문제와 맞물린다고 말한다. 귀농의 꿈을 품고 노력하는 이장은 이상과 현실의 차이에서 괴로워한다.

「동행」에서 아들은 납북당한 아버지의 부재로 갖은 고생을 치러야 했다. 가난에 시달리는 가족, 그걸 빌미로 어머니의 몸을 요구하는 경찰, 거기에 맞서다가 상처를 입은 동생. 이웃들은 가족을 빨갱이라고 의심하고 국가는 연좌제를 적용하여 앞길을 막는다.

이 소설의 등장인물들은 모두 '폭력'의 희생자들이다. 그 폭력의 양상은 신체적 폭력, 제도가 가하는 폭력, 사회나 국가 등이 행한 폭력으로 다양하다. 폭력이 지나간 자리엔 깊은 상처가 남고 좀처럼 아물지 않는다.

폭력의 전염성이 강하다. 폭력에 길들여진 사람은, 폭력이 얼마나 무서운지 알면서 동시에 폭력의 힘을 안다. 인간관계를 푸는 방법으로 폭력을 배운 것이다. 맞은 사람은 때린다. 과녁은 언제나 연약한 사람으로 정해진다. 폭력의 사슬은 가장 연약한 사람에게 가장 무겁게 고여든다. 가장 피해를 받는 사람은 여자와 아이들이다.

「그림자 정원」의 동생은 자신이 태어나기도 전에 벌어진 사건으로 삶은 삐뚤어져버렸다. 생모는 죄책감으로 '나'를 양모에게 내주었고, 깊은 상처를 받은 양모는 '나'를 살갑게 대해주지 않는다. 더군다나 언니를 죽였던 군인은 군법 재판에 회부되어 가족들은 사건의 자초지종이나 사과조차 듣지 못한다. "대상 없는 허깨비에게 당한 억울한 고통들이 가중될 뿐이었다. 피해자는 있는데 가해자는 없어 피해자로서 당연한 분노마저 터뜨리지 못했다." 「달의 뒤편에 드리운 시간들」에도 폭력은 어머니와 딸에게 가해진다. 「금」에서 아버지는 폭력을 일삼고, 아들은 남성성을 부정하기에 이른다. 「동행」에서 아버지가 북으로 나포당한 뒤 남겨진 가족들은 힘겨운 시간을 보냈다. 어머니는 온갖 일을 다 하고 아이들은 궁핍과 모멸을 견뎌야 했다.

따로 흐르는 두 독백이 나누는 대화

상처받은 사람은 어떻게 상처를 이겨낼 수 있는가. 돌이킬 수 없는 어떤 사건 이후에 사람들은 어떻게 살아갈 수 있는가. 과거의 그늘 아래서 어떻게 현재를 꾸려가고 미래를 도모할 수 있을까.

누군가를 이해한다는 것은, 상대가 살아온 이력을 알아준다는 것과 맞물린다. 「달의 뒤편에 드리운 시간들」에는 화자인 남편의 이야기와 '그늘 속'이란 아내의 일대기가 두 줄기로 흐른다. 두 이야기를 모두 듣는 독자는 아내가 어떤 일을 겪었는지 알 수 있다. 하지만 그늘 속 이야기를 듣지 못하는 남편에게 아내는 아직은, 안개 저편의 존재일 따름이다. "아내가 내보이는 행동은 누군가의 상습적인 폭력에 분노하고 대응하고자 안간힘을 쓰는 거였다. 그런 거라면 그래야 하는 이유가 있을 텐데 그게 무엇인가. 왜 아내는 저토록 황폐해지는가." 남편은 그 안개를 걷어내려는 짐작을 멈추지 않는다. 의사는 아내의 병이 어린 시절에 겪었던 공포와 슬픔이 작용했을지도 모른다고 말한다. 고통스러운 순간과 기억을 잊고자 망각을 택한 것 같다는. '가방'을 통해 아내를 만났던 기억을 거슬러 올라가기도 한다.

따로 흘러가는 이중주는 두 개의 독백처럼 보이지만 한 작품 안에 놓임으로써 대화를 나눈다. 따로 흐르는 것처럼 보이는 물줄기는 나란히 흐른다. 동행하듯. 「금」에서 '나'는 노력하면서 살았는데 노숙자가 될 지경에 이르렀다. 어쩌다 이런 지경까지 오게 되었는지 알 수가 없어 답답하다. 길은 끊겼는데 어디로 가야 할지 모르는 처지다. 이런 '나' 앞에 무덤을 삶의 터전으로 삼는 여자가 나타난다. 남자로 태어났지만 여자의 삶을 택한 까닭을 점차 알아간다. "아버지는 그런 여자를, 사내놈이 칠칠치 못하다고 여차하면 화를 내거나 손찌검을 해댔다. 여자는 폭력적인 아버지나 형들이 두려웠다. 남자라는 존재 자체가 두려웠다. 자랄수록 그들과 같은 성性

을 지닌 것에 혐오가 들었고 남성 성징이 구역질났다." 그런 이유로 여자가 되었지만 "외형은 바뀌었어도 여성이라는 법적 근거가 없는 여전한 남성일 수밖에 없었다. 직장을 구하려 해도 성전환자라는 사실이 드러나면 비 윤리자로 낙인찍힌 현실만 적나라하게 맞닥뜨렸다." 세상에 내몰린 여자는 살기 위해 어머니의 무덤으로 찾아든 것이다. 자궁을 닮은 무덤에서 잠을 청하며 다시 태어나길 바라듯. '나'는 그런 여자의 심정에 동감한다. 정상과 비정상의 경계를 가르는 '금'이 얼마나 허약한가. 그는 자신의 처지와 견주며 낯선 여자의 마음에 다가간다. 여자가 그런 선택을 한 까닭도, 결국은 정신을 놓게 된 이유도 알아준다. 혈연도 이해하지 못했던 여자의 마음을 알아준다. 정신을 놓은 여자는 자신을 따뜻하게 공감해주는 사람이 비로소 등장했다는 걸 모르겠지만, '나'는 내몰린 사람의 마음을 알아줌으로써 자학을 덜어낼 길을 열었을지 모른다.

「그림자 정원」에서 동생은 죽은 언니의 목소리를 듣지 못한다. 하지만 언니가 있던 뜰을 보며, 그녀의 죽음이 자신에게 남기고 간 것들을 골똘히 생각한다. 슬픔의 되새김질을 통해 가까스로 어떤 깨달음을 얻기도 한다.

어느 한 시절, 아니 오랫동안 나로 하여금 무자비한 상처를 껴안게 했던 엄마였다. 한동안 증오할 만큼. 물론 그건 엄마의 의도가 아니다. 엄마도 세차게 불어대는 광풍 속에서 사라져버린 연결 끈을 부여잡고자 자신을 지탱하지 못했으니까. 이만큼의 시간이 흘러 생각해보면 엄마에게는 그나마 그것이 죽은 자식에 대한 사랑의 유대라는 확신이었지 않을까.

—「그림자 정원」 중에서

'나'의 고통은 완벽하게 해소되지는 않지만 이런 깨달음은 날이 선 마음을 조금씩 가라앉혀준다. 소설에 등장하는 '영혼결혼식'은 살아 있는 동생의 마음과 죽은 언니의 마음이 겹쳐지는 지점과 맞물린다.

「동행」에서 북한으로 끌려간 아버지 때문에 어머니는 경찰에게 몸을 내줘야 했고 경찰의 아내에게 수모까지 당한다. 동생은 경찰에게 덤벼들다 상처를 입는다. 그래도 아버지만 돌아오면 모든 게 해결될 줄 알았다. 그러나 돌아온 아버지는 남한의 가족과 북에 두고 온 가족에게 모두 미안해한다. 북에 가게 된 건 아버지의 잘못이 아니었다. 하지만 아버지의 부재는 가족에게 너무 많은 걸 감당하게 만들었다. 게다가 아버지는 용도를 알 수 없는 돈을 가족에게 요구한다. 화해의 길은 보이지 않는다. 아들은 암에 걸린 아버지와 고향까지 동행해야 한다. 같은 여정을 걷는 두 사람은 이야기를 나누지 않지만, 소설은 아들과 아버지의 목소리를 모두 담아낸다. 서로의 속에 무엇이 있는지를 풀어낸다. 두 사람이 마주 앉아 이야기를 나누진 않는다. 머쓱하고, 너무 깊은 상처이며 상대에게 섭섭하지만 머뭇거린다. 다만 짐작할 따름이다. 고향에 돌아온 아들은 월남한 실향민으로 북녘을 그리다 폐인이 된 다른 아버지의 이야기를 듣는다. 아들은 아버지가 가족에게 요구한 돈으로 탈북자들을 도왔다는 사실을 알게 된다.

조용한 공명共鳴

상처에 대해 쓴다는 것은, 구원의 한 방편이다. 작가는 섣부른 화해나 용서를 구하지 않는다. 성급한 이해도 도모하지 않는다. 다만 보여주고 들어준다. 고즈넉한 마당을 들인다.

「그림자 정원」에서 동생은 목련이 떨어지는 소리에 진저리를 치며, 칼을 들고 나무를 베려다가 상처를 입는다. 외면하고 성급하게 없애려는 행동은 스스로에게 상처를 입힌다. 목련나무는 정원에서 계속 자리를 지킨다. 그 목련을 거둬들이는 것은 '언니'가 자신의 삶에 대한 이야기를 모두 마쳤을 때다. "작은엄마, 목련이 지려고 하네. 꽃들이 벌써 거뭇해졌어."

거리를 둬야만 보이는 것들이 있다. 이서진의 소설은 툇마루에 앉아 바라본 정원의 풍경을 받아 적는다. 눈길로 나무의 옹이를 더듬어주고, 나무의 발치에서 들썩이는 낙엽의 소리를 들어준다. 거리를 두고 조용히 공명共鳴한다.

병원 현관을 나서니 아담하게 잘 가꾸어져 있는 뜰의 정경이 눈에 들어왔다. 그 위로 유월 햇살이 환하게 쏟아져 내렸다. 햇살 무더기를 바구니에 가득 담아 뿌려대는 것 같다. 눈이 부시다. 선재는 한손을 들어 차양 치듯 이마에 댔다.

형형색색의 초여름 꽃들이 여기저기 풍성했다. 사람들이 그 사이사이에 놓인 긴 의자에 앉아 있는데 환자와 면회를 온 가족들 인 듯싶다. 환자들은 대부분 함께 한 사람들과는 다른 쪽으로 멍하니 시선을 두었고 보호자로 보이는 사람들은 환자를 말없이 쳐다보기만 했다. 그들에게로 정적이 부연 입자를 가득 품은 축축한 안개처럼 내렸다. 때 이른 잠자리 서너 마리가 선회하듯 날았다. 그 풍경은 고요한 물속이었다.

—「금」 중에서

남편은 안개 저편에서 헤매는 아내를 그저 바라본다. 알츠하이머 환자인 아내는 점점 저편으로 멀어져간다.

여보, 일어나봐! 나는 소리치듯 아내를 깨우고 싶다. 어깨를 마구 흔들어서라도 잠결 속에서 데리고 나오고 싶다. 절실히. 하지만 그렇게 하지 않는다. 잠속을 서성이는 아내의 모습만 눈에 담는다.

—「달의 뒤편에 드리운 시간들」 중에서

바라본다는 것은 포기한다는 것이 아니다. 눈길을 준다는 것은 그 대상에 대해 오래도록 관심을 기울인다는 것이다. 상처에 대해 쉽사리 정의하거나 서툰 처방을 내리는 대신 거리를 두고 바라봐준다. 눈길을 떼지 않는 것, 작은 소리를 놓치지 않는다. 그것이 정원을 바라보는 사람의 자세다. 안타깝고 답답해도 기다려주는 수밖에 없다.

맞닿지 못하는 이쪽과 저쪽이 안타깝다. (……) 양쪽 방파제와 중간의 드나드는 뱃길이 있다. 그 정경을 보는 종수의 가슴에서 남과 북, 양쪽 가족들이 하나로 둥글어진다. 문득 코허리가 시큰하다. 지금은 따로 길을 간다 해도 언젠가는 저 젊은 가족처럼 한 곳을 바라볼 수 있다면. 비록 자신이 이 세상에 없더라도 같이 지낼 수 있을 거라는 바람을 가져보고 싶다. 그런데 왜 이리 눈이 시린가. 왜 이리 막막한가.

—「동행」 중에서

그림자는 영영 떨쳐낼 수 없다. 허나 그림자가 발치 가까이로 졸아드는 순간이 있다. 머리 위, 가장 높은 곳으로 해가 떠오르는 정오의 시간이다. 「동행」의 시작은 "시각은 막 정오를 향해 가고 있다"에서 "시각은 막 정오를 지나고 있다"로 끝난다. 아버지와 아들의 이야기가 진행되던 그 과정이 '정오'였다.

뜰은 방 세 칸에 부엌이 달린 아담한 집채에 비해 꽤 넓다. 한쪽에 허드레 물건을 보관하는 작은 창고와 수돗가가 자리한 공간을 제외하고는 키 큰 목련나무에서부터 앵두, 대추, 매화, 단풍, 작약, 영산홍, 파초, 이팝나무 등과 개나리, 진달래 꽃덤불이 빼곡히 들어찼다. 담장 주변으로 빙 둘러 심은 사철나무와 나로선 이름도 잘 알지 못하는 화초도 지천이다. 그럼에도 뜰은 잘 정돈된 정연함을 지녔다. 이른 아침 나절, 말끔하게 비질이 된 정갈한 흙마당을 보고 있는 느낌인데 어느 것 하나 소홀함 없는 손길의 정성스러움이 묻어났다. 그런 뜰에 들어와본 사람은 하나같이 탄성을 질렀다.

뜰에 있는 모든 것을 살뜰히 거두는 사람은 작은엄마다. 작은엄마가 그것들에 쏟는 정성은 대단했다. 아침 눈을 떠서부터 잠자리에 들 때까지 틈만 나면 그곳에 있어야 하는 사물처럼 붙박여 지냈다. 뜰의 모든 것이 휴면하는 한겨울에도 어루만지는 울림의 눈길이 늘상 머물렀다. 그렇게 가꾸어진 뜰 속에는 또 다른 구성물도 존재했다.

—「그림자 정원」 중에서

정원의 시간은 천천히 흐른다. 식물이 자라는 데는 시간이 필요해서다. 상처도 시간이 지나야만 아문다. 밤을 견뎌야 동이 트고 겨울을 지내야만 봄이 오듯 뛰어넘을 수 있는 시간은 없다. 나무가 시간을 나이테로 받아 안으며 굵어지듯.

정원은 산 것과 죽은 것을 모두 품고, 빛을 안으며 자라되 그림자를 거느린다. 작가는 숨은 그림을 찾고 숨죽인 소리를 듣는다. 이서진의 소설은 그 정원을 바라보고 들어주며 기록한다. 그 시선의 힘, 경청의 시간은 힘이 세다.

이서진 소설집
달의 뒤편에 드리운 시간들

지은이_ 이서진
펴낸이_ 조현석
펴낸곳_ 북인
디자인_ 푸른영토

1판 1쇄_ 2017년 09월 20일
1판 2쇄_ 2018년 12월 20일
출판등록번호_ 313 - 2004 - 000111
주소_ 121 - 842 서울 마포구 서교동 467 - 4, 301호
전화_ 02 - 323 - 7767
팩스_ 02 - 323 - 7845

ISBN 979-11-87413-20-2 03810

이 책은 강원도, 강원문화재단 후원으로 발간되었습니다.
당신이 평창입니다. It's you, Pyeongchang

「이 도서의 국립중앙도서관 출판예정도서목록(CIP)은 서지정보유통지원시스템 홈페이지(http://seoji.nl.go.kr)와 국가자료공동목록시스템(http://www.nl.go.kr/kolisnet)에서 이용하실 수 있습니다.(CIP제어번호: CIP2017023597)」